「……満足、させるから」
言った柏木の瞳が淫欲に翳る。（本文より抜粋）

DARIA BUNKO

溺れる淫情 -孤高なセレブの執愛-

高月紅葉

ILLUSTRATION 石田惠美

ILLUSTRATION
石田惠美

CONTENTS

溺れる淫情 -孤高なセレブの執愛-

【1】

薔薇色が薄く広がる夕映えに、沖から打ち寄せるさざ波がきらきらと輝く。

春の海は穏やかだ。

犬を散歩させる近隣の住人たちが、ときおり足を止める。子どもが貝殻を探している。寄せては返す波が砂浜にレースの裾を引くようだ。取り残された砂蟹が動きまわるのを、ふたたび寄せた波がさらう。

やがて、空は菫色を帯び、潮風はひんやりと冷たくなる。夜と海とのあいだに、遠く江ノ島の明かりがぼやけて見えた。

海沿いの道路にはオレンジ色をした街灯が続き、レストランの窓明かりが陽気に誘いかける。

歩道の脇に咲く、気の早いハイビスカスが夕暮れに浮かびあがった。

山に囲まれた町だ。ぎゅっと肩を寄せ合うような住宅地を進むと、やがては丘の上に出る。

山桜の花と若葉が入りまじる山々へ降りかかった月光は、春夜に淡い。

民家の明かりが途切れた道を、ヘッドライトで照らした高級車が駆けのぼっていく。やがて白い壁が現れ、レンガ敷きの車寄せへつぎつぎと停車する。

耳元にインカムをつけたブラックスーツのスタッフたちが近づき、高級車から降り立つ男女が丁重に出迎えられる。パートナーを同伴することが社交パーティのルールだ。そして、きらびやかなフォーマルで着飾ることも。

今夜の招待状をブラックスーツのスタッフに渡した招待客たちは、エレガントにライトアップされたステップへ進む。白亜の大邸宅は二階建てで、庇の張り出したポーチを抜けた先にエントランスがある。大きなドアは開け放たれ、ジャズバンドの円熟味を帯びた生演奏が流れていた。

車寄せに降りたばかりの美女は、藤色のオーガンジードレスを揺らし、今夜のパートナーに向かって微笑む。

男も微笑みを返し、露草色に染めた夏生地のカジュアルタキシードの胸元を探った。

ブラックスーツを着た初老の男性スタッフが近づき、もの腰柔らかに片手のひらを向ける。

「けっこうでございます。柏木さま」

「まぁ、そう言わず。参加した証明を残しておかなければ」

答えたときには胸元へ滑らせた指を引き抜き、花びら型の招待状を差し出す。優雅な仕草だ。

柏木礼司の整った顔立ちに、ノーブルな笑みが浮かぶ。

「マダムは、お着きだろうか」

「いえ、今夜はこれからでございます」

「そうか。到着されるまでは酔えないな」

冗談めかす柏木の言葉に、オーガンジードレスの裾を整えた美女がひそやかな笑い声をこぼす。ほっそりとした腰を手のひらで促し、柏木は出迎えのスタッフたちに別れを告げた。

ステップからポーチを過ぎ、解放されたエントランスへ踏み込む。遠くに聞こえていた音楽が、風のように吹き抜けていく。

小粋なジャズのリズムだ。

ライドシンバルが軽妙にレガートを刻み、ピアノとジャズベースが戯れのごとく絡む。フロントはトランペットとアルトサクソフォンだが、パーティシーンのざわめきさえ抱き込んで、自由な演奏を楽しんでいるのが音にも表れている。

紳士淑女の遊び場らしい格調の高さがあり、技巧の利いた演奏が映える。

「今夜も素敵ね」

ウエルカムドリンクのシャンパンを受け取った美女がたおやかにささやく。

ふたりは寄り添い、ホールを抜けて芝生の庭へ出た。ガーデンパーティの会場ともなる庭は低い生け垣に囲まれている。陽の高いうちならば海の眺めが素晴らしい場所だ。

柏木の記憶に、沈んだ海風が呼び起こされた。庭の薄闇でまぎれ咲く遅咲きの沈丁花の甘い匂いと混じり合う。記憶と現実はとりとめなく絡まり、フロアから流れてくるジャズのグルーヴに誘われ、足先がリズムを取る。

ここ十数年で、すっかりと成熟した日本富裕層（ジャパニーズ・リッチマン）の社交界は、ビジネスライクでエネルギッシュな都市部と、セミリタイアして悠々自適（ゆうゆうじてき）な地方部に分かれた。洒落者（しゃれもの）が多く集まる『海辺の社交界』は後者に属する。

大人が集まるジャズの夜があれば、室内楽を響かせるダンスパーティもあり、若い世代を中心とした陽気なボサノヴァのビーチパーティやディスコナイトも人気だ。

手にしたシャンパングラスの中身が半分に減った頃、柏木は同伴の美女へ声をかけた。

目当ての招待客がひとりになったのを確認したからだ。近づき、呼び止め、ありきたりな挨拶（あいさつ）を交わす。柏木はシャンパンを飲み干し、ドリンクをもらいに行く名目で、美女を残して立ち去った。

同伴したパートナーと最後まで一緒に過ごす必要はない。柏木がエスコートした美女は、引き合わせた招待客の愛人だ。頼まれて連れてきただけで名前さえも知らない。

そもそも柏木は、夜に出会う相手の名前を覚える気がなかった。

次こそは選ばれたいと願う女性たちの熱視線をくぐり抜け、ドライな微笑みをくちびるに浮かべて庭を横切る。

ドリンクステーションで白ワインを頼んでいると、隣に中年の女が立った。成熟した色香で見つめられたが、彼女にもやはり視線は返さない。

「頼まれごとは果たしましたよ」

柏木は静かに言った。

ことの起こりは一週間前になる。中年の色香に惹かれ、彼女を夜の相手に選んだ。大人同士の時間を過ごした明け方、玄関の前でたまたま彼女の夫とかち合った。

それがさきほどの招待客になる。彼は驚きもせずに車のドアを開けて立っていた。助手席には美しい愛人が乗っており、出かけようとするところだった。

夫と愛人、そのふたりを今夜のパーティで引き合わせて欲しいと頼んできたのは、中年の女自身だ。

「お礼をさしあげたいわ」

意気揚々と自信ありげに笑いかけられ、柏木はもの憂く表情を曇らせた。上品な微笑みは乾き、やがて失われていく。

彼女にしてみれば、パートナー交換を持ちかけたつもりでいるのだろうが、そこまで面倒をみるつもりはない。夫から解放してやり、その夫側にもちょっとした埋め合わせをしておこうと考えただけの行動だ。

社交界にありがちなラヴアフェアは、できる限りに優雅で美しくあるべきだった。さもなくば、ただの薄汚い行為である真実が、たちまちに露呈してしまう。

彼女の誘いは柏木の流儀に反していた。モットーは同じ女を選ばないこと、特別な相手を作らないことだ。

海辺の社交界に所属するセレブなら、その事情さえも知っている。ここは、小さく狭く、だからこそ居心地のいい世界だ。

ボーイが差し出す白ワインのグラスは冷えて、うっすらと汗をかいていた。

女性に恥をかかせない主義の柏木は微笑み、彼女に対して儀礼的に応(こた)えようとする。

しかしトランペットの音に阻(はば)まれた。響いたのは軽快なファンファーレだ。

ジャズバンドの遊び心で迎えられ、『マダム・イッコ』が姿を現わす。

昔ながらの保養地にパーティ文化を根付かせ、数々の催しを取り仕切る女主人だ。大富豪の未亡人にして資産家、そして実業家でもある。

還暦(かんれき)はとうに過ぎていたが、間近に迎えると言われても疑いを感じさせないほど瑞々(みずみず)しい。

白髪は豊かに結いあげられ、淡い若草色のローブ・ド・ソワレを上品な貫禄(かんろく)で着こなしている。

背筋が伸びた立ち姿の美しさもいつも通りに、わざわざファンファーレを鳴らしたバンドマンへ向けて優雅な一礼を見せる。

首まわりの宝石がライトを反射してきらびやかに輝いた。

柏木はさりげなく、その場を離れる。伸びてきた女の指から間一髪で逃れ、執拗(しつよう)に迫られないうちに帰ろうと決めた。

年配の男性と談笑しているマダムの元へ、ひと言なりと挨拶をするために足を向ける。

かたわらには、見慣れない青年が立っていた。マダムの楽しみは、見た目のいい青年をパートナーに選ぶことだ。子飼いのお気に入り数人とは別に、毛色の変わった男をその日限りに連れ歩くこともあった。

今夜がそうだ。男は背が高く、手足がすらりと長い。すっきりとした鼻梁と切れ長の目元が端正だが、手入れの行き届いていない茶髪は色褪せている。年齢的にもトウが立ち、可愛げがない。

小柄なマダムを肘にぶら下げるようにして、飲み干したシャンパングラスを軽薄かつ退廃的な仕草で揺らす。いくら体面を繕っても及ばない品の悪さが雰囲気に見て取れた。

ありきたりな陳腐さを感じたが、表情を変えないで踵を返す。

挨拶をせずパーティ会場を出ることは気がかりだが、マダムと柏木の間ではよくあることだ。スタッフに代行運転を頼み、車の後部座席へ乗り込んだ。

それよりも思い出されるのは、胸焼けしそうなジゴロの姿だった。

今夜に限って、若い男を囲いたがるマダムがひどく悪趣味に感じられ、柏木は指を額へ押し当てる。手首に見えるはずの腕時計がないと気がついた。ヴィンテージの金時計だ。

車はすでに丘をくだり、住宅地の門前につけられた常夜灯が流れていく。道路の端に積もった桜の花びらがほの明るく浮かび、窓の外は明るさと暗さを交互に繰り返す。

柏木はもう一度だけ、腕時計を失った手首に触れた。

胸を締めつけるほどの厭世感が柏木の全身を駆け巡り、ため息がくちびるから漏れていく。

この世のすべては虚しい。そう考えること、そのものが憂鬱だった。

＊＊＊

雨の夜だ。路地裏の片隅に咲いたくちなしの香りが、口の中に溜まった血の味とまじる。拝島海斗は、どちらに意識を向けるべきかと迷った。

美しい花の香りへ逃げ込めば、ほんの一瞬は現実逃避ができる。

「だれの女に手を出したか、わかってんだろうなぁ！」

コンクリートを叩く激しい雨音が、がなる男の声を遠くにする。濡れたコンクリートへ頬を打ちつけた拝島の髪が鷲掴みにされた。あらわになった頬へ何度目かの拳が飛ぶ。骨と骨がぶつかり合い、鈍い音と衝撃が脳裏に響いた。身体はもんどり打って倒れ込む。

水溜まりの泥水が跳ねたが、シャワーのような雨の中だ。白いシャツも白いジーンズも汚れきって、長い手足や引き締まった胴まわりへ貼りついていた。

雨は降り続け、暴力的な声を世間から遮断する。ほんの数メートル行けば、駅前だ。しかし、薄明かりの向こうに人通りはない。

終電は終わり、腕時計の針は深夜を示していた。

「顔は、困るんですよね。顔は」

ぐらりと身体を起こし、口の中の血だか泥だかわからないものを吐き出した瞬間、腰のあたりを蹴られた。痺れるような痛みにうめくのも待たず、拝島を取り囲んだ男たちは足を踏みおろす。

「ジゴロ風情が、いい気になってんじゃねぇんだよ」

怒鳴り散らされながら、拝島は逃げる隙を探す。暴力沙汰にはこと欠かない人生だ。殴られるのも蹴られるのも慣れていたが、痛みはいつだって存在する。

肋骨が折れたら女を抱くのに億劫だと、そんなことが拝島の脳裏をよぎった。飲み屋の裏口に置かれたゴミ箱から流れてくる汚水に顔をこすりつけ、頭や腹を守ってうずくまりながら、男たちの最終目的がどこにあるのかを考えた。

痛めつけるだけが目的なのか。それとも、行くところまで行ってしまうのか。

暴行というものは、相手が抵抗をやめたからと収まるものではない。無抵抗な人間に危害を加える万能感は、一種の恍惚を生み、陶酔と興奮が押し寄せて歯止めが利かなくなる。

今夜差し向けられた男たちも、これまで同様、容易に理性を失う単純なタイプばかりだ。

雨が強くなった瞬間を見計らい、拝島は彼らの足元を這い出した。

向かう先は大通りだ。肩を掴まれ、シャツを引っ張られる。身をよじりながら腕で振り払うと、鈍い音が聞こえた。悲鳴があがる。

金属の腕時計が顔にでも当たったのだろう。しかし、確認する暇も、心配してやる道理もない。拝島は篠突く雨をものともせず、薄闇を一直線に突っ切った。色の抜けた金髪が額に貼りつき、切れ長の目元に血が滲む。くちびるも切れている。

この雨の中を逃げきれる自信は、正直なところ、まるでなかった。蹴り転がされた身体はあちこちが痛み、走るスピードはあがらない。追っ手の足音は近づいていた。捕まるのも時間の問題だ。

息が乱れ、足がもつれた。あきらめたら終わると考えながら、拝島は、白い歯を剥き出しにする。笑いが込みあげてきた。

こんなにバカバカしい人生を送りながら、息を切らして必死に走り、まだあきらめたくないなどと願っている。頭の芯から愚かだ。

路地を抜けて、右へ曲がれば駅だった。しかし、拝島は曲がらなかった。まっすぐに突っ切り、ガードレールを跳び越える。雨をおぼろに照らす、白いヘッドライトの中へ身を躍らせた。

急ブレーキの音はしなかった。暗雨にも目立つ赤いスポーツカーだ。対向車のない二車線をうまく使ってスピンを決める。正面衝突は回避されたが、拝島は吹っ飛んだ。

バンッと響いた大きな音が驟雨を切り裂く。ゴロゴロと水しぶきを上げながら転がった拝島は、衝撃を全身で受けて動けず、コンクリートに張りつく。

車から現れた人影が大股に近づいてきた。

「だいじょうぶですか」

若い男の声だ。小洒落たドライヴィングシューズが、突っ伏した拝島の目の前で止まる。

「いますぐ救急車を呼びます。道の端へ寄りましょう」

傘も差さずに駆けつけたわりには落ち着いている。衝突をかわした確信があるのだろう。

怪我をしていないかと確認され、みずからボンネットを叩いて飛んだ拝島は視線を巡らせる。追っ手を確認したかった。しかし、街灯は雨にけぶり、路地裏まで光が届かない。

男に手伝われて身を起こした拝島はよろけた。全力疾走のせいで心肺機能が限界だ。

「救急車はいらない。あんたの車に乗せてくれ」

息は切れているが、膝も腰もまだ言うことを聞く。興奮状態が続いているからだと、拝島にはわかっていた。だから、男の腕を押し戻して歩き出す。答えを待つ気はなかった。

見事なスピンを決めて片側車線に収められたスポーツカーは、ハザードランプを点滅させながら停まっている。赤い車体は雨を弾き、ヌメるように輝いていた。

助手席のドアノブに手をかけ、もし女が乗っていても降りてもらうしかないと覚悟する。しかし、幸運にも車内は無人だ。無断で助手席に座り、ドアを閉める。すぐに男も乗り込んだ。

「ドアロック、かけてくれ」

拝島が言うと、不満げにしながらもロックをかける。

「降りるんじゃなかった」

運転席に座った男は、雨に濡れた頬を手の甲で拭い、静かに口を開いた。面倒事に巻き込まれた自覚があるわりには、やはり落ち着いている。車から引きずり降ろそうとしないのは、撥ねた可能性をほんのわずかに否定しきれないからだろう。拝島はそこを見逃さない。

スポーツカーの内装や身なりからして、富裕層のパーティピープルに違いない。遊び慣れているセレブほど、金の匂いを嗅ぎつけて群がるチンピラの扱いには慣れている。その逆も然り、拝島は悪びれずに言う。

「あんたが、俺を吹っ飛ばしたんだよ。……出してくれ」

言葉だけは被害者ぶって、あごをしゃくる。運転席の男があきれたようにため息をついた。

「鹿か猪だと思ったのにな……」

「……いくらなんでも、ガードレールを跳び越えないだろ。……跳ぶの？」

セミバケットシートに身体を預け、拝島はゆっくりと息を吐き出す。

葉山・逗子へ流れ着いて数ヶ月だ。緑豊かなこの土地なら、鹿や猪が走りまわっていてもおかしくない。

「救急病院と警察署、好きなほうを選ぶといい。どちらも逃げ込むに最適だ」

車がゆっくりと動き出す。男の言葉には応えず、拝島はわずかに身をよじって窓の外を見た。

雨のしずくが煩わしく、追っ手の姿は確認できない。

「手負いの獣が飛び出してくるときは、追われていると相場が決まっているからね」

男に言われ、肩をすくめた。

「ご明察」

「それは、どうも。きみには警察署を勧める。病院より金がかからないし、雨をしのいでひと晩過ごすぐらいはできるだろう」

「撥ね飛ばしたくせに、よくそんなことを言うよな。病院代、もらわないと」

拝島の差し出した手を男が一瞥する。ついでのように顔へも視線を巡らせてきた。さっと確認しただけで正面へ戻す。動揺も戸惑いも感じさせず、いたってドライな態度だ。

フロントガラスに雨が吹きつけ、ワイパーはひっきりなしに動いている。

「ぶつかっていないはずだ」

はっきりとした声で非難され、拝島はもう一度、肩をすくめた。

さらにご明察だ。男のスピンターンは完璧で、拝島は両手でボンネットを叩いて音を出し、自分で吹っ飛んで見せただけだ。逃げることに慣れ、これぐらいのスタントならお手のものだった。

「それは、俺の時計だね」

「え？」

出し抜けに指摘された拝島は、驚きに目を見開いた。

雨の激しさが増し、前が見えなくなる。速度を落とした車は、コンビニエンスストアの駐車場へ入って停まった。車体の造りが厚く、雨音はくぐもって遠い。

「数日前のパーティで落とした時計だ」

男に言われ、拝島はシャツの袖口（そでぐち）を引きあげる。左手首に巻いた時計を見せた。

白い文字盤と濃紺の積算計（カウンター）、そして文字盤を囲むベゼルも濃紺だ。金銀コンビネーションのブレスレットバンドがレトロで洒落ている。

「これって有名ブランドのヴィンテージ？　この前、アニキがそんなことを言ってたな」

「知らないで拾ったのか」

「本物なら、すごい金額になるって」

「……本物だよ。バンドの中留めがゆるかっただろう。はずれやすいんだ」

「あぁ、そこは直してもらった」

だから、追っ手を払いのけたときも、ちょうどいい武器になったのだ。

「……あんた、見たことある」

濡れた髪を片手でかきあげ、拝島は身体をひねった。腕時計の話から、ひとつの記憶と結びつく。

男の横顔はいかにも上品だ。若いといっても二十代の後半で、大人の余裕も持ち合わせている。育ちのよさに加え、安定した裕福な暮らしが、精神的な落ち着きを保証している証拠だ。

金のあるところに、金は集まる。そしてぐるぐると彼らの元でまわり続けていく。拝島のようなチンピラは、その周囲をうろつき、おこぼれがあるのを待っているだけの下品な存在だ。

「そう、どこで見た?」

男の眼差しはドライだが、濡れ鼠になった拝島に対する侮蔑は含んでいなかった。まるで興味がないのだろう。最終的には金でカタがつくと考えているのかもしれない。

「この時計を拾ったところに決まってるだろ」

口を開いた拝島は、ぶるっと震えた。全身がずぶ濡れで、布地も肌も冷えてくる。運転席の男も濡れていたが、仕立てのいいジャケットの内側には染みていないのだろう。平然とした顔つきで口を開いた。

「あの夜、きみはマダムをエスコートしていただろう。……心配なさっていた」

男に言われ、拝島はくちびるの端を片方だけ引きあげた。そこと繋がっていたとわかっても、なんら感慨はない。

「気に入られていたようだけど……。その後も、お誘いはあっただろう」

「あー、そうかな……」

泥水を吸い込んだシャツごと自分の身体を抱き、虚空を見つめる。

マダム・イツコにエスコートを頼まれたのは山桜の花が散り始めた頃だ。まだ春だった。

拝島は長く都心のパーティシーンを根城としていたが、あれこれと男女関係を巡る悶着があり、あちこちを渡り歩くようになった。マダムの件は、その途中で降って湧いた仕事だ。

金欲しさに飛びつき、お仕着せの良質な服を与えられ、丘の上の邸宅パーティへ付き添った。

やるべきことは都心のパーティと変わらない。主人となった女の横におとなしく立っているだけのことだ。

セレブと呼ばれる彼らにとって、拝島のようなチンピラジゴロは野生の猿と大差ない。手懐けたふうに連れまわされ、セレブたちからもの珍しげに観察される。できれば『虎』と言われたいところだが、それを本気で思うほどうぬぼれてはいない。妙な自尊心は金に直結しないと知っている。金払いさえよければ、あとはどうでもいいことだ。

マダムの報酬は相場よりも多かったが、ありがたいと思うだけで次の約束はすっぽかした。

特に理由はない。巡り合わせの問題だ。

もらった金は横須賀あたりの賭場で溶け、昔馴染みの女が逗子のマリーナに住んでいると噂に聞いて転がり込んだ。ヤクザ幹部が囲う愛人だと、初めから知っていた。女とは東京にいたときからの付き合いで、当時、男の影を察した幹部が逗子へ転居させたのだ。

再会したふたりの仲は拝島が考えるよりも早く露見し、たちまちに追われる身となった。

拝島が生きるか、死ぬか。それは幹部の望みで決まるわけではなく、チンピラたちの暴力次第だ。当たりどころが悪いだけでも人は死ぬ。

そんな話は掃いて捨てるほどあり、拝島にとっても、たいしたことではなかった。

「藤沢ってところでアニキ分が暮らしてる。そこまで送ってくれたら助かるな」

言いながらポケットを探り、携帯電話がないことに気がついた。車とぶつかった演技でおおげさに転がったとき、落としてしまったのだ。

「ケータイがねぇや。まぁ、藤沢の駅あたりに降ろしてくれたら、なんとなるから」

「……マダムのところへ送ろう」

「は？　なんで？」

拝島が睨みつけるように振り向くと、男は痛ましいものを見る表情で顔を歪めた。

「チャンスだと思わないのか」

「……ババアのしなびた股間にもぐり込むのが？」

男とマダムが親しい仲だと察していて、わざとあてつけがましい悪態をつく。しかし、男は眉ひとつ動かさなかった。悲痛げな表情もかき消え、感情のないドライな眼差しが拝島を見据えた。

「それが、なけなしの取り柄だろう」

「またまた、ご明察」

ふざけた笑いを浮かべると、男は無言で車を発進させた。

拝島は黙り、窓の外の暗がりへ顔を向ける。雨がガラスの上を滑って流れていく。そのほかは闇に落ち、なにも見えなかった。見ようとも思わない。

拝島は目を閉じた。くしゃみが三回も四回も続き、身体が急激に重くなっていく。興奮状態が醒め、ひどい疲労感に襲われた。

まぶたを開くことも億劫になると、あとのことも考えず意識を手放した。

＊＊＊

『あなたが拾ったのだから、あなたが面倒を見ておあげなさいよ』

電話越しにマダムが言った。

春の終わりにはしきりと気にしていたはずだが、咲く花の移ろいとともに、飽いてしまったのだろう。相手は場末のジゴロだから、当然といえば当然だ。

携帯電話を片手に持った柏木は、朝の光が届かない地下駐車場の壁に背中を預けた。

赤いクーペは定位置に収まっている。助手席のセミバケットシートには、貸した毛布にくるまって一夜を過ごした男がまだ眠っていた。

マダムのところへ送ってやるとは言ったが、陽も昇らないうちでは不躾（ぶしつけ）になる。ひとまず毛布を与えて朝を待つことにし、柏木はコンドミニアムの部屋へ戻った。

戻るまでには消えていて欲しいとも願ったが、当然のように叶わない。

「どうせ面倒を見るなら、女がいいので……」

『あら、イヤだ。女であっても断るでしょう』

ホホホと軽快な笑い声が続く。

『昨晩は雨がひどかったわね。風邪をひいていなければ、いいけれど』

柔らかな口調に本音は見えない。拾った男の調子がよくなれば引き合わせて欲しいのか。それとも、本当に興味を失っているのか。

「興味がおありだと思っていましたが、勘違いなら申し訳ない。忘れてください」

柏木が言うと、マダムはうなずくような間を置いてから答えた。

『わたくしには懐かなかった子よ。残念だったわ』

「あとのことはこちらで対処します」

『わざわざ電話をくださってありがとう。また遊びに来てちょうだいね』

「そうさせていただきます」

挨拶を交わし、通話を終える。携帯電話をジャケットの内ポケットへ滑り込ませて助手席のドアを開けた。

拾う、拾わない。面倒を見る、見ない。飼う、飼わない。

マダムは、まるで犬猫の話をするようだった。

柏木は苦笑いを浮かべながら片目を細める。毛布の塊(かたまり)がもそもそ動き、毛布の端から毛先が覗(のぞ)く。色褪せて艶(つや)のない金髪だ。

くしゅんと、小さなくしゃみが聞こえた。

「あー、いてぇ……」

急にぐいっと顔が出てくる。前方へ両手を伸ばした男は、大きくのんきなあくびをして柏木を振り向いた。

「おはよ」

口調は軽く、血の汚れと殴打痕の残る顔で、目元をしょぼつかせて不格好に歪める。鼻をすりながら頭を掻きむしり、またあくびをした。毛布を首元まで引きあげ、二度寝のまぶたを閉じる。柏木は驚いた。図々しさもここまでくると才能だ。

「藤沢に知り合いがいると話していただろう。駅まで……」

声をかけると、まぶたが開いた。

「あー、それね」

男があごをそらす。目が半分閉じていても、鼻筋の通った端整な顔立ちだ。いかにも女に好かれそうな色気があるのに、荒んだ暮らしを想像させる表情ですべてが台無しになっている。

「……なぁ、シャワー貸してくんない？」

毛布を身体に巻きつけた男が、車の外へ足を出した。

「自分だけベッドで寝るとか、冷たいじゃん。ねぇ」

スラックスの裾を蹴られた柏木は、足を逃がしながら答えた。

「毛布だけあればいいと言ったのは、きみだ」

「だって、あれだ。あんた、男だから。……でも、まぁ、いいや」

身構える柏木を前に、男はするりと毛布を脱いだ。

シワがついたシャツは血と泥に汚れ、肩口が破れている。大きく開いた胸元に細いゴールドチェーンが揺れ、くすんだ光を放った。

「ここ、あんたのコンドミニアムの駐車場だろ？　家に入れて？」

「意味がわからない」

柏木はそっけなく答えて、男の腕を掴んだ。

「いってぇ……ッッ！」

腕をかばうようにしながら引きずり出された男は、じっとりと目を据わらせ、不満げな表情でくちびるを尖(とが)らせた。

ケガに配慮しない柏木を責めている。

「きみのような人間を家に入れるべきでないことぐらい、ここで暮らしていればわかる」

ため息をついて助手席のドアを閉める。ロックをかけた。

「金を恵むのはかまわないが、つきまとわれるのは迷惑だ」

「あんた、女にもそんなふうらしいね」

知ったように言い、男はあくどい微笑みを浮かべた。柏木は無視して踵を返す。

「あ、待って！」

男の声がすがるように飛んでくる。

「本当に困ってるんだ。行くあてがない。藤沢のアニキもダメだ。よく考えたら、ダメだった。のこのこ出ていったらバカだ」

「今度は、女が運転する車へ飛び込めばいい」

肩越しに振り向いて冷ややかな声を浴びせたが、男が臆することはなかった。

「俺、拝島海斗。犬でも飼うと思って、気軽な気持ちで拾ってよ」

「……相手を見て言ってくれ」

「人を見る目はある。……あんた、柏木礼司だろ？」

名前を出されたところで驚きはしない。社交パーティに出入りしている人間なら、柏木の名前は必ず耳にする。その経歴もすぐに知るはずだ。

「俺が拾った、この時計……。ネットニュースでも見たよ」

拝島と名乗った男が陽気に話し出す。

「あんたの名前と一緒に検索をかけたら出てきた。……相棒とお揃いのヴィンテージだろ？　世界に八本しかないんだよな。そのうちの一本。……でもさ、相手はすぐに手放したって聞いたけど？」

無視して歩き出した柏木の背中を追う拝島は、下品でくだらない噂話を続ける。それはまるで、東京を離れたときと同じだ。

柏木が大学在学中に始めたEC通販会社は順調なヒットを重ね、あっという間に莫大な資産を生み出した。なにもかもが順調で、楽しく刺激的な毎日が続き、取締役として参加した幼馴染みとの相性もよかった。

若手実業家コンビとして、雑誌や新聞、ネットニュースを賑わせたのも、その頃だ。

しかし、ある日を境に事態は一変した。柏木だけが、現実から切り離されたように失脚したのだ。友人の裏切りだったが、そういったことは表立って語られない。

柏木についてだけ、あること、ないこと、ありとあらゆる下卑た記事が書かれ、周囲の人間はあますところなくそれを信じた。というより、消費したのだ。娯楽として。

都心の社交界は、金と権力とコネを求める人間のるつぼだった。同情を騙って金を吸い取ろうとする輩が現れ始め、かねてから懇意にしていたマダム・イツコの誘いに乗って海辺の社交界へ逃れた。それが数年前のことだ。

ここは人々の気質も穏やかで過ごしやすい。コミュニティも小さく狭い分だけ大様としている。都会ほどギラギラとしておらず、多くのことが、空と海のきらめきに隠されてしまう。

地下駐車場のエレベーターホールで立ち止まると、拝島がしゃしゃり出た。

「本当に行くところがないんだよ」

「ひと晩でいいから。なんだったら、また車の中でいいから」

申し訳なさそうに目元を歪めても、図々しさは拭いきれない。

チンピラのジゴロが追われている理由は聞くまでもなかった。手を出してはいけないだれかと深い仲になったのだ。

グレーのサマーニットジャケットを着た柏木は、少しの動揺も見せずに口を閉ざす。

エレベーターの扉が開くと、拝島が中へするりと入り込んだ。仕方なく続いた柏木は、適当な階数と扉を閉めるボタンを押した。

扉が締まる寸前に、背を向けた拝島だけを残して降りる。柏木は軽い仕草で手を上げた。しかし、気配に気づかれる。拝島はクイックターンで身を翻し、数センチの隙間へ迷いなく指を差し入れた。ガタンと音を立てて、ドアの動きが止まる。

「そんなにこわがることはないよ、ハンサムさん。俺は男にまるで興味がない」

ふたたび開いたエレベーターの扉に背を預け、拝島は泰然とニヒルに笑った。

痛めつけられ、泥水で汚れ、退廃的で陰鬱なみすぼらしい姿だ。なのに、芝居がかった色気は場の空気を掴んでしまう。

彼にこだわりを見せたマダムの表情が、柏木の脳裏をよぎった。

興奮も執着もそこにはない。吸いも甘いも知り尽くした女性だ。いまさら拝島のような男に耽溺するとは思えなかった。しかし、見込みがあると思わせたことは事実だ。

少し多めに渡した金で身ぎれいにして戻ったのなら、彼女は拝島を受け入れただろう。これまでにも幾人かの青年が育てられ、社交界の一員として巣立ったように、彼もまた見違えるほどの好青年になりえた。

だから、柏木は、この男を覚えていたのだ。

『あなたが拾ったのだから、あなたが面倒を見てておあげなさいよ』

微笑を含んだ柔らかな声が脳裏によみがえる。マダムは厄介ごとから手を引いたのではない。拝島に対する興味も、失ってはいないだろう。

ただ、年若い友人に気まぐれな遊びを譲っただけのことだ。持つ者と持たざる者の垣根はときに残酷で、上流階級を自負する人間は、しばしば無邪気な傲慢さを見せる。

マダムにも、柏木にもその傾向はあった。だから、マダムに懐かなかった路地裏の雑種犬を、柏木がどのように躾け直すことができるのかという余興も成立する。マダムは、その過程を面白がって見守るつもりでいるのだ。

「一日だけだ」

柏木が答えると、拝島の眉が跳ねた。内心では安堵しているだろうに、挑むような眼差しを向けてくる。

「短いな。……一週間。そのあいだに、パーティで女を見つけるから」

指を立てて、にやりと笑う。

「三日がいいところだ」

柏木はため息をつき、自分へ向けられる拝島の視線を受け止めた。

女を拾うのとは話が違う。ふたりのあいだに、なにかが起こることは想像もできない。

だからこそ気楽だ。

扉の長時間解放で鳴り始めた警告のベルを聞き、柏木はうっすらと微笑んだ。乾いた心がいっそう干からびるとわかっていても、後ろ暗い遊びほど退屈をまぎれさせてくれる。

扉にもたれた拝島の肩を押しながら、柏木は軽い動作で一歩を踏み出す。

ふたりが乗ると扉が閉まり、耳障りな警告ベルもやんだ。

【2】

柏木礼司は親切な男だった。

コンドミニアムの部屋へ拝島を招き入れると、風呂を貸し、真新しいリラックスウエアを出した。もちろん柏木のサイズだ。拝島にはひとまわり大きく、袖や裾が若干余る。

背の高さはたいして変わらないふたりだが、体格に差がある。柏木は着痩せするタイプだ。金と暇を注ぎ込んだ身体は、正しく鍛えられていて、引き締まった筋肉がついている。

そういうものかと苦笑しながら、拝島は柔らかなコットンのウエアを引っ張ってみた。トレーナーは爽やかなペパーミントグリーンで、ジョガーパンツは穏やかなスモーキーブラウン。肌触りが抜群によく、初夏のビーチリゾートにふさわしいスタイルだ。

バスルームで身ぎれいにしてダイニングへ入ると、朝食が用意されていた。

サラダとスクランブルエッグ。パリッと焼けたクロワッサン。ワンプレートに載っているのを食べているあいだに、往診の医者がやってきた。

柏木が自分の名義で呼んだらしいが、なんの事情も聞かれない。目立った外傷は、顔をコンクリートにぶつけてできた擦り傷だけで、あとは殴打痕ばかりだ。念のために抗生剤と鎮痛剤を渡され、食事のあとで飲んだ。

それからはやることもない。すっきりと洒落たリビングのカウチソファに転がり、天井を眺めた。シーリングファンがまわり、夕暮れが近づくとともに室内は暗くなる。

柏木が部屋のどこで過ごしているのかはわからなかった。キッチンからかすかな物音が聞こえてきたが、それもどんどん遠のいていく。拝島は睡魔に襲われ、ぼんやりと天井を眺めたままで意識を手放した。いつ、まぶたを閉じたのか、記憶にない。

次に目を覚ますと、シーリングファンは薄闇の中でゆっくりとまわっていた。

どこからともなく、美味しそうな匂いが漂ってきて、拝島は夢の中でメイドの姿を見た。キッチンの物音は彼女が立てている。若いのか、年を取っているのか。痩せているのか、太っているのか。はっきりと姿を見ることはできなかった。

しょせん夢だと拝島はぼやいた。『夢じゃないよ』と返ったが、聞き覚えのない声は幻聴の類いだ。広い座面の上で寝返りを打つと、優しい肌触りが指に触れた。もぞもぞと揉み込むように頬へ引き寄せる。軽くて温かなタオルケットだ。

夢は何本も立て続けに上映され、ときどき、うつらうつらと目を開けた。どこの女の部屋だったかと考え、だれでもいいと結論づけてまた目を閉じる。旦那に踏み込まれたら嫌だなとも考えた。サンドバッグやボールのように殴られ蹴られるのは、しばらく遠慮したい。

やり過ごせるとしても痛みは痛みだ。慣れることがない。

やがて夢を見るのにも疲れ、耳へ流れ込むピアノの音色にまどろんだ。起きて、寝て、起きて、遠くブレンダーが動いている音を聞く。ガリガリとなにかが砕かれていたが、騒がしくも、うるさくもなかった。

木製の羽根は天井でくるくるとまわる。白い光が揺らぐのは、レースのカーテンを波打たせる風があるからだ。朝が来ていた。

部屋に柑橘の香りが溢れ、拝島は胸いっぱいに爽やかな空気を吸い込んだ。清々しく四肢を伸ばす。

瞬間、腰と腕に鈍い痛みが走り、思わずうめき声をあげた。

「あいたたた」

二日前に負った打ち身のケガをすっかり忘れていた。カウチソファに転がった拝島は、尾を引くような痛みをやり過ごす。ひと息をつくと、額のほうから影が差した。

「おはよう。食事にしようか」

起き抜けに見る美形はインパクトがある。逆さまでもパーツの並びに狂いがなかった。男の口調はそっけないが、声に甘い響きがあるせいで優しく聞こえる。いかにも女泣かせな上品さだ。

カウチソファの背にすがるようにして起きあがった拝島は、男の後ろ姿を目で追った。長身にたくましい腰まわり、頭部は小さく肩幅がある。

身のこなしはしなやかで、動作と動作を繋ぐ『間』が優雅だ。まるで踊るようにしなやかで、見ていて飽きない。

男が消えたのは、リビングとひと続きになっているダイニングの右手側、チラリと見えるキッチンだ。なにやら作業をしている。トレイを手に戻ってきたが、ぼんやり眺める拝島とは視線を合わせなかった。

「そこで食べるかい。それとも、テラスへ？」

「……え？　あ、あぁ……じゃあ、テラス」

答えながらも拝島には現状が理解できなかった。あまりに深く寝入ったので、昨日のことさえもはっきり思い出せない。

のろのろとカウチソファを離れ、身体に負担をかけないよう、今度はゆっくりと腰を伸ばした。腕も前方へ突き出す。袖が引きあがり、手首にはめた高級時計が鈍く光った。

「……かしわぎ」

名前が頭に浮かび、すべてが繋がる。雨の記憶がよみがえり、車の前へ飛び込んだことも思い出す。その車の持ち主がいまの男だ。

寝乱れた金茶色の髪を掻きまわし、拝島は視線を巡らせる。煙草（タバコ）を探したが、部屋にそれらしきものは見当たらない。

「なぁ、煙草ってないの？　吸わない人？」

袖を肘まで上げながらテラスを覗く。視界がぱっと明るくなり、あざやかな海の色が目に飛び込んできた。

拝島は思わず歓喜した。叫んで飛びあがり、裸足のままでテラスへ出る。

海沿いの一等地に建っているコンドミニアムだ。目の前はビーチだが、テラスの柵越しには青くきらめく海原の景色が広がっていた。

遠方に富士山がかすみ、横たわる岬の緑が視界の端を彩る。眩しいほど澄んだ青に波頭の白が散らばり、その合間を縫って走るのは、ウインドサーフィンのセールだ。さらに奥で、ディンギーが波を切る。

太陽はすでに頭上にあった。

「細巻きの葉巻でよければ……。アルコールと一緒でないと、吸わないいんだ」

ラウンドテーブルのイスに座った柏木は、真っ白なシャツを腕まくりにして、丸首のニットベストを着ている。着こなしの難しい組み合わせだが、上品な彼にはよく似合う。ノーブルな雰囲気が際立ち、拝島もしばらく目を奪われた。

「葉巻かよ……。メシのあとでいいや」

いかにもセレブな返答にげんなりした態度で、食事がセットされた席へつく。柏木は隣に座っているが、それぞれのイスは離してある。丸テーブルを四等分した隣り合わせの二点だ。前を向いていても視線はぶつからない。

コバルトブルーのマットが敷かれ、具だくさんなトマトシチューにサラダが並ぶ。テーブルの中央付近には、布のかかった小さなカゴが置かれ、端から覗いているのは切り分けたバゲットだ。

よほど手慣れたメイドを雇っているのだろう。簡素だが趣味のいいテーブルセットだ。住み込みではなく、食事の時間に合わせて出勤するタイプだろうと考えながら、拝島は涼しげなグラスに手を伸ばした。

搾（しぼ）ったライムとミントが瑞々しく、炭酸水の泡がクラッシュアイスにまぎれている。くちびるを近づけると、爽やかな柑橘の香りが漂った。

自然と呼吸が深くなり、頭の芯がすっきりとする。喉（のど）を潤（うるお）し、大きく息を吐き出した。

「ビーチサイドで悠々自適な隠居暮らし。金があるってのは、ほんと、水と空気があり余ってるって感じだよな」

褪せたブリーチの髪を揺らした拝島の言葉に、サラダを口に運んでいた柏木の眉が動いた。

「洒落たことを言うね」

さらりとした口調に本心は見えない。穏やかな声だが、顔は笑っていなかった。

拝島のような根無し草に対する侮蔑がわずかに見え、それがかえって安心を呼ぶ。

「あんた、友達に会社を乗っ取られて、金だけは手元に残ったんだろ？　株を売ったんだっけ。まぁ、遊んで暮らせるならいいじゃん」

軽口を叩きながらシチューを飲む。口に入れた瞬間から目を見開くほどに美味しい。拝島は思わず腰を浮かした。

「なに、これ！　めちゃウマなんだけど……っ。すっげーッ！　あんたのメイドはプロ並みだよ。ってか……、シェフの味だよな、これ」

「住み込みのメイドはいないよ」

「だろうな。このクラスのコンドミニアムなら通いだもんな」

メイドの部屋が用意できる邸宅以外での住み込みは難しい。柏木のコンドミニアムはマンションタイプで、部屋は最上階の三階に位置している。

カリッと焼いたバゲットをちぎる柏木が手を止め、拝島の顔をまじまじと眺めた。

「ジゴロが顔にケガをするなんて……。よっぽどのことをしたんだな」

「こっちの都合なんて考えちゃいないんだよ、あいつらは。……顔は、一週間もすれば治る。その頃までいさせてよ。洗車とワックス掛けなら得意だ。あの車、ぴっかぴかに磨いてやるからさ。……あとは、俺でも出入りできそうな、パーティの情報をちょうだい。軽いノリのやつね。ディスコとかクラブとか」

「それなら、横須賀あたりまで出ればいい」

「顔見知りが多いからムリ。すぐにあぶり出されて、ボコられる」

その点、上質セレブのコミュニティなら安心だ。

「だとしたら、まずは身なりを整えることだな」

「傷なら、すぐに治るって言っただろ」

胸をそらして自信満々に答える。柏木が、ほんの少しだけ表情を歪めた。

「……髪の色のことだよ」

パンを置き、ライムソーダでくちびるを潤す。引き締まって精悍(せいかん)な顔立ちに憂(うれ)いの影が差し込んだ。

「以前に見かけたときにもうんざりしたんだが、その色はあまりにひどい。色でもないな。ブリーチをしたきりだろう」

「前は染めてたんだよ。色が落ちただけ。別に普通だろ」

「そんな格好の男を相手にする女なんて、たかが知れているじゃないか」

「マダム・イツコのエスコートのときも、このまんまだったけど？」

むっとして言い返すと、鼻先で笑われた。

「あの人は別格だ」

それは、その通りだ。拝島もわかっている。

マダム・イツコの貫禄や品性は、男によって盛り立てられるものではない。連れている若造までランクアップさせる、彼女自身の能力と実力に裏打ちされた存在感だ。

「マダムはもうきみのことを覚えていなかったよ」

柏木の言葉は、嫌味にも慰めにも聞こえた。拝島は黙り、海を眺める。

テラスに張り巡らされた柵のあいだを、ディンギーがすーっと走り抜ける。

ふいに海風が吹いて、舞いあがりそうなテーブルマットを柏木が押さえた。その手首に腕時計は見えない。頬杖をついた拝島は、自分の手首に巻きついた腕時計のことを考える。

信頼していた友人に裏切られた柏木が、わざわざ手元に残していた時計だ。

地位を失い、評判を落とし、金だけを持って逃げたと揶揄された柏木礼司は、いまや『海辺の社交界の花形』と呼ばれるまでに返り咲いた。マダムのコネクションを引き継ぐのは彼だと噂が飛び交う。しかし、まだまだ先の話だ。

柏木は二十代後半の若輩で、都会から逃げ出した傷心の最中にいる。過ぎゆく日々を無為に過ごし、パーティシーンに現れてはワンナイト・アバンチュールの相手をピックアップしていく。だれにも本気にならず、同じ女を続けて誘わない柏木だからこそ、女たちは安心して情を求める。唯一無二と選ばれることがない代わりに、捨てられることもない関係だ。

一種の禁忌を求める女たちにとって、柏木の存在は特に美しく見えるのだろう。

成熟した大人だけが愉しむことのできる情交は、無責任な自慰行為の延長にある。それは柏木にとっても、女たちにとっても。

拝島には皮膚感覚で理解できた。ジゴロの勘だ。

温和そうな顔立ちに浮かべるドライな表情と、澄んだ瞳の奥に隠されている荒れた雰囲気。

いくらノーブルな佇まいで微笑んだとしても、拭いきれない厭世の淀みがある。柏木は、震えがくるほど不幸な男だ。

育ちがよくても、金を持っていても、人の心には平等に傷がつく。そして、落ちるところまで落ちて、うずくまるように朽ちていく。その過程の只中にいるから、柏木は刹那的に美しい。

退廃を味わい尽くしてきた拝島は、同類の匂いを嗅ぎつけてひっそりと微笑んだ。

「じゃあさ、あんたが好きなようにすれば？」

しばらくの沈黙のあとで、流し目を送る。

「髪もいいように染めて、それなりの服を見繕ってくれよ。それで相手が見つかるんだろ？」

挑むようにあくどい表情を向けたが、柏木はにこりともせず海を眺め続ける。

やはり柏木は不幸の中にいる。心はすでに死んだも同然の静けさだ。

心の中に広がる空虚を想像した拝島は、沸き立つような興奮を覚えた。知らず知らずのうちに笑みが浮かぶ。

ライムの香りが風に乗り、ふたりのあいだに渦を巻く。波音が寄せては遠のき、磯に遊ぶ鳥たちの声が繰り返される。

太陽光の明るさも、爽やかな空の色も、どこかもの悲しい。しらじらしさを感じた拝島は、また満足して微笑む。

視界の端に入る柏木は無表情だ。黒髪を海風に任せ、いっそう麗しく荒み、乾いていた。

＊＊＊

「何日ほどで仕上がるだろうか」

優雅に足を組む柏木が、ソファの肘掛けにもたれてたずねる。

「腰まわりを詰めて袖をお出ししますので、明日となると大変ですが、ご希望でございましたら、その通りに」

濃紺のダブルブレストスーツを着た中年の男が、抱え持つクリップボードから顔を上げた。

「もー、疲れた。休憩したいんですけどぉー」

両手を腰に当てた拝島は、三面鏡の前でポーズを取りながらため息をつく。もう何度目になるだろうか。あれを着ろ、これを着ろと柏木に指図されて従ったが限界は近い。

銀座のヘアサロンでカットとカラーリングとトリートメントのフルコースを施術されたばかりだ。グレージュの染め色をじっくり確認する時間も与えられず、近くにある老舗百貨店へ連行された。

移動手段のSUVは、拝島の血と泥で汚れたクーペを手放したことでセカンドカーから格上げとなった輸入車だ。

「データは揃いました。もうじゅうぶんでございます」

クリップボードを持った中年の従業員がうやうやしく頭を垂れる。

車寄せそばのエレベーターで直通の最上階にある特別室は、ワインレッドの絨毯が敷かれた廊下を進み、曇りひとつないオーク材の扉を押し開けた先だ。

組み木細工の床に、飴色の腰壁。クロスはシックなボタニカル柄で、柏木が座っていたソファはペルシャ絨毯の上に置かれている。

肘掛けの木工細工が美しい曲線を描き、よく磨かれていた。

自然光がレース越しに降り注ぐ大きな窓のそばに、スーツのジャケットを着せたトルソーが並び、その前方のテーブルにはさまざまな洋服が用意されている。

色とりどりのシャツ、スラックス、薄手のセーターにカットソー。ネクタイも靴も揃えられ、どれもが男物だ。

「これに着替えるといい」

テーブルを見渡していた柏木が薄手のセーターとパンツを選び、若い従業員が素早く近づいて受け取った。拝島の腕や足の長さを測ったメジャーが首に垂れている。

「おつかれさまでございました。軽食をご用意いたします」

控えていた中年の従業員は、顔半分に大仰な擦り傷をつけた拝島にも礼儀正しい。

飲み物の好みを確認された拝島は『アイスコーヒー』と答えてからジャケットを脱ぐ。若い従業員の差し出してきた服と交換して、その場で着替えた。

試着スペースはパーティションの裏にあったが、あまりに次から次へと試着を指示されるので、途中からいちいち引っ込むのが面倒になってしまったのだ。

「パナマ帽にサングラスがあればカンペキ」

着替えた拝島は鏡の前で気取ったポーズを取り、右へ左へと身体をよじる。

柏木が選んだセーターはペールイエローのドルマンスリーブで、袖を通すまでもなく、手触りだけで価格が知れそうな代物だ。こまやかなゲージの生地に独特の光沢ととろみがあって、素肌への馴染みもいい。合わせた紺色のパンツはくるぶし丈で、リゾート地の若者としては洒落た風情になる。

ソファに戻った柏木のそばへ近づき、拝島はわざとらしく寄り添って座る。優雅に組んだ膝の上へ両足を投げ出した。

メジャーを首から掛けた若い従業員が、ぎょっとしたように目を見開く。足を乗せただけでなく、もたれかかった拝島の指が、柏木のジャケットの胸元へ忍び込んだからだ。

「やめないか。彼が誤解するだろう。ただでさえ、他人を伴ったのは、今日が初めてなんだ」

柏木は含み笑いを浮かべて言い、投げ出された拝島の足先から革靴を剥いだ。

「これも持って帰るよ。あと、さっきのローファーも。この服にはデッキシューズがいいな。そう、そのベージュとブラウンの……」

革靴を引き取った従業員が指示に従い、ツートンカラーのデッキシューズを持ってくる。

ソファの背もたれに掴まった拝島が見つめると、従業員は顔を真っ赤にしてお辞儀をした。脱兎のごとき勢いで部屋を出ていく。

「やめろって、言っただろう」

柏木はあきれ顔だ。しかし、デッキシューズを履かせても、拝島の足を膝からおろそうとしない。

「あの店員さん、俺に気があるんじゃないの？」

「卑猥なものを見せられて迷惑しただけだ。当然の反応だろう。……そんなところに色気を振りまいてどうするんだ。きみが取り入るべきなのは『金のある女性』だ。これだけのことをしているんだからね、見事なお手並みで楽しませて欲しいものだよ」

吐息まじりの言い分に、拝島はもっともだとうなずいた。髪を染め、衣服を整え、拝島の印象はぐっとよくなった。顔の傷さえ消えてしまえば、勝負を賭けるのに不足はない。

「そっちだって、楽しんでるように見えたけどなぁ」

柏木にそんなつもりがないことは百も承知で、言いがかりをつける。見上げた顔立ちは精悍で、丹念に彫られた彫刻のように整っていた。

「ご歓談のところをお邪魔いたします。軽食の用意をさせていただきます」

部屋を出ていた中年の従業員が戻ってくる。あとから続いた女性従業員がテーブルの上に飲み物とサンドイッチの皿を並べた。柏木の膝に乗りあげてしがみつく拝島を見て、微笑ましそうに頬をほころばせる。

若い女の反応に、拝島は気をよくした。しかし、彼女の視線はすぐにスライドして、頬も恥ずかしそうに赤くなる。拝島から柏木へ意識が移った瞬間だ。

拝島はムッとした。その勢いで柏木のあご先に手を添え、くいっと引き寄せる。驚いた顔はすぐに迷惑そうなしかめっ面へ変わった。

間近に見れば、いっそう麗しい美青年だ。凛々しく濃い眉と引き締まった頬に、目鼻立ちのはっきりした造りをしている。

その美貌は認めるが、女の視線を巡って勝つか負けるかとなると問題は別だ。

「どうした……」

息がかかるほどに顔を寄せても、柏木は動じない。余裕のある態度で拝島を覗き、小さな生き物へ言い聞かせるように声をひそめた。

「もう着せ替えは終わったから、少し摘まむといいよ。ここのサンドイッチはマスタードが効いて美味しいんだ」

「へぃへぃ、いただきますよ～」

柏木の膝から足をおろすと、女性従業員が手拭きのタオルを広げてくれる。

「彼は友人ではないんだよ」

紅茶をソーサーごと持ちあげた柏木が言った。

「三日前、雨の夜に車で走っていたら、急に飛び出してきたんだ。うっかり轢いてしまうところだった」

「え？」

女性従業員がぴたりと止まる。まじまじと見つめられながら、拝島は平然としたそぶりでタオルをテーブルへ置く。ハムとレタスとキュウリが挟まっているスタンダードなサンドイッチを摘まんだ。

「ターンした車のケツに引っかけられて、吹っ飛んだんだよ。撥ねられたようなもんだ」

口をもぐもぐ動かしながらうそぶく。

「頑丈だろう」

柏木も間違いを正さない。優雅に紅茶を飲んで続けた。

「鹿か猪が飛び出してきたんだと思った。あのあたりは、ごくたまに出るんだよ。それにしたって、子猫ならよかったのにね」

もの憂げな嘆息さえ上品に響かせる。若い女性従業員がすっかり魅了され、惚けたような声でうなずいた。中年の男性従業員はにこにこと眺めるばかりだ。

「めんどくさい女につきまとわれるよりはいいだろ」

両膝に肘をつき、前のめりの体勢になった拝島は、くちびるを尖らせて柏木を見た。しかし、微笑みを浮かべた横顔に無視される。

「あ！　そういう態度、ムカつくんですけど！　えらっそうなんだよな、金持ちって！」

文句を言いながら、拝島はひとりでぱくぱくとサンドイッチを食べていく。柏木の言った通り、マスタードの辛みとバターの甘さが絶妙のバランスだ。止まらないほど美味しい。

あっという間に平らげると、柏木は耐えかねたように肩を震わせた。

「……俺が食べさせていないみたいだから、やめてくれ……」

紅茶のカップがソーサーの上で小刻みに音を立てる。中年の従業員がサッと受け取り、笑いを噛み殺している柏木が振り向いた。

「おかわりを頼んであげようか」

「いらない。……このあと、肉を食いに行くって言ってたじゃん。そっちがいい」

拝島は快活に答えた。アイスコーヒーに手を伸ばし、試着疲れで渇いた喉を潤した。

ビーチに面したコンドミニアムに転がり込んで四日が過ぎ、リビングのカウチソファはすっかり拝島用のベッドに変わった。柏木はものごとに頓着（とんちゃく）せず、ふたりの生活習慣の違いにも寛容だ。靴下をどこに脱いでも気にせず、冷蔵庫のハムをかじっても怒らない。

「腹が減ったなら、言ってくれないか」

ため息まじりの声が聞こえ、ソファで雑誌を読んでいた拝島は気の抜けた返事をした。たいていの女は生返事だと目くじら立てて飛んでくるが、柏木は良くも悪くも無反応だ。

やがてキッチンから物音が聞こえ、拝島はパッと起きあがった。今日こそはメイドの姿を見てやろうと、リビングを小走りに横切る。

「……メイドは？」

「いないよ」

ふふっと笑った柏木がエプロンを広げた。ネイビーとホワイトのストライプ柄だ。

「今夜は魚介と野菜のピラフにしよう」

言いながらエプロンをつけ、アイランドキッチンにどんどん食材を取り出してくる。イカにアジ、エビ、アサリ。ベーコン、ニンジン、タマネギ、トマト、そして菜の花が並ぶ。

「きみは間が抜けてるな。朝はできあがるまで起きてこないし、夜は呼ぶまで転がって……。気にしているんだか、していないんだか」

「いや、だって……、メイドが、いるもんだとばっかり」

「そのメイドはどんな人？」

手際よく準備を進めながら柏木が問う。向かい側から眺める拝島は首をひねった。斜め上へと目を泳がせる。

「洋食が多いから、若いのかなと思ったけど……。わりと手の込んでる感じがしたから、おばちゃんかもなって」

イタリア料理テイストが多かったので、勝手に『マンマ』を想像したのだ。

「きみはヒモでもあるんだろう。食事を作ってあげたりはしないの」

さらりと失礼なことを言い残し、柏木は冷蔵庫へ向かう。缶ビールをふたつ取ってきて、ひとつを拝島の前に置いた。

「ヒモって言うな、ヒモって」

その通りなのだが、柏木が口にすると妙だ。雰囲気に似合わない。だからいっそう、バカにされた気になってしまう。

「じゃあ、なんて言えばいい」

「ジゴロとか、ツバメとか……？」

「若いツバメか……。きみは画家といった風情じゃないね」

「ん？　なに、それ」

拝島が戸惑うと、謎かけを口にした柏木は薄く笑った。缶ビールを優雅にあおる。

この四日間、都心の美容室と百貨店へ出かけた以外は家で過ごした。お互いの行動には干渉せず、いつのまにか用意される食事も一緒に食べたり、食べなかったりだ。

「『若い燕（つばめ）は池の平和のために飛び去っていく』。そんな手紙を、年上の恋人へ残して、画家は去ったんだ」

「まったく意味がわかりませんけど……」

わからせようという気もないのだ。柏木はいつも通り、意味深な笑みを浮かべる。

そして、ビールの缶を小脇に置いて料理を続けた。

手際がよく楽しげで、ときおり、拝島へ向かって小難しい話をする。それは自己満足なひとりごとだ。返答は期待もされていない。

鍋が火に掛かり、粉をつけたアジとエビが揚げ焼きにされる。

アイランドキッチンの隅にもたれた拝島は、ビールを飲みながら柏木の動きを眺めた。オーディオから流れる陽気なボサノヴァが不思議とふたりの時間に馴染んでいく。

ずいぶん昔から、このキッチンの片隅を知っているような気がして、拝島はくちびるの片端を引きあげた。苦々しく笑いながら、どこの、だれとの記憶が重なるのだろうかと考えてみる。

呼び起こされる記憶はなく、自分自身を亡霊のようなものだと思った。得体が知れず、正体が知れず、足があるのかないのか。ふわふわと流れるままの浮き世暮らし。女を抱いても気は晴れず、殴られる痛みのほうが、生きていることをリアルに実感できる。

生まれて初めて拝島を『ろくでなし』と呼んだのは母親だった。血が繋がっていたのかは定かじゃない。兄がふたりと妹がひとり。四人兄弟はすべて年子だ。父を名乗る男はコロコロ変わり、家で暮らしているのに他人の顔をする男もいた。

思い出すと胸がヒリヒリして、痛めつけられているときと同じ猛烈な怒りとあきらめが湧いてくる。

ビールを喉に流し込み、喉に引っかかった小骨のような翳りを胃へ落とした。なんら価値のない過去なのに、ふとしたときに舞い戻っては拝島を不快な気分にさせる。

だから過去などないと、素知らぬふりを続けるほうがいい。

「……もうすぐできるから。そんな顔をしないでくれ」

サラダを作っていた柏木が、茹であがったスナップエンドウを差し出してきた。なにも答えずにいると、くちびるへ押し込まれる。絶妙な塩加減だ。さくさくと歯ごたえもいい。

「今日は外が寒いから、ダイニングで食べよう。ワインを開けようか。それとも、ビールをもう一本」

「ワインってどんなの？　冷えた白ならいい」

「いいって、どっちなんだ。飲むのか、飲まないのか」

話しながらもサラダが仕上がる。飲み終わったビールの缶がすれ違いざまに抜き取られ、食卓の準備を手伝うように急かされた。

受け取ったマットを敷き、カトラリーの入ったカゴを運ぶ。柏木からワイングラスとボトルを渡され、コルクを抜いて注ぎ分けた。無性に味見がしたくなり、グラスだとバレるかもしれないと、ボトルに口をつけて飲む。

笑われた気がして振り向いたが、柏木はなに食わぬ顔でピラフの皿を準備していた。

「見た？」

たずねても、視線は返らない。

「きみの行儀の悪さを言い出したらキリがない。さぁ、食事にしよう」

テーブルへ招かれ、拝島も席につく。イスが二脚とベンチが一本。柏木がイスを選ぶので、拝島はベンチに座る。

マットの位置は向かい合わせにならないようにずらして置いた。ふたりの対角線上にサラダの大皿が置かれている。中身はレタスにスナップエンドウ、芽キャベツ。トーストしたパンがまざり、手でちぎった茹で卵の上にはパルメザンチーズがすりおろされている。

魚介と野菜のピラフはそれぞれの皿に盛られ、さまざまな具材が食欲をかき立てた。拝島はまず、ピラフを口に運ぶ。飯粒のほどけ具合がよく、魚介の出汁が利いている。

「……今日も美味い。メイドはいなかったんだな……。あんた、シェフでも食べていけるよ」

褒めたつもりだったが、柏木は不機嫌そうに眉をひそめた。ワイングラスにくちびるを寄せる仕草が冷淡だ。

「気を悪くするようなこと、言った?」

「……そんなことはない。今週末の招待状が届いていたよ」

「あぁ、ディスコナイトの」

若いセレブを中心に、遊び慣れた大人も集まるウイークエンドパーティだ。

拝島の雰囲気に合うと提案されたが、肝心の招待状を紛失していた。柏木にとっては興味のない催しだから、早々に処分してしまったのだろう。再発行を頼んでいたのが今日届いたという話だった。

「俺に合いそうな女を紹介してよ」

ピラフを続けて口へ押し込む。柏木はもの言いたげに視線を据わらせ、すぐにあきらめの表情を見せた。言おうとしたことは予測がつく。食事の態度についてだ。

拝島はみずから背筋を正し、テーブルについた肘を下ろす。

お行儀よくしても柏木から褒められた試しはなく、今度も冷ややかな表情でグラスを揺らすばかりだ。

「俺の知り合いにはいない。第一、自分で探す約束だろう。ジゴロのお手並みとやらを見せてくれ」

くちびるの端が片側だけ引きあがり、上品な顔に意地の悪い笑みが浮かぶ。

なんの参考にしようというでもないだろう。ただ、チンピラが女を口説くさまを見て、娯楽にしようとしているだけだ。

拝島は腰を浮かして横にずれた。柏木の正面に座って頬杖をつく。

「めーずらし。悪そうな顔してさ」

笑いながら小首を傾げると、柏木は眉を引きあげて目を伏せた。いつものあきれ顔だ。なにも言いたくないとばかりに閉じられたくちびるは、下側がふっくらとしている。肉感があって性的だ。

拝島はグラスを引き寄せた。柏木の顔を眺めながら飲んでいると、相手の視線がいっそう不機嫌に細くなる。

「気味の悪いことをしていないで、食事の続きを……」

「はいはーい」

いい加減な返事をしてマットの前へ戻る。黙って食事を再開すると、拝島のマットの端に置かれた小皿へサラダが取り分けられた。

話題が途切れて沈黙が続く。柏木が席を立ち、オーディオから流れる曲の種類を変えた。弦楽器がリズミカルなジャズだ。

「追われる原因になった女とは切れたのか」

「戻れないって、言っただろ。相手は幹部の女だったんだ。戻ったら、首根っこ掴まえられて、相模湾へドボンだ……。楽に死なせてくれる連中ならいいけどね」

ほとぼりが冷めるまでは逃げまわるしかない。そのうち、時間と労力が惜しくなってあきらめるだろう。

「様子が気にならないのか」

「あんたは相手の旦那のことまで気にしそうなタイプだな」

鼻で笑いながらスプーンの先を向けると、柏木は心底から不快そうに眉をひそめた。しかし、このやりとりを楽しんでいるようにも見える。拝島はゆっくりとスプーンをおろした。

「お互いに遊びの相手だ。……それに、あの子は、幹部からはゾッコンに惚れられてる。って言っても、無事かどうかはわからないけど」

「冷たいんだな」

「あんたに言われたくはないな。噂はあれこれ聞いてるよ」

「噂だろう？　どこまでいっても噂だ」

さらりと言って、ワイングラスを揺らす。拝島はサラダをつついてスナップエンドウを探しながら言った。

「そのそっけなさで捨てられたら、たまんないだろうな。死人が出ないのが不思議なぐらいじゃん……」

そっけないことを言っても、冷淡でも、柏木にはあくどさが感じられない。女の目には官能的に映るだけだろう。

「死人なんて、出るわけがないだろ。割り切った付き合いだ。こうして食事をするようなものだよ」

「セックスが？」

「……セックスが」

ふっと笑った柏木から独特の色気が匂い立つ。同性に興味のない拝島までもが、ぞくりと震えた。

「うえー、こわっ……。俺、美味しくいただかれちゃう？」

冗談めかして言ったが、柏木はにこりとも笑わない。まったく盛りあがらない雰囲気で真顔になって首を振る。

「まるで興味がない」

「それはそれで、なんかムカつくんだよな。こうして毎日、一緒にメシ食ってさぁ？　情が湧いたりしないの、情が」

「きみが犬や猫だったなら、あったかもしれないな。食べさせる甲斐がある」

「どういう意味だよ」

「世話をしてるだけで気分がいい。尻尾を振ってエサを食べている姿にも可愛げがある」

「可愛げぐらい俺にだってあるよ」

スプーンを握りしめ、むすっとくちびるを引き結ぶ。

「ペットと一緒でいいのか？　……ヒモもペットも変わらないか」

「……うん」

大きくうなずくと、柏木は崩れ落ちるように肩を落とした。やがて広い肩が小刻みに震え始め、笑い声が聞こえた。

「そこはうなずかないほうがいいよ。……女が見つからなかったら、素敵なおじさまを探してあげよう。それなら、いくらか知っているんだ」

「あんたもそういう趣味なの？　男は抱かないけど、おじさまになら抱かれる的な？」

顔いっぱいに嫌悪感を浮かべながらたずねると、柏木もまた表情を歪めて答えた。

「お断りした相手に心当たりがあるだけだ。なにせ、こうも美青年だろう？」

「……お、おぅ」

なんと答えればいいのかわからず、声が喉奥で引っかかる。それを見た柏木はまた肩を揺らし、くつくつと笑い出した。

「明日は美術館へ出かけようか。きみも、少しは教養を身につけたほうがいい」

「なんで」

「若さで勝負するには、そろそろ限界が近そうだから」

柏木は、眉にかかった前髪を指先で払いながら意地悪く目を細める。

「うわっ、嫌なこと、言う……っ」

ぐぐっと喉を鳴らし、拝島はのけぞる。グレージュに染まった髪をひと振りして、べーっと舌を見せた。

旬を過ぎた自覚はある。ジゴロとしてはまだ数年の賞味期限が残っているが、養ってくれる女を見つけることは年々難しくなっていた。都会の女は同年代の男を求めるし、色恋で堕としてて金を稼がせても、相手が本気になれば厄介ごとが積みあがる年齢だ。結婚だとか、子どもだとか、責任だとか。

女も歳を重ねれば利口になり、まともらしいことを考え始める。それはすべて、拝島の人生から削り取られた言葉ばかりだ。

「俺さぁ、クズなんだよねぇ……」

テーブルに頬杖をついて、くちびるを尖らせる。ピラフの残りをスプーンでつついた。

「見ていれば、じゅうぶんにわかる」

柏木は静かに答え、まっすぐ前を向いて食事を続ける。話はそこで途切れた。ふたりは黙ってジャズを聴き、それぞれにワインの杯を重ねた。

＊＊＊

住宅地から離れた海沿いの一角に建てられたクラブハウスは、防音設備の整ったイベントスペースだ。

月に二回ほど行われるダンスナイトの夕暮れと夜更けには送迎のタクシーが列を作る。ターゲットは若年層で、セレブやその取り巻きたちが集まる。大人の社交場になっているノーブルなパーティとは趣（おもむき）が違っていた。

照明を落としたフロアは薄暗く、ミラーボールが華やかにくるくるとまわる。曲によっては七色のカラーライトが走り、フラッシュがまたたいた。大音量のディスコミュージックが骨の芯から響き、手足や腰が自然とリズムを刻んでしまう空間だ。

高揚感が募り、溺れそうな人いきれを逃れた柏木は、バーカウンターでライム付きのビールを頼む。出された瓶を引き寄せ、ライムを飲み口に押し込んだ。

黒いサマージャケットの袖は七分にまくり、黒地に水玉のシャツはボタンを二つはずして、赤いニットタイをゆるく結んで垂らしている。

爽やかなライムの香りと弾ける炭酸で喉を潤し、ゆっくりと息をついた。

汗で濡れた髪をかきあげると、顔見知りの女性と目が合う。向こうから近づいてきたので、ありきたりな挨拶を交わす。ハーフアップにまとめあげた長い髪の後れ毛が華奢な首に貼りついているのを、さりげなく眺めて肩を並べた。

「男友達なんていたのね」

耳元にささやかれ、柏木は眉根を寄せる。拝島のことだとすぐにわかった。

カジュアルなダンスパーティの類いはパートナーを必要としない。招待状さえあればひとり参加もできる。わざわざ同伴する相手は友人か恋人だ。

「友達じゃないよ」

くちびるを耳元へ近づけて答え、ビールを飲む。女の視線はフロアを向いていた。

七色のレーザーライトが縦横無尽に動きまわる中、拝島がステップを踏んでいる。意外な才能だと感心するほどリズム感がいい。

大柄の花が描かれた開襟シャツと、レーザーライトに映える白いパンツ。汗に濡れた髪が弾んで肌が光る。腕はなめらかに動き、指先が宙を指して止まった。その直後にはまたリズムに乗って動き出す。

めまぐるしく踊る姿は人目を引く。眺めているのは柏木たちだけではなかった。フロアのあらゆるところから視線を集め、その多くが女性だ。

「……口説かれに行こうかしら」

甘えるような口調で言った女はフロアへ背を向ける。身体の半分がしなだれかかってきて、柏木は否応なしに腰あたりへ腕をまわす。砂糖菓子のような匂いがする髪へ鼻先をうずめても、気乗りしない。

「行っておいで。遊ぶにはちょうどいいジゴロだよ」

からかうように答えると、女はくちびるを尖らせた。柏木の脳裏に、拝島の子どもっぽい仕草がよみがえる。

膝を立てて食事をするのが不快で、行儀が悪いと指摘したときだ。不機嫌になった拝島は、くちびるを突き出して愚痴っぽくぼやいていた。

「あなたって、ダメね……」

負け惜しみを口にする女の身体が離れ、肩に手が乗った。そこでキスをすれば、今夜の約束は成立だ。

しかし、柏木は応えない。顔を背けると、女はなにも言わずに去った。

ひとり残され、瓶ビールを飲む。カウンターにもたれて拝島を眺めた。まだ踊りに没頭していて、耽溺の表情にときおり笑みが浮かぶ。幸福な高揚感がとろけるようなハニースマイルだ。だれに向けられたものでもない。だからこそ、だれに対しても有効な媚びになる。

汗をかくほどに拝島は色気を増し、ダンスに夢中になっている仕草から目が離せない。気づいたときには遅く、柏木はじっと凝視する。

女を誘う巧みな手管を彼は持っていない。けれど、天性のジゴロだ。

女の視線を盗み、しなる背中でこれ見よがしなセックスアピールをする。ステップは素早く複雑で、なにもかもが整っているようでいて、アンバランスなグルーヴだ。

数曲続けてかかっていたセットリストが終わり、天を仰いだ拝島は大きく息を吸い込んだ。両手でグレージュに染めた髪をかきあげる。きらめくような汗が瑞々しく、夢中にさせた数人の中からターゲットを選ぶのだろうと、柏木はあごを引いて事態を見つめた。

拝島はあたりをぐるっと見まわす。こともあろうか、柏木のほうへ駆け戻ってきた。

「見てた？　見てた？　さっきの曲、超好き！」

すでに次の曲が始まっていたが、興奮冷めやらぬ様子で足踏みして、柏木の手からビールの瓶を奪い取る。

「なぁ、賭けをしようぜ！」

瓶の中身をすっかり飲み干し、汗で肌を濡らした拝島はいたずらっぽく瞳を輝かせた。

「俺がおまえの相手を、おまえが俺の相手を決めて、うまくいったほうの勝ち」

「話が違うんじゃないか？」

柏木は目を細めた。今夜からのねぐらを探すのが、拝島の目的だ。うまい口実をこじつけて、金払いのよさそうな女を紹介させるつもりかと思ったが、妙にイキイキとした顔は単純そのものだ。

柏木は仕方なくフロアを見まわした。付き合いのほとんどない知人を探し、その中で条件に合いそうな女を指差した。

「彼女かな……」

「じゃあ、俺はあっちね」

拝島は無邪気にターゲットを定め、柏木の顔を見た。

「お手並み拝見。王子さま」

陽気にふざけながらあごをそらし、指先をひらひらさせてバーカウンターへ取りつく。ビールを頼んだが、支払いは柏木任せだ。

カウンターを離れる間際のウインクに冷たい視線を返し、バーテンダーへ金を払う。ついでにジントニックをふたつ頼んだ。出てきたグラスを持ち、うんざりしながら拝島の選んだ女を見据えた。まっすぐに向かっていく。

顔を知られた有名人だからこそ、口説く相手は慎重に選んできた。高嶺の花に時間をかけることを好まず、極度にもの怖じする女も、極端に舞いあがる女も避けた。

好みのタイプは、腰つきのカーブが美しい大人の女性で、ほどほどに遊び慣れているのがいい。だが、ターゲットとして決められた相手は趣味とかけ離れた若い女性だ。まだ女の子と呼べるほどで、肌の露出がやたらと多く、長く波打った髪が肩や胸へ流れている。

たどり着く前に目が合う。ハイテーブルに友人ふたりといるのを見て、手にしたグラスをそれぞれに差し出した。きっかけ作りは簡単だ。仕草や顔つきで、出会いを求めていることはすぐにわかる。あとは相手にとって満足のいく雰囲気と駆け引きがあればいい。

しかし、策を練るまでもなく、目の前のふたりの瞳はとろけていた。誘えばふたりともがついてくるだろう。問題は別れ際と後日だ。

選ばれるのが当然と信じて疑わない若さゆえの傲慢さで追いまわされては困る。美しく割り切って関係を持てない女との、いくつかの失敗が柏木の脳裏をよぎった。

思わず転げ落ちそうになるため息を隠し、人のよさを滲ませて微笑む。内心では、面倒なところを選んだ拝島を恨んだ。

さりげなくフロアを見ると、彼もまた柏木が選んだ女に近づいていていた。

ミラーボールの下へ誘い出し、じゃれ合うようにステップを踏んでいる。やはり拝島のダンスは格別にうまい。恥ずかしそうな女を楽しませるテクニックもあった。

拝島が先に口説き落とし、店外へ出ていくだろう。そうなれば、同居の付き合いも終わる。ジントニックを渡した若い女ふたりについては、もう一杯奢り、楽しいひとときの礼を述べて別れるだけだ。

初めから結果のわかっている遊びだと、柏木は丸いハイテーブルに肘を置いた。

拝島の姿を目で追う。人の金を使って染めた髪を汗で濡らし、人の金を使って仕立てた服を我がもの顔で翻す。手足の長い拝島は、羽根が生えたように踊っていた。彼の周囲だけ風が巻いているように見え、溢れかえる音楽も遠ざかる。

ハッと息を飲んだ柏木は、放置状態になっている女の子たちを振り返った。申し訳ないと思ったが、なんのこともない。熱気に頬を火照らせたふたりもまた拝島に釘付けだ。

柏木は言葉をかけず、視線を戻した。

フロアで踊る拝島の姿に、ここしばらくのふたり暮らしが重なる。ヤクザからかくまっていることもすでにあやふやで、マダムにも経過報告はしていない。すべては成り行きだ。朝昼晩と食事を与えながらも、ふいに億劫になり、ふらりと出ていくのを期待した。

拝島は、犬でも猫でもない。可愛げも癒やしも感じられず、怠惰で馴れ馴れしい愚かな男だ。

しかし、これきりと思えば、情に近い感情も滲み出てくるようで、自分自身に対して驚く。

都心を離れてから、できるかぎり無為に過ごしてきた。人肌恋しい夜には女を求めたが、そのほかはひとりでいるほうが気楽だった。例外はマダムだけだ。

ときどき屋敷へ遊びに行き、アフタヌーンティーに付き合って世間話をする。社交会情報やマダムの昔語り、庭に咲いた花のこと。どれもがたわいもなく切れぎれで、整合性や関連性に乏しい。それが気安くてよかった。

「ねぇ、あの人のために曲を繋いでない？」

大音量の音楽にまぎれ、女の子たちの話す声が聞こえた。柏木もＤＪブースに目をやる。そこに立つ若い男の視線は拝島へ向き、確かに注目しながら次の曲をかけていた。

一曲、二曲、三曲。四曲目がかかったタイミングで拝島が諸手(もろて)を挙(あ)げた。降参のポーズを取り、汗でびっしょりになった髪をかきあげる。上機嫌に笑うと、一緒に踊っていた女を抱き寄せ、鼻先を近づけた。キスはせず、なにかをささやく。

女がぽかんと口を開いた。拝島はその場を離れ、飛び跳ねるように人の波をすり抜ける。それもまたつま先立ちのリズミカルなステップだ。

にこにこと機嫌よく笑う拝島は、柏木のそばに到着した。

「喉、渇いた！」

そう言いながらテーブルを見まわしたが、柏木のドリンクはない。女の子たちにあげてしまったからだ。

気づいたひとりが飲みかけのジントニックを差し出すと、拝島は顔をしかめるようなウインクで受け取った。キザなのに愛嬌があるコンドミニアムでは見せなかった表情だ。

当たり前だと思い、柏木は手を伸ばした。拝島の肩を突く。

「負けだよ、きみの」

そう告げると、拝島はきょとんとした顔になる。短いまつげがバシバシと動き、黒い瞳が斜め上へ向く。自分が言い出した賭けのことをすっかり忘れていたのだろう。眉がぴくっと動いたが、それだけだ。

拝島はなに食わぬ顔をして、女の子からもらったジントニックを飲み干した。

「好みのタイプじゃなかった。腹が減ったから帰ろうぜ」

無邪気を装って勝手なことを言い、丸テーブルに置いた柏木の肘へ指を添えてくる。

女の子たちを遠ざけるための牽制だ。そして、柏木へのわざとらしい嫌がらせでもある。ゲイカップルを匂わせた仕草に後ずさった柏木は、喉元までせりあがる非難の言葉も飲み込んだ。言ってわかる相手ではないし、大音量の音楽が鳴り響いて言葉の応酬もままならない。

成り行きを見守る女の子ふたりは、拝島の行動に笑いながら、このまま四人で遊びたいと表情で誘ってくる。しかし、柏木の好みではない相手だ。にこやかな挨拶を残し、心ばかりのタクシー代を握らせた。

「そこまでする必要があんの？」

バーカウンターへ向かいながら、拝島が笑う。肩がぶつかり、腕が背中にまわる。酔っているらしく、体重がぐっとかかった。

「きみに付き合うと散々だ」

「付き合うってほど、付き合ってねぇじゃん。……踊る？」

バーテンダーに向かってハイボールを頼むのが聞こえ、柏木は急いで割って入る。水をパイントサイズで一杯と頼み、拝島を押しのけた。

「踊らない」

「ハイソな皆さまは、ワルツにタンゴか？　チークダンスぐらいできるだろ？」

「……男とは、もっとも踊りたくないね」

「つまんないねぇ、柏木は」

自分のことを棚に上げた拝島は、出されたグラスを鷲掴みにしてあおった。くちびるの端からこぼれた水が、汗で光る首筋へと伝い落ち、シャツをさらに濡らす。

柏木は目を伏せた。見てはいけないものを見たときのように、胸の奥が騒ぐ。

「本当に、帰るのか？　きみは残ればいい……」

「なんで？」

手の甲であご先を拭った拝島が眉をひそめる。柏木も眉根を引き絞り、ふたりはしばらく睨み合う。

「こわい顔……」

くちびるの端を歪めて笑ったのは拝島だ。カウンターにもたれて、氷だけになったグラスを揺らす。

柏木は、言いたいことのすべてを飲み込んだ。さっと身を翻し、出入り口へ向かう。拝島には声をかけなかった。連れて帰る義理はない。ここで別れると決めていたのだから、それでいいはずだ。

廊下へ出ると、知り合いから声がかかる。もっと遊ぼうと誘われたが、指先を振り返すだけで断った。フロアに鳴り響いていた音楽は少しずつ遠ざかり、激しいビートだけが身体に残る。

拝島の誘いに乗って踊ってもよかった。ステップは得意じゃないが、数年前には都心のクラブイベントで夜通し騒いでいたのだ。その頃の陽気な記憶がよみがえり、即座に憂鬱な現実が押し寄せてくる。

帰る客よりも入ってくる客が多い出入り口は大混雑だ。柏木は人波をかわしてすり抜ける。外に出ると、汗にそよ風が当たって涼しく感じられた。

柏木の持っていた楽しい記憶は、波にさらわれる小さな貝殻(かいがら)のように消え失せた。元からなかったと思うには輝いていたし、充実した日々だった。だから、相手のことは恨んでいない。人にはそれぞれ事情があるのだ。裏切りにも彼なりの正当性があったのだろう。

雑多な仕事が取りあげられた柏木の手元には億に及ぶ金が残り、親から譲り受けた資産も合わせれば、しばらく遊んでいられる。

そのあとだって、申し訳程度に働けばいいだけだ。

「あ、やばい！」

いきなり腕を引かれた。後ろから追ってきた拝島だ。建物脇の植え込みの陰へ引きずり込まれ、柏木の目の前に黄色いハイビスカスが迫った。

「なにを……っ」

怒りが湧き起こり、拝島を押しのける。しかし、相手の腕はしっかりと身体に巻きつき、びくともしない。押さえつけるというよりはしがみつかれていた。

「……俺の、オンナ」

耳元でささやかれた声は焦っている。だから、押しのけようとした腕に、汗ばんだ拝島の頬が密着しても身動きを取らなかった。

額を寄せ合ったふたりは、ブーゲンビリアがこぼれ落ちるように咲いた生け垣の隙間から、向こうをうかがい見た。

車寄せのロータリーに、いましがた到着した車だ。開いた助手席のドアに手をかけ、降りたばかりの女が車内とやりとりしている。

短いスカートにくるぶし丈の薄いレギンス。ハイヒールのストラップが巻きつく足首がきゅっと細くて扇情的だ。

後ろに続く車から男が数人降りてきて、車二台はその場を離れていく。女は近づいてくる集団に飲み込まれた。ほとんどは若い男で、鋭い目つきが荒っぽい仕事を連想させる。その中に、ひとり、恰幅のいい男がまじっていた。

拝島の身体に緊張が走るのを感じ取り、柏木はわずかに背をそらした。表情を確かめようとしただけだ。それなのに、置いていかれると思ったのか、拝島は強引に身体を押し込んできた。

ふたりの体勢が崩れ、拝島に引き寄せられた柏木は、仕方なく彼の背に腕をまわした。崩れかかった体勢を保つために抱き寄せると、出入り口に背が向く。女を含んだ集団が通り抜けていくところだ。

物陰になっているが、抱き合っていればいっそう安全だろう。だれかに気づかれても、薄暗がりでのランデヴーだと思われるだけだ。それは特に珍しい光景でもない。

向こう側を確認しようとする拝島が片腕を伸ばす。柏木の首筋に腕がまわり、拝島のつけている時計が肌をかすめた。ぞくっと震えが走り、身構えてしまう。

こんなところで、汗みずくになった男を抱き寄せている不運に打ちひしがれたい気分だ。みっともなくて、情けなくて、笑えてくる。

しかし、拝島にとっては死活問題だろう。ここで見つかってしまったら、彼の人生は終わる。知ったことではないと思うが、惜しい気もした。一度は助けた相手だ。知らないところで殴り殺されるのはかまわないが、いまここでとなると後味が悪い。

「やっべぇ……。なんだよ、こんなとこに、ふたりで来んなよ」

拝島のぼやきが耳に届く。その声は想像以上にのんきで、保護者に悪さを見つかった高校生よりも危機感がない。拍子抜けした柏木は息をついた。拝島を押しのけて、ジャケットの乱れを直す。

「このレベルなら、招待状は撒かれているからね」

セレブは無料でも、一般向けには入場券が売られているはずだった。

「……ケガしてる感じじゃなかったな」

生け垣の裏で片膝を抱き寄せ、拝島はぼそりと言った。

「おまえがさ、女はだいじょうぶなのかって、言ってたじゃん。……普通そうだった、よな？」

上目づかいに向けられた眼差しは鋭く、いつになく真剣味を帯びている。片膝を芝についた姿勢で、柏木はくちびるを引き結んだ。

拝島の言動は理解しがたい。幹部の愛人に手を出しておきながら、彼女を『自分の女』のように表現する。

「なぁ、柏木。……なぁ、って」

腕を掴まれ、揺さぶられる。自己中心的な拝島に苛立ちを覚えた。

勢いづいて振り向くと、ちょうど覗き込んできた顔とぶつかりそうになる。アルコールの匂いがぷんと漂う。嫌悪が胸のふちをかすめ、柏木は眉をひそめた。

なぜ、この男の面倒を見ているのだろう。当たり前のように居座られ、食事をさせて服を買い与え、見た目がマシになったと満足している自分がいる。

疎ましさはいっそう募ったが、顔を背けるのも癪にさわった。それぐらいの遠慮は拝島がすればいい。そう思った。

しかし、他力本願の塊のような拝島だ。配慮の心などあるわけがない。ひたっとした目で柏木を見つめ、自分にとって都合のいい返答を待っている。

意地の悪い言葉を返してやろうかと思案を巡らせた柏木は、ブーゲンビリアの花影で見つめ合う異様さに気づいた。悪い冗談だ。薄闇にも鮮やかな花房が視界をちらちらとよぎる。

時が止まったような逡巡のあいだに、涼しげな顔立ちの拝島がにやりと笑った。そして首を伸ばす。

柏木のくちびるに、乾いた感触が押し当たった。

驚いたが、拝島ならやりそうな仕返しだ。いつまで経っても慰めてもらえず、待っていることにも飽いたのだろう。柏木からキスを奪い、したり顔で舌を見せる。自分のくちびるをぺろりと舐める仕草は、まさしく場末の淫猥さだ。

「ふざけるな」

胃の奥に不快感が溢れ、片手で拝島の首根っこを掴まえる。押しのければ、負ける気がした。睨みつけながら迷わずにくちびるを奪い返す。ぐっと押しつけて、舌を差し込むと、さすがの拝島も動揺を見せた。

すっきりとした鼻梁や眉間に苦悶が滲み、腕先をジタバタと動かす。邪魔だと払いのけたが、拝島はあきらめずに身体のあいだへ肘をねじ込んだ。

「舌を入れんな……っ」

「誘ったのは、きみだ」

薄く笑って返すと、相手のくちびるが尖る。思い通りにことが運ばないと、拝島はすぐに拗ねた。短慮で考えなしだ。これほど似合いの仕草もないと柏木は内心で腐す。

すると、心の中を読んだかのように拝島の表情が変わり、挑戦的にくちびるの端が引きあがった。斜に構えた拝島の表情は、ミラーボールのきらめきを受けて踊っていた軽妙さを取り戻す。

「負け惜しみかよ。その気になったくせに」

柏木の両肩に腕を投げ出し、薄く笑う。

それは、口説いた女のくちづけを待つジゴロの淫蕩な表情だ。うらぶれた色気は甘く、女が感じるのだろう淫心を、柏木も想像した。肉欲ほど直接的な情動ではなく、夢見る褥で繰り広げられる愛撫だ。

汗ばんだ肌と肌が触れ合い、息づかいは跳ね、四肢がよじれるように絡まり合う。

拝島は、そんな妄想をかきたてる男なのだと、柏木はそのとき気づいた。

見つめるだけで、女がいだく淫らな妄想を肯定してしまう。けして奪わず、与えて受け取り、相手の自我を満たしていく。

「ほら、誘ってやる。キスしろよ」

ブーゲンビリアの派手な色を背景に、ジゴロは挑むような命令口調になった。ねだるにしては行儀が悪い。しかし、ケンカを売るような強い言葉の裏には、身を投げ出すように甘えた仕草が隠されている。

柏木の背中に震えが走った。ぞくりと腰あたりが痺れ、引き寄せられるように顔を近づけた。くちびるを与えると、無垢(むく)な子どもの仕草で吸いつかれた。お互いの視線がぶつかり、拝島が目を伏せる。短いまつげを繊細に揺らしながら、くちづけを貪(むさぼ)られる。柏木のくちびるに、喘(あえ)ぐような吐息がかかった。

これも、拝島の手管だ。女が持つ母性本能をくすぐり、隠れた性欲に火をつける。己を可愛がらずにはいられないようにして、いっそう心の内側へ滑り込む。

柏木は冷静に評価をくだす。そのあいだ、何度もくちびるを吸われた。互いの息は熱を帯びて混じり、柑橘を思わせる汗の匂いに包まれる。

乱れた呼吸の隙を縫って、忍び込んだ拝島の肉片が柏木の舌先を探る。誘うような、生ぬるい感触が、ふちをかすめるように動く。

男同士の行為だとわかっていても、やめられなかった。

拝島のキスは気持ちがいい。

まるでダンスをするように舌が絡むと、視界の端で揺れるブーゲンビリアの花の色が、ダンスフロアで交錯するカラーライトのレーザーを想像させた。

汗を飛び散らせて踊っていた拝島のしなやかな身体は、またたくフラッシュライトに刻まれ、一秒ごとに時を止める。その姿を、柏木は覚えていた。

長いキスに溢れた唾液を、拝島はこともなげにすすり、あだっぽく嚥下(えんげ)する。まぶたが開き、拝島の瞳に柏木が映った。

ふたりは同時にまぶたを閉じて、同時にまぶたを開いた。

なにが現実で、なにが幻想なのか、まるでわからない。悪い夢を見ているようだと、柏木の胸は苦しくなる。

しかし、そよ吹く風は海の匂いだ。クラブハウスから流れ聞こえるディスコミュージックが溶けていく。

ブーゲンビリアも揺れる。

不道徳と退廃の荒んだ気配が暗がりを占拠していた。拝島の切れ長の瞳が、偽りの熱を帯びて柏木を見つめてくる。なにを求めるでもない、その場しのぎの情熱が、彼の人生をどれほど落ちぶれさせたのか。想像することは容易だ。

柏木は無表情に戻り、目の前の男を見据えた。

＊＊＊

「なぁ、電話……貸してくんない」

　テラスに続く引き戸を少し開けて声をかける。朝からやまない雨は静かに降り続き、今日の海は鈍色にかすんでいた。波音も静かだ。

　テラスに出したハンモックに揺られていた柏木が、読みかけの本を胸に伏せた。

「携帯電話？」

「いや、家電があるなら、そっちがいい。非通知でかけるし」

「そう……」

　胸に伏せた本にブックマーカーを挟み、柏木はハンモックをおりる。通りがかりに、ダイニングテーブルへ本を置き、廊下へ向かった。

「ここの電話はめったに使わないんだけど。寝室に子機がある」

　ついてくるようにジェスチャーをされて、背中を追う。柏木の暮らしているコンドミニアムの寝室はひとつだけだ。中を覗いたことはあるが、足を踏み入れるのは初めてだった。

　遠慮をする柄ではないが、柏木のプライベートスペースだと思うと気が引ける。その程度の常識なら持っていた。

「イスを使うといい」

チェストに置いたコードレスフォンを渡される。柏木はすぐに部屋を出ていった。

他人にまるで興味ない男だ。ディスコナイトで見かけた女が付き合っているヤクザのことも聞かないし、ふたたびコンドミニアムで暮らし始めた拝島がいつ出ていくのかも聞かない。かといって、好きなだけいてくれというウエルカムな雰囲気でもなかった。

それでも、食事をするときは必ず呼ばれ、ふたりでテーブルにつく。

柏木の手料理は相変わらず見事だが、お互いにほとんど無言だ。黙って食べ、酒を飲み、レコードを聴いたり、プレイリストをかけたり、波の音を聞いたりするだけだった。

ひとりになった拝島は、コードレスフォンに番号を打ち込む。イスに腰かけて片膝をかかえた。寝室のドアは開いたままだ。

追われる原因になった女の携帯電話は呼び出し音が鳴るだけで応答がなく、今度はアニキ分、志村武史(しむらたけし)の番号へかけた。呼び出し音が鳴り、しばらくして回線が繋がる。『はい？』と不機嫌そうな声が聞こえた。

「俺です。海斗です」

端的に答える。

『あ！　おまえ！　のたれ死んだかと思ってたんだぞ！』

低くしわがれた声で怒鳴られて、思わずコードレスフォンを耳から遠ざけた。

「すみません。しばらく姿を隠すのがいいと思ったんで……。志村のアニキに面倒をかけたくなかったんですよ」

『そりゃ、そうだろ。おまえの昔の女のところまで、軒並み捜されてたぞ。……優衣だろ？　だから、やめとけって言ったじゃねぇか』

優衣が暮らす逗子マリーナのマンションの前で、偶然に出会って声をかけられたことがある。ヤクザ幹部と志村は同じ組に所属していた。デキているのかと遠まわしに聞かれてごまかしたが、気をつけるようにと釘を刺されたのだ。

優衣を囲っているヤクザ幹部は白髪まじりの年寄りだが、嫉妬深くてプライドが高い。報復は執拗だと、拝島も知っていた。

「優衣とは、あれきりですよ」

『おまえがそうでも、相手は違うってこともあるだろ。おまえはさ、女にはモテるんだからな。そんな自覚もないくせに、よくやってるな』

「ジゴロは俺の天職ですから」

うそぶいて笑い、話を戻した。

「まだ、俺のこと、捜してるんですかね？」

『もうしばらくはなぁ……。いまどこにいるんだ。藤沢には来るなよ』

「いまは横須賀です」

さらりと嘘をつく。志村はヤクザだが、表向きは不動産業を営んでいる。実情はかなり荒っぽい転売屋だ。小金持ちの女を紹介して小遣いをもらうこともあった。

『それぐらいの場所がいいだろうな。馴染みのところへは顔を出すなよ』

「わかってます。……優衣は、どうなんですか」

優衣と志村も、顔見知りの仲だ。噂ぐらいは耳にするだろう。

『なにがだ』

鼻で笑うような雰囲気を感じ、拝島は目を伏せた。

「志村さん、知ってるんでしょう。俺が逃げまわってるから……。あいつ、面倒なことになってんじゃないですか？」

『だとしたら、おまえ、表に出てきてやれるのか？　ムリだろ。ってか、そんなバカなことはするな。おまえの置かれている状況は最悪だよ。そのおかげで、あの女は助かってるんだ』

「それなら、いいんです」

『本当にいいのかよ。おまえだけが悪者にされてんだぞ。本気で惚れてるとか、言わねぇだろうな』

「あの子はいい女ですよ」

『……まだそんなこと、言いやがって』

舌打ちを響かせた志村は電話の向こうであきれている。

「そういや、携帯電話はどうしたんだ。ずっと圏外になってるぞ」

「落としたんです。いまは連絡手段がなくて」

『……女の家にいるんだろ。そこの番号を教えろ』

「ないんですよ」

『ふざけんな。いま、電話してきてんだろ』

「近くの店で借りてます」

いくらアニキ分であっても、自分を追っている組織の人間だ。本当のことは気安く言えない。

『……まぁ、いいけどよ』

不満げに声のトーンがさがる。拝島はかまわずに言った。

「志村さんも、俺のことはあんまり知っておかないのがいいんじゃないですか。……また連絡します」

間を空けず、すぐに切る。肘をイスの背へかけ、ぼんやりと宙を見つめた。窓はあるが、朝から降り続く雨の音は聞こえない。

くちびるを指でなぞり、つまんで引っ張る。その仕草を何度も繰り返し、逗子マリーナで会っていた頃の優衣を思い浮かべた。長い髪の柔らかな手触りが自慢の女だ。胸が大きくて足が細く、いつもだれかの肌で温められていたい性格が、男心を引きつける。

甘え上手で根っからの愛人気質だ。可愛がられている分だけ、ヤクザの幹部からは束縛されている。それが暴力を含むことは、優衣の身体を見て知っていた。本人からも話を聞いた。

含みのある志村の口調を思い出し、拝島は大きく肩を落とす。

自分が殴られるのはかまわないが、女が痛めつけられるのはこたえる。もう何度も経験した修羅場の数々が脳裏をよぎり、うんざりしながら髪をかきあげた。

視界の端に影が見え、開いたドアの縦枠にもたれた柏木と目が合う。バランスの取れた長身は、腕組みをしただけでさまになっていた。

「行き先が決まったなら送るよ」

静かな口調で言われ、拝島は顔を歪めた。

「聞いてたんだろ。そんな話じゃない」

「そのアニキ分のところへ行くんじゃなかったのか」

「だからさ、それはできないんだって……。迷惑がかかるだろ」

「……そう」

柏木の声がひたりと冷たく沈む。

アニキ分の志村にはかけられない迷惑の、ありとあらゆるすべてをかぶっている男だ。怒る権利はじゅうぶんすぎるほどあった。拝島は視線をそらし、チェストの上にコードレスフォンを戻す。

カットソーの袖から高級腕時計がちらりと見え、苦笑いを浮かべる。柏木からは、いまだ一度も返却を求められていない。

「今夜はなにを食べようか」

冷たい口調で問われ、嫌味なのかと身構えた。けれど、すぐにどうでもよくなる。柏木の心の内は複雑怪奇だ。気にするだけ疲れる。

「雨がうっとうしいから、鍋とかいいんじゃね」

「俺と、おまえで」

「うん。高級和牛でしゃぶしゃぶとか、すき焼きとか」

「俺と、おまえで……」

柏木はわざとらしく繰り返し、すっとその場を離れた。

「なんだよ」

ひとり残された拝島はぼやいた。腰に手を当てて、柏木の寝室をぐるりと見渡す。

きちんと整えられたダブルサイズのベッド、西海岸風の洒落た家具。全体はブルーグリーンで爽やかに統一されている。

ふらふらとベッドに近づき、ごろりと転がってみる。

天井は高く、やはりここにもシーリングファンがついていた。室温は一定に保たれ、湿気の不快感がない。

ベッドカバーが頬に当たり、思いのほか温かく感じられる。肌の冷えていた拝島はゴロゴロと転がり、身体にベッドカバーを巻きつけた。ミノムシさながらの格好だ。

「寒いなら、ジャグジーに入ればいい」

戻ってきた柏木に失笑され、拝島は視線だけを向ける。

親身なのか、邪険なのか。柏木の心の中は本当に読めない。自室のベッドを荒らされているのに怒りもせず、精悍な顔立ちに薄笑みを浮かべるだけだ。それも優しげなものではなかった。乾ききった虚無感が拝島をひやりとさせる。

なにが楽しくて生きているのかと聞きたくなって、そのたびに口をつぐむ。

同じ質問をされても答えがない。女を抱けば楽しいが、そのために生きているとは言えず、快楽さえもが一過性の娯楽行為だった。だから、柏木に対しても聞くだけ無駄だ。

「いま、用意するよ」

拝島からの返事を待たずに動き出す。そんな柏木をいぶかしげに見ながら、ミノムシ姿のまま起きあがる。

「一緒に、入んの？」

背中に向かって間抜けなことを聞く。そんなことが問いたかったわけじゃない。

『なんで、俺を追い出さないのか。聞いてもいい？』

そう言いたかったのだ。理解できなくても、知りたい。そういうこともある。

柏木が振り向き、乾いた微笑みを浮かべる。黒い髪をかきあげ、広い肩をすくめた。

「男と愉しめるほど、俺の人生は恵まれてない」

「は？」

どういう意味なのか、拝島にはわからなかった。

「ちょっと、待てよ！　なんだよ、それ。おーい、おーい！　かしわぎぃ〜ッ。おーい」

踵を返した柏木はスタスタと出ていく。何度呼んでも返事は聞こえず、仰向けに転がった拝島は動きを止める。

優衣の甘えた表情が宙に浮かび、志村のいかついしかめっ面に変わった。声の様子からして、相当の迷惑をかけたのだろう。舎弟分の不始末だと言われ、いくらかの責任は負ったかもしれない。

重いため息をこぼして目を閉じると、暗闇の中に柏木のドライな表情がよぎった。

「わっかんねぇなぁ……」

おぼろげに思い出すのは、海風に揺れるブーゲンビリアの花だ。

ベッドカバーを身体から剥ぎ、裸足の足を床へおろす。カットソーの裾から手を入れて背中を掻いた。

視界にちらつく派手な花の色が、拝島の気持ちを乱す。胃が悪くなりそうな記憶だ。くちびるを貪り、舌を絡めて、勝つか負けるかの瀬戸際で、拝島は快楽を感じていた。

それが憎々しい。負けたとは思っていないが、柏木のキスがうまかったことは事実で、男を相手にしても動じることのない酔狂なところも癪にさわる。

首を左右に倒しながら寝室を出た拝島はリビングを覗いた。柏木の姿はない。ダイニングにもテラスにも見当たらなかった。

残るはバスルームかと振り向いた先に、廊下から出てきたばかりの柏木がいた。

「出かけてくる」

前ファスナーの雨除けブルゾンを着た柏木が、車の鍵を揺らす。

「どこに」

「夕食の買い出し。しゃぶしゃぶとすき焼き、どっちにする」

「……おまえって、変なの」

ふっと息を吐き、拝島は肩をすくめた。

「俺も行く。肉を見てから決めたい」

拝島が言うと、柏木は意外そうにするでもなくうなずいた。促されて部屋を出る。地下駐車場まで降りて、黒光りするSUV車に乗り込んだ。

鈍色の雲が重く垂れ込めて、雨闇が陰鬱な雰囲気を醸(かも)していた。

カーオーディオからはジャズが流れ、サクソフォンとトランペットのセッションに雨音がリズムを加える。柏木の運転はスムーズだ。駐車場の出し入れも丁寧で、カーブも慎重に曲がる。信号機のない横断歩道では速度をさげ、人がいれば必ず停まる。

行っちゃえばいいじゃん、と拝島は繰り返す。柏木は答えずに鼻で笑った。バカにするようでいて、そうでもない。

五分ほどで高級スーパーマーケットに到着した。建物の上が屋根付きの駐車場なので雨に濡れることなく店内へ入れる。

まず、肉売り場へ向かった。どれもこれも美味しそうで、拝島には決められない。そのうちにステーキ肉まで欲しくなってくる。

「一度にすべてはムリだろう」

柏木に笑われ、買い物カートの押し手にもたれながら睨んだ。

「なに言ってんだよ。すき焼き、しゃぶしゃぶ、ステーキで三日分の献立が埋まるだろ」

「なるほど。それは一理ある。じゃあ……」

拝島の冗談を真に受けて、対面販売の店員に注文を始めた。

「四日目はスペアリブにしよう」

どこか楽しそうなもの言いに、拝島は目を見張った。次々にグラム数を告げる横顔を盗み見して、自分のくちびるへ拳を押しつける。無意識の仕草で柏木の感触がよみがえった。

あのキスが悦かったわけじゃない。

しょせんは男とのキスだ。柔らかいが、しっかりとした肉感があり、あきらかに女と違う大きさに、拝島のくちびるは食われてしまいそうだった。

あんなにも長く、男とくちびるを合わせたことはないと思い、暗澹たる気持ちで目を伏せた。

急に気分が悪くなり、ぐったりとうなだれる。

「もう、腹が減ったんだろう」

肉の包みをカゴへ入れ、柏木が言う。

「きみには困ったな。今夜はしゃぶしゃぶにしよう。明日がすき焼きで、次がステーキ」

「なんでもいいですよー。で、次はなに、買う？」

「それぞれに必要な野菜だ」

「俺、肉だけでいい」

「そうはいかないだろう。バランスよく食べないと」

「……食べなくても、もう大人になってるから」

「……そう」

いつものそっけない返答を残して、柏木は優雅にカートの前へ出た。先導して歩く姿が美しい。無駄がないのに余裕がある。

「酒屋に連絡して日本酒を届けてもらおう。すき焼きは赤ワイン。ステーキも赤かな」

「地ビールにしようぜ」

背中へ声をかけると、柏木は肩越しに振り向いてうなずく。

「いいね。じゃあ、スペアリブは？」

「ハイボールかジントニック」

「あぁ、それもいい。トニックも頼んでおこう。ジンも……。やっぱり帰りに寄ったほうがいいか……。好みもあるだろう」

「俺の？　おまえの部屋にあるヤツでいいけど」

「ジンの残りが少なかったはずだ」

野菜コーナーでネギやゴボウを選び、ミントとライムもカゴに入れる。レタスやタマネギ、ニンジン、新鮮なラディッシュ。次から次へと食材のカサが増えた。

レジに通したあとは車まで運び、少し離れた場所にある酒屋へ向かう。

スーパーマーケットでの買い物は早かったが、酒選びには時間がかかる。馴染みの店員と会話を楽しむ柏木は、いろいろと話を聞きながら日本酒の棚を眺めていく。

しかし、最終決定は拝島に委ねられた。好きなものを選ぶように促され、店員の蘊蓄（うんちく）を参考にして選ぶ。柏木は満足そうにうなずいた。

なにかの試験だったのかといぶかしんだが、買った酒の半分を持たせてくる柏木の表情は普段通りだ。店を出て、近くのコインパーキングに停めた車へ戻る。

シートベルトを締めながら、柏木が口を開いた。

「きみの女のところへ寄ろうか」

「……おまえ、ろくなこと言わねぇな」

「口が悪いね」

柏木は嫌がるでもなく笑い、心外だとばかりに肩をすくめる。

「気になっているんじゃないのか」

「……ならないわけじゃ、ねぇけどさ」

「どっち」

「……知らねぇよ」

シートベルトを締めた拝島は、セミバケットシートのへりに頭を預けた。雨に濡れた髪や衣服が湿っている。

通り抜ける雨雲であたりは一段と暗くなった。パーキングが驟雨に包まれ、車の天井にバタバタと雨粒が打ちつける。遠く雷鳴が聞こえた。

「きみの女じゃないのか」

「……『ねぐらのひとつ』って意味だ」

愛しているわけじゃない。都合よく抱き合えて、小遣いがもらえて、後腐れなく別れることができる相手だ。

「向こうは別れたつもりでいると思うよ」

拝島が言うと、柏木は上半身をひねるように振り向いた。わざわざシートベルトをはずし、腕を伸ばしてくる。前も見えないほどの雨に塗り込められ、車のフロントグラスの上を大量の水が流れ落ちていく。車内は薄暗に包まれ、湿気がどんよりと足元に溜まる。

柏木の手があご下をくぐり、そっぽ向いた顔を引き戻そうとしてきた。けれど、拝島は振り向きたくない。

くちびるを尖らせて抵抗すると、無理強いをされるどころか、指先で頬を撫でられて驚いた。力が抜けた隙をついてあごを掴まれる。簡単に引き戻され、不満げに柏木を見た。

「なに、すんの……」

「どんな顔をしているかと思って」

面白がるでもなく、同情するでもない。普段通りのドライな瞳だ。

「こんな顔だよ、バカやろう」

「口が悪い」

いつもと同じ指摘を受けて、拝島はいっそう不機嫌にくちびるを突き出す。柏木は冷笑を浮かべて言った。

「次は一週間後だ。彼女とニアミスしないフォーマルなパーティにしよう」

「……服がいる」

「そうだね。仮縫いまでは進めてあるから、明日にでも試着へ出かけよう」

「え……。いつのまに……」

目を見開くと、柏木は当然のように答えた。

「以前、サイズを測っただろう。そのときにオーダーは出しておいた。セミフォーマルなら文句なしに見栄えする。きみは手足が長いから」

「俺に、セレブな女を狙えっていうわけか」

「……偉そうな言い方。おまえより、俺のほうが年上なんだぞ」

「バカな……」

ふいに柏木の指が離れた。ショックを受けた顔で目元を歪める。

「なんだよ、その態度。俺、三十二だよ」

「……二十三じゃなくて？」

「自分の歳の数字を入れ子にするか。どんだけ、バカにしてんだっつーの」

「こんな三十二歳……」

言葉を詰まらせた柏木がさらに引いていく。拝島は、思わず手首を掴んだ。

「かわいそうな目で見んなよ」

「……苦労した人間は実年齢よりも老けて見える、ってだけだと思ってた。こんな三十代……嘘だ……」

柏木はますます混乱した表情になり、頬を引きつらせた。拝島の生活態度が、柏木の認識を狂わせたのだろう。

「苦労はしてますぅー。おまえ、二十八だろ。若造めが」

わざとらしくあごをそらし、掴んだ手首を引き寄せる。

「まぁ、おまえは苦労してんのかもな。若々しさがないからな。おっさんくさい」

「……よく言うよ」

静かに笑った柏木が指をほどこうとする。拝島は嫌がらせでいっそう強く掴んだ。

「おー、おー、上品な坊ちゃんが、いまさらビビった顔してんじゃないよ。キスした仲だろ」

「……キス？」

柏木の視線が戻る。無感情な瞳で見据えられ、拝島も乾いた笑いを浮かべた。

「男とは数に入らないって？　それは、俺もそうだ。おまえさ……。もしかして、この時計の相手とはそういう仲だったとか？」

腕を顔のそばに立てて、わざとらしく時計を見せる。

「やめてくれ、冗談じゃない」

嫌悪感をあらわにしながらも、柏木の表情が大きく変わることはなかった。怒りの感情も見せず、鼻先でせせら笑う。

「写真を見たら、そんなことは言えなくなる。大学時代はアメフト部にいたような巨漢だ。どれほど酔っていたって、あいつとは間違いを犯さない」

強い口調で言い切って、ふんっとあごをそらした。ほんのわずかに年相応の感情が見え、拝島は瞳をしばたたかせる。意外だった。

「裏切られた傷心で遊び歩いてるっていうのは？」

「……ショックを受けなかったわけじゃない。でも、東京での暮らしが合わなかっただけだ。会社を追い出されたのも、同じことだよ。……こんな話、いいじゃないか」

うっかり口を滑らせてしまったのだろう。シートにもたれた柏木がため息をつく。

「……金が残って、満足だ。面倒な人間関係からも解放されたし、結婚を迫られることもない。ひとりが合ってるんだと思うよ」

「いまは、俺といるけどね」

拝島もシートにもたれて言った。雨はまだ降り続けていて、窓を流れる水滴が影絵のようにふたりへ重なる。

興味を持って聞き始めたはずだったが、柏木の話のすべてがどうでもよくなった。拝島は口を閉ざして、雨の音に耳を傾けた。

柏木も、そんな拝島を察して黙る。

どちらも表情を変えないまま、雨宿りの時間ばかりが過ぎていく。不思議と、それがまるで苦にならない。

「きみは、なんでもないから、気が楽だ」

しばらくして雨の勢いがゆるまり、柏木が口を開く。

「仕事や交友関係からははずれているし、女の子みたいに気を使わなくてもいい。ペットほど手もかからないし、最適な暇つぶしだと思ってる」

少しもオブラートに包んでいなかったが、拝島は傷つくような繊細さを持ち合わせていなかった。いっそ清々しいと感じるほどだ。

「べた褒めですねぇ」

ふざけた口調でぼんやりと答えながら、柏木に腕時計を示した。

「この時計は、どうして手元に残したんだよ」

純粋な興味だけで聞く。答えたくなければ柏木は黙るだろう。そう思ったが、意外にも返事があった。

「ドライなのかと思ったら、けっこうウエットだな。そんなに過去に縛られてたいの」

「……他人に深入りしないためのお守り、みたいなものかな」

「陰のある男のほうがいいだろ」

「俺は陽気なジゴロだから、よくわかんねぇや」

鼻の頭にシワを寄せて、身体をひねりながら柏木へと向き直る。

「……俺の界隈じゃ、おまえみたいな程度は、不幸の中にも入らねぇし」

まっすぐに柏木を見る。美しい横顔は、淡々と言葉を紡ぐ。

「人は、それぞれの舞台を生きているんだ。互いの常識は通用しなくて当然だろう。ここでは、妻を寝取られても笑ってるよ。部下を遣って間男を痛めつけたりはしない」

「……しないように見えているだけだろ」

拝島の返答に、柏木は薄く笑った。わかっていて言っているのだ。

柏木の生きているセレブの世界でも、ルール違反を行えば報復がある。面子を汚されるようなことがあれば、拝島の界隈で生きるヤクザやチンピラが動くのだ。もちろん、それ相当の報酬と引き換えに。

「きみのことも、金があれば解決するだろう」

皮肉げな口調だ。拝島は眉をわずかに動かした。じわっと湧いた怒りはすぐに弾け飛び、怠惰な笑みで返す。

「出してくれんの」

「出さないよ」

間髪入れずに答えた柏木が身体を起こした。指先が宙を泳ぐ。拝島の手首に巻かれた腕時計が押さえられた。

「この時計、いくらで買い取ってもらえるか、知ってる？」

身体がわずかに傾き、花の香りが漂う。柏木がつけている香水だ。オレンジフラワー、ジャスミン、ネロリ。爽やかな柑橘と甘い花の匂い。そのひとつひとつが柔らかく絡み合い、男の肌の匂いと混じる。拝島はまぶたを伏せなかった。柏木の視線を受け止めた自分がほんの少し、身体を開いたことに気づく。

そのときにはもう、くちびるが触れている。拝島は腕を引き、柏木の指から時計を隠した。

「……俺を買うの、柏木さん」

わざと敬称をつけて、くちびるへ息を吹きかける。拝借しているヴィンテージの腕時計は、中古市場でウン千万円の値がつく代物だ。

チンピラジゴロの人生なら、まとめて買い取れる。

「いいや。男も女も買わないよ、俺は。そういう趣味はないんだ」

答えながら笑った柏木の鼻先が、拝島の鼻筋をたどる。キスをやめるつもりはないのだろう。息が互いのくちびるに吹きかかり、くすぐったさで逃げようとした首筋が引き寄せられた。くちびるは乾いている。だから、どちらともなく舌を絡めてしまう。

なぜと問う気はなかった。したいから、する。それだけだ。好奇心以外の理由は必要ない。

唾液のぬめりを感じても嫌悪は起こらず、女とはどこか違う、同族の味が生々しい実感として拝島の身に迫る。

肉厚なくちびるや生ぬるい唾液は存在感があるのに、柏木の吐息は興奮を見せても繊細だ。それが拝島のペースを乱し、めまいを引き起こす。伏せたまつげが小刻みに揺れ、確かな快感が芽生えて、欲情が育っていく。

雨はまた激しさを増していた。ふたりの息づかいが弾み、雨粒の当たる音がすべてを包む。

「……っ、は……」

拝島の息は乱れ、首筋に這う柏木の指も汗ばんだ。

気まぐれに交わすには長いキスだった。

絡み合う舌の動きに煽られ続けた拝島はもぞっと動き、チノパンのボタンをはずす。硬く張り詰めた下半身が押さえつけられて苦しかった。

下着の上から位置を直すだけのつもりだったが、触れると止まらなくなる。

「ん……っ」

血液が集まり、ぎゅうっと密度が増す。たまらずに下着を下げて先端を握った。

柏木に気づかれないはずはなかったが、見過ごされる。

だから、拝島は図に乗り、先走りを手のひらで広げた。膨らんだ先端を撫でまわす。

「……ん、んっ」

息がいっそう乱れ、あごが上がる。すると、柏木が動いた。くちびるを交わしながら運転席に膝をつき、拝島へ覆いかぶさるように助手席のシートを掴む。両腕の中に閉じ込められた拝島は、うっすらとまぶたを開いた。

視線は合わない。だから、相手の顔をまじまじと見つめる。柏木のくっきりとした二重の目元がかすかに震えている。もしかしたら、同じように興奮しているのかもしれない。

手を伸ばして触れてみればわかる。けれど、それはしなかった。

拝島は自分自身の昂ぶりを両手で掴み、肉幹をこすりながら先端を手のひらに包む。腰が浮きそうな快感が、寄せてくる。

その熱源は濃厚なキスだ。柏木の手管は、優しいけれど強引で、快感が湧きあがる場所を知っている。

「あっ……、ふっ、ん……っ」

喘ぐ息と悶え声がまじり、自分の声を聞いた拝島はかすかに笑う。

ひとりでしているときのように身勝手で、妄想さえもとりとめなく拡散する自由な時間だ。キスを繰り返す柏木は、そこにいるようでいて存在していなかった。

「あっ。あっ……ッ」

快楽に身を委ねた拝島はきつく目を閉じたまま声をあげた。女にされているときには出さない大きな声を弾ませ、喉の奥で息を引きつらせる。

快感が募り、ゴールが近づく。一番気持ちのいい速度で屹立をしごき、拝島はシートから頭を離した。くちびるが深く重なり、拝島の腰は数回引きつけるように震える。

「い、く……っ」

頭の芯がじんと痺れた。

背を屈めて腰を浮かせると、気を利かせた柏木がハンカチを取り出す。

「んっ……」

布越しに先端を握られて全体が跳ねる。募った快感が弾けていく。

拝島はなにも考えなかった。だからこそ、脳裏に柏木が浮かぶ。きっと顔を見ているはずだ。乾いた無感情な目で、快感に素直な拝島を蔑（さげす）んでいる。

確かめてやろうと、興味本位でまぶたを押し開く。精悍に整った顔立ちがそばにあった。

「気持ちよさそうに、出すんだな」

ふっと笑った息づかいがくちびるの端にかかる。

窓へ当たる雨の音が急に大きく聞こえ、雷鳴が遠くで響いた。車内は薄暗い。ふたりは見つめ合い、もう一度だけくちびるを重ねる。

それはやはり長く続き、柏木の眼差しがどんなふうだったかを拝島は忘れてしまう。

どうでもいいことだった。

【3】

夕暮れを眺めながらテラスで夕食を取り、ふたりがかりで片付ける。

シャワーは家主の柏木が優先で、拝島はあとに浴びる。柏木の半分の時間もかからないカラスの行水(ぎょうずい)だ。

しかも髪をろくに拭かず、ポタポタとしずくを落としながら廊下を歩いた。

「拝島。髪ぐらい拭いてくれないか」

身支度をしていた柏木が寝室から顔を出す。拝島はリビングのテーブルの上に置いた煙草を口に挟みながら答えた。

「いまから、拭くって……。一服したらさぁ」

「……身体も濡れてる。きみは、毎回毎回、信じられないな」

「俺だって、信じられないよ。毎回毎回、よくもまぁ、同じことを……」

「言いたくはないよ、俺だって」

あきれ半分の口調で笑い、柏木は寝室へと戻る。

今夜はマダム・イツコが主催するフォーマルなダンスパーティだ。ドレスコードもセミフォーマル。夜の開催だから、男性はタキシードが基本だ。

この日のために仕立てた拝島のタキシードも、ウオークインクローゼットの中に掛かっている。できあがり確認の試着では、居合わせた従業員たちが揃って息を飲んだ。

思えば、初めて会ったパーティもカジュアルフォーマルだったはずで、本人に確認すると『マダムのお仕着せだった』と答えが返った。

あの夜、それなりにうまく化けていたから、柏木の記憶にも残ったのだ。

拝島は、素材がいい。ただ、素材だけがいい。

着替えながら、柏木は残念な気分になった。

いっそ愛らしい美少年だったなら、あれこれと世話をしている自分自身への言い訳も立つ。なのに、拝島は美少年とは似ても似つかない。ワイルドに育ちきった、すれっからしの成人男性だ。

もちろん美青年とも言いがたく、その呼び名なら柏木のほうがよっぽどふさわしい。けれど、男性的に整った顔はしている。切れ長の目とすっきりとした鼻梁が涼しげで、退廃的な微笑みを浮かべる口元に独特の熟れた色気が滲む。

それでキスをしたわけではなかった。柏木はため息をつき、浅はかだったと後悔する。

二回もキスをして、ふたりともが素知らぬふりをしているのだ。よかったとか悪かったとか、感想めいたことさえ悪ふざけにも口にしない。言葉にして掘り返さなければ、なかったことになると都合よく思い込んでいるからだ。

　繰り返し考えれば同じことだと、心のどこかで意地の悪い声が響く。柏木は意にも介さず気持ちを切り替え、鏡の前に立った。着替え途中の自分を見る。

　タキシードは青紺のプレーンなタイプを選んだが、ジャケットはまだ羽織っていない。ウイングカラーのフリルシャツに、Uネックのベスト。タイは小さめのストレートエンド。

　今夜も拝島のパトロンを探すパーティだ。目立つのは彼だけでいい。

「お似合いになりますねぇ」

　ウオークインクローゼットの出入り口から口笛が響く。ボクサーパンツ姿の拝島だ。

「次はきみの着替えだ」

　そう言って、壁に掛けたジャケットを示す。艶のある乳白色だ。

「けっこう、ふざけた格好だけどなぁ。いいの、これで」

　受け取ったシャツに袖を通しながら、拝島は含みのある笑い方をする。

「かまわないよ。きみのような男が決まりきった格好をしても、ね……。遊び心が大事だって言っただろう」

「遊び心ねぇ……」

　ふっと息を吐き出して、ボタンを留める。視線は壁のジャケットへ向かう。

　ダイアゴナルチェックが織り込まれたシルクジャカード素材は、伸縮性があり、見た目にも涼しげだ。ポケットフラップと拝絹は黒のシルクタフタで、パンツも黒、スタンダードなウイングカラーのタキシードシャツを合わせて、カマーバンドを締める。

すっきりと上品な組み合わせを崩すのは、紺地にハイビスカス柄のタイだ。バタフライ型で大きいが、花柄の赤と緑は部分的にしか表面に出てこない。

ひと通りの着替えを手伝い、その場でヘアセットも終わらせる。

光が当たると透けたようなつやが出るグレージュの髪にスタイリング剤をつけ、後れ毛が額へ落ちるようにサイドへ流した。二日前に美容室へ連れていき、襟足とサイドをさっぱりカットしたばかりだ。

「こんなのさ、ヤッたあと、着れなくね……？」

拝島が言う。

「着せてもらえばいいじゃないか」

答えながら、柏木も髪を整える。シャツ以外は色味が暗いので、黒髪は艶出しのスタイリング剤で撫でつけた。

ふと思い出して、拝島を振り向く。鏡の中に映る自分を、もの珍しそうに右から左からと眺めているところだ。そばに近づき、あご先に手を添える。

「あぁ、やっぱり剃り残しがあるな」

「え、まじで」

拝島が鏡で確認しているあいだに、バスルームからカミソリを取って戻った。

「少しだから」

そう言って、指先であごを跳ねあげる。拝島は素直に上を向く。カミソリの刃を当てると、ふふっと笑い出した。

「危ないから、笑うな」

短く残った毛を、ちょいちょいと手早く剃り落として解放する。

「んー？　仕方ないだろ、マメな男だなと思ったんだよ」

あごを撫でた拝島がにやりとくちびるを曲げる。柏木はカミソリの刃をしまいながら聞いた。

「気になるところは？　……女性は意外に見ているものだ。惚れていれば可愛げになるだろうけれど、落とす前は致命傷になる」

「確かにな。……ん、俺はわかんない。どう？」

自分からさらした首は、きめ細やかで血色がいい。思わず触れると、伸びあがるようにしてさらに首を見せてくる。まるで犬猫のようだ。

柏木は手の甲を滑らせて肌を確かめる。浮き出た喉仏を越えて反対側も撫でていく。

拝島はくすぐったそうに身をよじり、柏木の手をあごに挟んだ。

「それ、耳……」

「あぁ……」

言われるまで気づかず、指先で耳たぶを揺らしていた。薄く柔らかな肉はひんやりと冷えて気持ちがいい。

指摘されても手を離さず、指に挟んでこねる。

「やーめ、ろー」

拝島も小首を傾げたきり、適当な声をあげるだけだ。逃げようともしない。

「ピアス、空いてるのか」

耳たぶを引っ張って確認する。

「塞(ふさ)がってはないと思うけど。ずっとなにもつけてない」

「いいのがある」

そう言って引き出しから取り出すのは、澄んだ色の小さなピアスだ。

「女に突き返されたやつ？」

「片方、なくしたピアス」

柏木はさらりと答えた。昔に流行(はや)った歌の文句だが、拝島は気がつかない。

「そんなハンパなのを置いとくタイプに見えないけどな」

面白がって笑う拝島の耳をふたたび掴んで引っ張る。

「あいたた。乱暴にするなよ」

「おおげさだな」

あきれたふうに息をつきながら、拝島の耳たぶにある小さな穴へとピアスの先端をあてがう。

台座は十八金のイエローゴールドだ。

石はオレンジピンクのパパラチアサファイヤ。

色調の広いカラーストーンで、ピンクから赤まで個体差が大きい。その中でも、柏木が好んで購入したのが『暁色（あかつきいろ）』のオレンジピンクだった。ふたつの色を揃えるのが難しく、本当は、はじめからひとつしか存在しない。

女に贈ったものではなく、自分で愉しむためのものだ。柏木のピアス穴は、右耳の上部に目立たずに開いている。

「やだなぁ、おまえに貫通されるの」

拝島が妙なことを言い出し、足先を軽く踏んで返す。柏木はため息をついた。柔らかな耳たぶに馴染んだピアス穴へ、イエローゴールドのポストを慎重に差し込んでキャッチをはめる。

「……ちゃんと、向こうまで空いてるよ。『膜』もない」

「どういう意味？」

拝島には柏木の切り返しが意外だったのだろう。目を白黒させている。柏木は身を屈めて、拝島の顔を覗く。

「そういう意味。……似合うよ。きみは不思議と、なんでも似合う」

「おっ、褒めてんじゃん」

「自分というものがないんだろう」

褒めて落として、笑いながら身を翻す。柏木は黒いタキシードジャケットに袖を通した。

ノーブルなハイソサイエティのコミュニティはリベラルを尊ぶ。特に、海沿いへ逃れてきた社交界は、伝統を重んじながらも革新的であることをよしとして、パーティのパートナーが同性でも奇異な目で見られることはない。

しかし、今夜は特別にざわついた。

柏木礼司が連れてきた男性パートナーに気づいたフロアの招待客たちは、一様に動揺してさざ波立つ。

柏木のあとに続くのは、ホワイトジャケットの拝島だ。

その姿の与える印象は確認するまでもない。

靴下を履いて、靴紐(くつひも)を結び、香水を振りかけたときにはすべてが変わっていた。まるで俳優が役に入るように、彼の背中はスッと伸び、顔つきまで凛々しくなる。柏木の真似をしているのだと言ったのもあながち嘘ではないだろう。

初めて見かけたときには感じなかった場慣れ感がある。そのくせ、右耳につけたピアスに触れる仕草はセンシティヴで退廃的だ。ジゴロの本性が透けて見え、隠せない淫蕩の性が色気を醸す。

もの怖じしないのも、深く考えないのも、拝島の長所だ。数年来の友人であるような顔をして、シャンパングラス片手に柏木へもたれる。肩に肘が乗った。

「どの女がいい……？」

ターゲット選びは相変わらず他力本願だが、フロアにいる好みのタイプを教えることにも余念がない。今夜は大人のダンスパーティだ。群舞が踊れるほどに広いホールに、室内楽のアンサンブルが流れている。

柏木は、数人の女性を示した。拝島のようなジゴロを好み、夫とは東京と葉山で別居している女性だ。あとくされのないワンナイトラブで終わるのか、別宅に転がり込めるのか。そこは拝島の手腕によるだろう。

「その中に、柏木の好みは？　いないの？」

「俺の好みを抱くなよ……」

「いいじゃん、決め手が欲しい」

悪趣味だと思いながら、柏木は顔をしかめた。けれど笑いがこぼれ、真顔へ戻ろうとしても無理だ。注目の的になりながら、こっそり交わしている会話の内容が、下世話すぎて可笑しい。

「好きな相手を選ぶといいよ。俺は、マダムに挨拶をしてくる」

肩に乗った腕を押し返すと、拝島はいたずらっぽく笑った。

「もうほっとくのかよ。今夜から、帰らないのに」

含みのある言い方だ。

「……それが、なに？」

そっけない答えを返す柏木は内心で驚く。当たり前のことを忘れていた。

今夜、拝島は相手を見つける。ふたりでパーティを抜けたあとは、うまくいくもいかないも柏木に関係ない。ねぐらを見つけられなくても、これきりになる。

「いや、べつに。なにか言うことはないのかと思って」

拝島も自分の言葉をいぶかしがるように首を傾げた。柏木は微笑み、相手の肩へ手を置く。

「……好きなようにするといい。俺の役目はここまでだ」

軽く叩いて、その場を去る。着飾った招待客のあいだを抜けてフロアを横切り、青いドレスを着たマダム・イツコの視界へ入った。

柏木が会釈をして近づくと、今夜のエスコート役を残して歓談スペースへ誘われた。

いくつか置かれたソファはすべて埋まっていたが、マダムと柏木に気づいた一組がさりげなく席を立つ。スペースは数段高い場所にあり、広いフロアを見渡せた。

「あなたが面倒を見るとは、思っていなかったわ」

マダムに言われ、柏木は苦笑を浮かべる。拝島を拾って、およそ一ヶ月が過ぎていた。

「少しは楽しめたでしょう……？」

微笑みを向けられ、視線をそらす。まだダンスの始まらないフロアを眺めた。

拝島の姿は探すまでもない。目立つのだ。スタイルがよく、遠目から見てもホワイトのタキシードがよく似合っていた。

着る人間を選ぶスタイルだ。センスがなければ結婚式の新郎にしか見えない。

「……あなたの見立てね、礼司さん」

「彼は着映えがするんですね。試着室にいるときより、さまになっているようです」

「そうなのよ。私もそう思ったわ。だけど、すっかり洗練された気もするわね。一緒に暮らしている人が、よいお手本なのでしょう」

温和を装ったマダムの視線が柏木へ向けられる。

「女性を家に入れるよりは気が楽じゃない？　同性同士ですもの」

柔らかな声だが、ものごとを見据える鋭さは油断ならない。

海辺の社交界を仕切るほどの女性だ。柏木程度の若い男のことなら、たずねるまでもなくわかると言いたげで、実に的を射ていた。

「ちょうどいい暇つぶしでした」

「今夜、『海』へ帰してしまうつもり？　手元に置いておけばいいじゃない」

「筋の悪い人間に追われていますからね」

そもそも生きる世界の違う相手だ。海へ帰し、野へ放ち、元いた場所へ戻すのが正しい。世間に出ることが危険なら、ジゴロらしく女をねぐらにするしかないだろう。

「スリリングでいいわね」

白髪をたっぷりと豊かに結いあげたマダムが笑う。そこへ、エスコート役のパートナーが近づいた。

「幕開けの時間だわ。話し足りないから、待っていてちょうだい」

若い男の手を借りて立ちあがったマダムは、悠然と微笑んだ。柏木のそばから離れたふたりは、用意されたマイクスタンドの前へ進み出る。

彼女の挨拶でダンスが始まり、フロアに流れる音楽もがらりと変わった。軽快なワルツだ。

「彼は、踊るのが好きだと話していたわ」

柏木の隣に戻ったマダムは、明るく言った。いま思い出したのだろう。

「ディスコナイトでも、楽しげに踊っていましたよ。パトロンを探すのも忘れて……」

「彼なら、こちらの水のほうが、合うんじゃないかしら。本人はまるで気づいていなかったけれど」

「縁があれば、手元に置くつもりでいらしたんですか」

「そうよ」

シワはあっても肌つやがいい頬をほころばせ、マダムは肩を揺らして笑う。還暦を迎えた日も遠く、ありとあらゆる方法で若々しさを保っている。しかし、若作りはしなかった。

年齢を受け入れながら、一方で徹底的に抗っているのだ。

「あら、もうお相手を見つけたみたい」

弾むような声に促され、柏木もフロアへ顔を向けた。目に飛び込んでくるのは、ワルツを踊る拝島だ。意外なほど踊れている。ステップに怪しいところはなく、リードも完璧だ。

なによりも相手の女が魅力的に見える。それがソシアルダンスの大事なところだ。

「あなたに譲ってさしあげたのよ……。それを手放してしまうなんて」

「いつまでも一緒にいるわけにもいきません」

「まだ成長途中よ。もう少し、馴染ませてからでもよかったんじゃないかしら。きっとすぐに元通りの暮らしよ」

「どちらにしてもジゴロでしょう」

言った先から、言葉は胸につかえた。自分でもわけがわからず、手のひらを押し当てる。仕草に気づいたマダムが眉根を開いた。

「女を口説いていらっしゃい、礼司さん。彼に負けないようにね」

もう何百回もしてきたように軽妙なウインクに促され、柏木はのんびりと腰を上げた。

拝島に対するものとは違う種類の注目が集まる。柏木自身、自分の魅力というものをよくわかっていた。

ノーブルな身のこなしは、そこだけスポットライトが当たっているようだと言われた。いつもスタンダードで、王道をはずれることがない。

それが、友人の鼻につき、裏切りを誘ったのだろう。『都会に置いておくには洗練されすぎているのよ』とマダムは笑ったが、当時の柏木にはよく理解できなかった。

自身と周囲の認識には誤差が生じるものだと、いまになれば、よく理解できる。

ぬめるように輝く革靴でフロアへおりると、顔馴染みの女が近づいてきた。ダンスに誘われ、フロアへ出る。

向こう端に拝島がいることは、休憩スペースから見て知っていた。しかし、じゅうぶんに離れていたし、踊り始めてしまえばわからなくなる。

柏木は女の腰を抱き寄せ、ステップを踏む。室内楽アンサンブルの奏でる優雅なメロディは、短い恋の助走を促すようだ。男のエスコートに対して女が従順に身を委ねるほど、ふたりのダンスはなめらかになる。

頭上のシャンデリアが輝き、ドレスの裾が美しく揺れた。人々のさざめく声も夢見心地に響く。選ばれた人々のための、選び抜かれた空間にいながら、柏木は醒めた。

ここ一ヶ月、拝島と過ごすことで女を抱かずにいたから、身体は性欲を満たしたがっている。けれど、心は燃えない。都合よく慰め合える相手を探す気にもならなかった。

それなのに、柏木は惰性で腕の中の女を口説く。耳元へささやきを流し込み、誘うようにのけぞる首筋の白さを見た。

結婚しようと思った相手を思い出す。ささやきに首を傾げ、くすぐったそうに眉尻を下げていた。笑うと愛らしく、ひたと柏木を見つめる瞳はいつも潤んだ。

いま雑誌をめくれば、彼女は社長夫人として微笑んでいる。くちびるの端に微笑みを乗せ、柏木を愛した日々もなかったことにして。潤んだ瞳だけが変わらない。

婚約を破棄した数日後、彼女は、柏木を会社から追い出した友人と籍を入れた。それもまた裏切りだと、世間は言うだろう。しかし、柏木にはつまらないことに思えた。

仕事と女を買い取られただけだ。商談も相談も、話し合いらしいことはなにひとつなかったが、柏木だけが彼らのビジネスから分断された。それに対して怒り狂うほどの情熱はなく、会社のことにしても、すぐにあきらめがついた。

欲しいものはなにもない。昔からそうだった。

仲のよい両親の元に生まれ、兄と妹がひとりずついる。それぞれに過不足なく育ち、争った記憶はない。ほどよくドライなのが柏木家の血筋だろう。

親とも兄弟とも、季節の機嫌伺いをする程度の付き合いが続き、葉山へ越してくる際に人間関係を整理したあとは、友人と呼べる男女を新しく探そうとも思わなかった。

いまは、夕凪の海を見る瞬間、自分の心が死んだように静まっていれば満足だ。

それなのに、肉体の欲求だけは性懲りもなく巡る。

健康な成人男性としては真っ当なのだろうが、面倒な生理現象でもあった。

腹が減るように、眠くなるように、発散を求めてしまう。

視界の端に白いタキシードがちらつき、いつのまにか距離が近づいていることに気づいた。拝島の相手はまた別の女に変わっている。ダンスのうまさに目をつけられ、次から次へと誘われているのだ。

視線が交錯した。拝島の切れ長の目は、確かに柏木の姿を映した。心なしか挑戦的に見据えてきたかと思うと、くちびるの端を歪める。

女と踊っていることが気に食わないわけではないだろう。勝負を挑まれているのだと、柏木もすぐに気づく。

そして、二組のカップルに周囲の視線が注がれる。

ほかのカップルはフロアから捌(さば)けていた。まるで優雅な競技ダンスだ。派手な技を披露するでもなく、掛け声もないが、アンサンブルの演奏は終わりを迎えず、エンドレスにワルツが続く。

柏木の相手は赤いドレス。拝島の相手は黄色いドレス。ターンを決めるたびに、裾や袖のレースが伸びやかに波打ち、白い首筋にシャンデリアのライトが差す。

そのとき、片耳のピアスをきらりと輝かせた拝島が、イレギュラーな動きをした。柏木でなければステップが止まったはずだ。

女の手が肩からはずされ、流れるような動きで互いのパートナーが入れ替わる。女たちは驚いたように目を見開いたが、拝島と柏木、それぞれのエスコートにカバーされて足を踏み出した。あらかじめ決められたダンスのデモンストレーションのように二組の動きが合っていく。拝島が柏木の呼吸を読み、柏木は拝島のパターンを読む。女を美しく踊らせながら、ふたりが気にするのは互いのことだ。しかし、それは微塵（みじん）も面（おもて）に出ない。

やがて曲が終わりを迎える。すっとダンスが止まり、急に疲れを思い出した黄色いドレスの女が柏木の肩へしなだれかかってくる。膝が震えていることに気づいて、抱き寄せた。拝島の腕の中にいる赤いドレスの女も同じだ。

鳴り響く拍手に対し、拝島は格好をつけて片手を上げた。柏木は、彼を称えるように手のひらで示し、女を連れてフロアを出る。

「だいじょうぶですか。無理をさせたでしょう」

柏木よりも少し年上に見える女を休憩スペースのソファに座らせた。見物していた客が譲ってくれたのだ。

「とっても楽しかったわ。背中に羽根が生えたみたいに踊れたもの。柏木さん、こんなにお上手だったのね」

「彼に乗せられてしまったようです」

気を利かせたボーイがトレイを差し出す。水だと言われ、冷えたグラスを手にした。ひとつを女へ渡し、もうひとつに口をつける。女のそばに立ったままで喉を潤していると、称賛をじゅうぶんに受けた拝島がやってきた。ソファの向こう側へ赤いドレスの女を座らせ、柏木と同じようにボーイから差し出されたグラスを手渡す。

「足がククタタだわ」

女の甘えるような声に応え、拝島が床へ膝をつく。ソファの肘掛けに上半身を預け、まっすぐな瞳で女を見上げる。

三十を過ぎた男の表情に、少年めいた甘酸っぱさが広がった。女泣かせなジゴロの手管だ。

「外で風に当たりましょうか」

そう口にして立ち上がる仕草は自信に溢れている。片耳につけたオレンジピンクのピアスが上品に色っぽい。高級なタキシードも洒落たピアスも、難なく自分のものにしているのだ。

キャッチを押し込むような仕草で耳に触れた拝島は身体を屈めた。立ち上がろうとしていた女の耳元へなにかをささやく。華奢な肩がくすぐったそうに引きあがり、長いまつげの瞳が潤む。

ふたりがその場を去ると、柏木のそばに残った黄色いドレスの女が微笑んだ。見上げられて、身を屈める。

「面白くなさそうな顔をするのね」

「……そうですか？」

表情に出ているわけがないと思い、からかわれているのだと察した。

彼女こそ不満に思っているはずだ。拝島に薦めた女性のうちのひとりでもあり、彼女自身、彼を今夜の相手にと望んでいた可能性があった。

柏木は目を伏せ、そつなく答える。

「慰めていただこうかな。……カクテルでもいかがです」

お気に入りを奪われた者同士、というところだろう。

「お勧めのカクテルがあるの。特別レシピよ」

柏木の誘いに乗った女はなまめかしく微笑み、差し出した手のひらへ、細く華奢な指先を返した。


女に誘われた拝島は、ワインのボトルとグラスを調達して庭へ出た。まだ薄暗がりが埋まる時間ではなく、少し離れた場所に置かれたベンチを陣取った。

ここまで上級のセレブパーティは未経験だが、真似事のダンスパーティなら慣れている。習いごととしての社交ダンスを披露するボールルームパーティでは、若い男性の踊り手が重宝されるのだ。

「ダンスはどこで覚えたの？」

ボトルの残りが半分になったあたりで、赤いドレスを着た女の身体が寄り添ってきた。熱気で温められた香水が漂い、拝島は目を細める。強い香りは嫌いでなかった。それこそが女の体臭と思うほどだ。

下半身に疼きが生まれ、欲情が芽吹く。女の肩を抱き寄せ、耳元にくちびるを寄せる。

「ベッドの上で踊るのも得意だ」

そっと触れて顔を覗く。赤いくちびるが閉じるのを見て、不思議と後ろ髪を引かれた。キスをすれば、次の寝床が見つかる。その確信をわざと拒否して顔を離す。拝島はグラスのワインを飲み干した。

足元に置いたボトルへ手を伸ばすと、女に頬を引き寄せられてキスをせがまれる。

「……これ、飲んでから」

手元が狂うと笑いながら身を乗り出し、グラスへワインを注ぐ。赤い葡萄の芳香を嗅ぐと、柑橘を含んだ花の匂いがやたらと連想される。

隣にいる女の香水ではなかった。もっと男性的なコロンだ。

どうしてなのかわからず、拝島はぼんやりと顔を上げる。

美しい芝の庭に、ダンスホールの明かりが漏れていた。ワルツが遠く奏でられ、七月に入ったばかりの夜風が心地いい。

もうじき、女に急かされるはずだった。ここを抜けて、どこかへ。それは清潔なシーツの上以外にはありえない。ホテルか、家か、その違いがあるだけだ。

「あら、ピアスをしているのね。片方だけ？　なんの石かしら。暗くて、よく見えないわ」

ワインを喉へ流し込むように飲んだ拝島の頬を今度こそ自分へ向かせ、女はまじまじと目を見つめてくる。熱い指先がくちびるをたどっていく。

拝島は微笑み、彼女の鼻先をそっと撫でた。

「ごめん。トイレに行きたくなった」

いたずらっぽく片目を閉じて立ち上がる。

「じゃあ……」

誘いと勘違いしている女の手に袖を引かれたが、するりと逃げた。そういうことには、長けている。ワインの瓶を押しつけ、グラスをイスの下に転がす。

「いい子でね」

瞳を見つめて甘くささやき、ぽかんとした表情に背を向ける。建物の中へ戻り、トイレではなく柏木を捜した。同じように庭へ出たのかと思ったが、休憩スペースからバーカウンタへ一移動したらしく、まだ黄色いドレスの女といる。

フロアを歩きまわるボーイを呼び止め、拝島はトレイの上からシャンパンのグラスをひとつ選んだ。

さて、と息をつき、白いジャケットの胸を張る。

ハイビスカス柄のリボンタイを指先で確かめながら、楽しげに談笑しているところへふらふらと寄りついた。適当な挨拶をして、黄色いドレスを着た女の背中に手を添える。耳元へ顔を近づけ、「ストッキングを直してきたら」と声をかけた。

女は驚いたが、どこかホッとしたように微笑む。待っているようにと柏木へ頼んでバーカウンターを離れた。

トイレを我慢していることに拝島は気づいていた。遠目なら足の動きで当たりがつく。

「いまのうちに帰ろう」

シャンパンをひとくちに飲み干して、柏木を見据えた。

「振られたんだな」

「そんなわけ、あるか。ワインを飲みすぎたんだよ。臨戦状態には分が悪い」

カウンターにグラスを置いて急かすと、柏木はバーテンダーを呼び寄せた。栓を抜いた瓶を二本受け取る。そのあいだに、拝島はカゴに盛られたライムをひとつ手にした。バーテンダーに目配せをして、人波へまぎれる。

どの女にも捕まらずにすり抜けて、パーティ会場の邸宅を出た。

「歩いて帰ろう」

柏木に渡された瓶はトニックウオーターだ。促され、薄暗い坂道を歩く。街灯はまばらだが、夏の気配が夜を明るく保っている。

拝島はライムをシャツで拭いて歯を立てた。爽やかな香りがあたりに広がり、柏木が笑いながら振り向く。

「貸して」

手を差し出されて、かじったばかりのライムを渡す。

「いい感じだった？」

拝島が声をかけると、ライムをかじってから瓶へ口をつけた柏木の視線が向く。肩越しの仕草は絵になった。ジャンクで行儀の悪い行為も、彼にかかるとどこかフォーマルに見える。

「さっきの彼女？　悪くはなかったよ。きみは、そんなに飲んだのか」

「ワインをボトルで一本。まぁ、ダメってことはないけど」

その気になれば勃つ。でも、肝心な性欲が奮い立たなかった。突然に萎えて、少しでも早く会場を去りたい気分になった。

「なんかイヤになったんだよな」

「気まぐれにもほどがある」

笑った柏木が隣に並ぶ。

「ピアス、気になるんだろう。取れば？」

「え？　あぁ……。無意識。落としたら悪いと思って」

片耳をいじり、キャッチを押さえる。女を選ばなかったのは、ピアスをつけられたせいだと拝島は内心で思った。

拾った時計を身につけているのとは感覚の根源が違う。まるで所有の証しのような装飾具だ。

「きみが身につけているあいだは、きみのものだ。落としたところでなにも言わない」

「だからって、女のベッドに落とすのも嫌だ。もったいない」

「それほど高価な石じゃない」

「おまえにとってはな。身につけているあいだは俺のものなら、全財産のひとつなんだから」

肩をそびやかし、柏木の前へ出た。

ぶらぶらと坂をくだって、しばらくすれば海が見えてくる。

「風に当たっていこうぜ」

波音に誘われ、通りを横切って浜へ向かう。柏木は黙ってついてくる。

弓なりのビーチにはレストランの明かりが寄り添い、海を渡って吹く風の心地よさを満喫しようと、カップルやグループが砂浜のあちらこちらへ繰り出している。波打ち際ではしゃぐ声もときどき届いたが、騒がしく感じるほどではない。

「あーぁ、やっぱりセックスすればよかったなぁ！」

拝島は唐突に叫んだ。薄闇の浜辺を大股に横切って、さざ波が打ち寄せる水辺へ寄る。

カップルはもちろん、グループにも、それぞれの行き先があるような気がして、拝島の胸や腰あたりは不穏にざわめいた。

「相手が上等すぎたんだろう」

冷笑を含んだ柏木の声が、背中を追ってくる。

「バカ言えよ。金のあるなしなら、あるほうが興奮するに決まってんだろ。女として上品かどうかは、おまえもよく知ってんじゃねぇのかよ」

「今夜のパーティは、東京での開催より招待客の質がいい。招待状は、金で買えないプラチナチケットだ。きみが庭へ連れ出した彼女なら、マンション付きで囲ってくれただろう。いいところを押さえたと思ったけどね」

「それを、先に言えよ」

「直感が働いたんだと思っていた」

「んなわけねぇだろ。女の良し悪しはわかっても、懐具合はわかんないんだから」

「寝てみれば、よかったんだよ」

海風に額をさらした柏木はライムをかじった。すぐにトニックウオーターをあおる。

柏木の太い首筋があらわになり、喉仏が上下する。目を凝らした拝島もトニックウオーターを喉へ流し込んだ。

「昔さぁ、店を持ちたかったんだよな」

どうでもいい与太話(よたばなし)が、濡れたくちびるを突いて出る。

「ビーチ沿いの小さなバー。日が暮れたら看板を出して、波音と音楽。飲んで、踊って……。ヨボヨボになるまでそんな感じでさぁ……、できると思ってた」

「……そう」

柏木はいつものドライなあいづちを打ち、海へと視線を向ける。ふたりの足元のすぐ近くまで、波の襞が伸びてきた。拝島は後ずさったが、柏木は気にしない。

これから叶えればいいと安直に言わないのは、世間を知っている証拠だ。拝島には学も金もなく、こじれた人間関係だけが足に絡んでいる。

それが拝島の生きている世界だ。

抜け出そうとすれば足を引っ張られ、懸命であるほどに叩かれる。求められているものは、向上心を生み出さない無知と怠惰だ。刹那的ならいっそういい。

「今夜のダンスはとびきりだったな」

突然、柏木が破顔して笑った。

無表情から飛び出した笑顔に意表を突かれ、拝島は息を飲んだ。

トニックウオーターの瓶を片手に持った柏木は、思い出し笑いで頬をゆるませる。月の光が静かに降り注いでいた。

遠く、江ノ島の明かりが見えて、拝島は表情を歪める。

「俺が、惜しくなっただろ?」

肩をそびやかして声をひそめる。すると、柏木はうつむいた。

「欲しい?」

腰を屈めた姿勢で、ちらりと見上げてきた顔はふざけている。

「惜、し、い」

拝島はおおげさにくちびるを動かして繰り返す。

「惜しくはないけどね……」

さらりと言った柏木が、ふいに腕を動かした。どんと押されてよろめくと、ひときわ大きな波が拝島の足を飲み込んだ。

「うわぁっ！」

思わず叫んで、柏木の腕を掴む。

「あっ！」

逃げ損ねた柏木も叫び、ふたりしてバランスが崩れる。

「ば、かっ……ッ！」

拝島が焦って叫ぶと、笑った柏木の手が脇腹から背中へまわる。倒れ込まずには済んだが、第二波はさらに高く、ふたりの膝を半分ほど濡らしてしまう。

「ばか、柏木！　ズボンが……っ、って言うか、おまえ！　靴、靴！　いくらだと、思って……っ。ほんと、もー、金持ちなんてサイテーだ！」

飛びあがって逃げようとしたが、柏木の手は強くタキシードの背を掴んでいた。波が引いて、また寄せてくる。一足だけで大卒の初任給以上する革靴が、また汐(しお)まみれになる。

「柏木っ！」

いい加減にしろと睨んだつもりだったが、月明かりに微笑んだ表情に負けた。子どものようなといえば語弊がある。柏木は大人の表情をして屈託なく笑っていた。

背中を屈め、拝島の顔を覗き込んでくる。

ぐっと胃の奥が熱くなった。酒を飲みすぎたときのように、猛烈な吐き気に襲われ、頭ががんがん痛み、息が喉で引きつれる。

「ごめん、ごめん。ちょっとした冗談のつもりだった……っ」

柏木が声をあげて笑い出す。お互いの身体に手をまわし、動くに動けず、足元は何度も波をかぶった。

「冗談になってねぇだろっ！」

舌打ちして怒鳴った拝島の頬が、込みあげた笑いでぴくっと引きつる。笑い出すと止まらなくなった。

「ビショビショじゃねぇかよ！」

ゲラゲラ笑って柏木の腕に掴まる。膝から下はすっかり濡れ、靴の中の水浸しが不快だ。これ以上濡れたくない。

「いいじゃないか」

柏木に引っ張られ、海に近づく。拝島は抵抗した。

けれど、笑い声は次から次へと溢れ出す。波打ち際に立つふたりはいつしか、寄せる波を踏み始める。逃れようとして引き戻され、また逃げる。拝島が足を引くと、柏木が踏み込み、次は柏木が引き、拝島が前に出る。

ふたりのあいだにはリズムがあった。聞こえない音を感じ取り、拝島は片方の腰を引きあげる。つま先で立った背中を、瓶を持つ手で支えられた。

打ち寄せた波の中で拝島がターンする。波のしずくが、濡れた砂の上に散らばり、身体を傾けた。どちらがリードするでもない。主導権はあるようでなく気ままだ。

柏木の引く一歩に合わせて、拝島が一歩出る。そして小さなステップを繰り返す。

身体に馴染んだリズムはふたり別々のものだ。それなのに、偶然の一致で重なり合い、まるで破綻せずに続く。

楽しいと思ってしまうほどに、拝島は苦々しく顔を歪め、見つめてくる柏木を睨んだ。忘れていた記憶や感覚を揺さぶり起こされ、また胃の奥が熱くなる。しかし、少しも不快ではなかった。

踊ることが好きだった。

生業にしたくないと思うほど、好きだった。

ディスコダンス、ヒップホップ、ワルツ、ジルバ。そしていま、まさに頭の中で繰り返すタンゴ。自由に踊れるリズムがあれば幸せだから、正しい技術を身につけて高みを目指せと言われても断固拒否だ。

なにもない人生でよかった。だれにもなににも縛られず、自分のステップを続けていたい。

女たちは気持ちよく踊らせてくれる相手で、互いの関係には勝ち負けがなく、ルールもない。

金を持っていない拝島は、楽しませてもらったお返しに女をイかせてやるのだ。

柏木の視線をこめかみのあたりに感じて、拝島は波を踏む。わざと踵で水を蹴散らし、柏木の腕の中に収まった。

長身の男がふたり、タキシードで軽いステップを踏んでいる。周りからはよほど酔っていると思われているだろう。

女性側のステップを請け負いながらリードも始めた拝島は、ときどきわざと柏木の足先に乗った。けれど、互いの動きは止まらない。笑いが収まらず、波を刻んでいっそうしずくを散らす。

柏木の握るライムが潰れて、爽やかな柑橘の香りは潮の匂いへ混じっていった。


ひとしきりの悪ふざけで、靴は大惨事だ。溜まった水を捨てて履き直したが、歩くたびにカポカポと音を立てた。酔っ払いのように笑いながら肩をぶつけ合うふたりは、争うように玄関へ入り、靴も靴下も投げ出してキッチンへ向かう。酒を身体に入れなければ、やっていられない気分だ。

拝島がロックグラスを出しているると、ウイスキーボトルの首を掴んだ柏木がキッチンパントリーから戻ってくる。部屋の明かりはつけなかったが、夕方から夜更けまで点灯し続ける間接照明がほの明るい。おかげで手元は見える。

「アイラのシングルモルト」

柏木が言い、栓を抜いた。グラスへ注ぐ。

「氷がまだだろ」

冷蔵庫から氷を出していた拝島は、グラスを顔に近づける柏木の腕を引いて、大きな氷を押し込むように入れた。差し出されたグラスにも氷を落として受け取る。

癖の強いスモーキーな泥炭香が鼻先をくすぐる。強烈に薬品くさい。けれど、ふたりは満足した。視線を交わして、グラスを軽くぶつける。

澄んだ音が響き、氷が回転した。

波打ち際でふざけ合っているうち、冷えた身体が欲したのは強いアルコールだ。潮騒と海風に巻かれ、荒磯の匂いを思い出した。ウイスキーの中にひそむ海のニュアンスは、海藻の塩味と旨味を感じさせ、強いアルコールで喉が灼かれる。

拝島の派手なリボンタイは首にぶら下がり、シャツのボタンも喉元だけはずしていた。一方、柏木は乱れなく整っている。

けれど、側章(ブレード)が一本縫い付けられたズボンの膝下は、拝島同様にびっしょりと濡れていた。

「たばこ……」

強い酒が、煙の味を恋しがる。キッチンの片隅から離れようとした拝島の手を柏木が掴んだ。

オレンジがかった間接照明の光の中、視線が交錯して、パチッと音を立てたように結ばれた。

柏木が近づいてくる。その息づかいがくちびるに当たり、指先同士が触れる。

部屋の中は静かだった。窓を開けなければ、潮騒も届かない。

「しようか」

ささやくような柏木の声はドライだ。なにを、と言いかけて、拝島は黙る。

柏木の指が拝島の肌の上を這う。手首にあった重みがするりと消え、直後、フローリングに時計が落ちる。

留め具をはずした手が、代わりに肌へ絡んだ。

拝島は素知らぬ顔でウイスキーを飲む。スモーキーな香りが鼻に抜け、煙草が欲しいとまた思う。

けれど、タキシードの白いジャケットを脱がされ、あきらめる。同じように柏木の黒いジャケットを脱がせた。

華やかなパーティを女と抜け出し、高揚感を引きずりながら交わす戯れとは色も湿度も違う。

柏木には女のような匂いも雰囲気もない。

拝島は笑い声をこぼしながら、柏木の首筋に手を添えた。悪ふざけだと自覚しながら、男の身体を指先でなぞる。お互いに身体を鍛えているが、肉が厚いのは柏木のほうだ。彼は着痩せをするが、拝島は脱いだほうが細い。

カマーベルトがはずれ、比翼仕立てのシャツを引っ張り出された。柏木が裾からボタンをはずしていく。そのあいだにもキスを仕掛けられ、勢いに押された拝島はアイランドキッチンのカウンターへグラスごと手を置いた。きれいに片付き、危険なものはなにもない。

「……っ」

柏木の息づかいが首筋に当たり、身をすくめる。もぐり込むように鼻先をこすりつけられ、鎖骨にくちびるが這う。かと思うと、片側だけにつけたピアスごと耳たぶを口に含まれる。

ぞくっと背筋が震え、拝島はにわかに背を伸ばす。くちびるに耳朶をついばまれ、舌先でピアスを転がされる。

快感はいともたやすく、情欲に火をつけた。小さくめらめらと燃えていくのを感じ、拝島も動いた。柏木の足のあいだへ踏み出し、太ももを下半身に近づける。

「勃ってんじゃん」

意外に感じて、身を引く。柏木の胸を押し返して距離を取った。

Uネックベストのすぐ下をまさぐり、柏木のズボンのボタンをはずしてファスナーを下げる。その時点ですでに存在感があったが、前立てをくつろげるといっそうはっきりとわかった。濃紺の下着は大きく盛りあがり、形まではっきりと浮き出ている。

「……案外、エロいんだな」

片手をぴったりと押し当てながら、グラスに残っていたウイスキーを喉へ流し込む。

「舐めてやろっか？」

小首を傾げてからかうと、顔を近づけた柏木にくちびるを舐められる。拝島のくちびるは自然と開いて、柏木の濡れた舌先を迎え入れていく。

ウイスキーのスモーキーな香りにまじった、バーボンバレルのバニラが鼻に抜ける。芳醇な香りと、身体に沁み込むアルコールの強さ。頭の芯がくらくらと揺れて、拝島は長い息を吐きながら快感を得た。

だれとなにをしているのかは理解できている。でも、どうしてなのかは不明だ。

わかってしまったら興醒めになる。だから、考えずに酒のせいにする。

柏木の手でズボンの前がゆるめられ、拝島の下着の中へ指が忍んだ。欲情そのものを避けて、下腹から続く毛並みが散らされる。

「やめろよ……」

バカと言った声はかすれ、キスの応酬が再開される。グラスを手放した拝島は、壁沿いのキッチンキャビネットへ押しやられた。ベスト姿の肩越しにアイランドキッチンとダイニング、闇に溶け込んだテラスが見える。その向こうの夜空だけがうっすらと明るい。

「……っ、はっ……ぁ」

逆手で根元を掴まれ、そっと撫でるように包まれていく。下着の外に連れ出された拝島の分身は、ビクビクと脈を打って大きくなった。

「きみは節操がないな」

「妙な触り方をしてるのは、おまえだろ」

「妙な、じゃない。感じて欲しくて愛撫してるんだ。わかるだろう」

ささやきが耳元へ溶け、拝島は息を飲んだ。手のひらへと柏木の腰が押しつけられ、同時に屹立をしごかれる。ゆるやかな分だけ、いやらしい動きだ。

柏木の指がくびれに添い、形をなぞられる。敏感なカリ首まわりを刺激され、拝島はあごを引いてくちびるを噛む。キスを避けて顔を背けた。

「声を出せばいいよ。遠慮をするなんて、きみらしくもない」

「こんな……っ」

「いやらしいだろ？　本当に、男にさせたことがないのか」

「……ねぇよ。……くそっ、……きもち、いっ……」

「……そう」

柏木は満足げだ。余裕のある微笑みに苛立ち、拝島は奥歯を噛みしめる。意地でも声を出したくないし、負けてもいられない。

意を決して、布越しに触れていた柏木のものを引きずり出した。指と指の合間に挟んで、手を上下に動かす。

「じれったいな……」

かすかに笑った柏木はわざとらしく拝島の目を覗く。鼻先がかすかに触れて、くちびるが吐息をかすめる。

拝島の先端から滲み出る先走りが膨らんだ丸みへ広げられ、こらえた声が漏れた。

「あっ、あっ……」

ぬるぬるとした感触で撫でられ、いっそう興奮が高まる。

「んっ……ふ」

「ねぇ、もっと指を動かして」

耳元で柏木の声がすると、条件反射のように身体が跳ねる。

「うっせ……」

苛立ちまぎれに悪態をつきながら、拝島は強引に手を動かして柏木の形をなぞった。快感を与えようとしたわけじゃない。それでも、硬直は強まり、質量が増えていく。

「拝島……、キス……」

声と一緒にくちびるが触れる。互いにシャツも脱がず、タキシードのズボンもそのままだ。下半身の昂ぶりだけを取り出して、それぞれに相手のものを掴んでいる。

下くちびるを吸われながらしごかれ、拝島も同じように手を動かした。与えている快感が、そっくり自分の快感になる不思議な感覚だ。

もっと動かしてみたらどうなるかと試してみる。やはり柏木の愛撫も濃くなり、拝島の快感は増す。

「あっ、く……ぅ」

声が漏れたくちびるを吸われる。柏木の息づかいも乱れ、ふたりを包む空気がけだるく熱を帯びた。

キスを繰り返し、溢れた唾液を舌先に絡めて、見つめ合っていることにようやく気づく。顔を傾けた柏木の瞳も情欲に濡れ、見つめられた拝島も発情を止められない。

息が激しく乱れ、柏木が近づいてくる。猛々しく天を向いた上反りが、拝島の裏筋をずりっと撫でて寄り添った。

息を詰まらせたのと同時に、もたれかかってきた柏木が顔を伏せる。拝島の鎖骨に息がかかり、肌を強く吸われた。

「んっ……、あっ、あっ……」

拝島が声をあげると、柏木は何度も腰を揺らした。そのたびに互いの硬直がこすれ合い、カリ首のくびれが絡みつくように触れて動く。

「はっ、ぁ……っ」

柏木の息づかいも弾み、拝島はたまらずのけぞった。柏木の乱れた髪に肌をなぶられ、怖気立つように肌が震える。

なによりもこわいのは、我に返ることだ。

拝島は天井を見上げて大きく息を吸い込む。互いのものを捕まえようとする指が、柏木の指と絡み、腰に小さな電流が走る。

「……っ」

思わず両肩がぶるっと震えた。

「イキそう？　いいよ」

柏木が腰を引き、拝島の熱だけを手のひらに握る。激しくこすられ、息が乱れた。急速に射精欲が高まり、暴発の瞬間が近づく。

「……はっ、ぁ……ぁッ……」

ふいにシャツの中で柏木の手が動いた。脇腹をさすりあげられ、片方の胸を探られる。

女にされる普段なら、笑って身をよじるところだ。けれど、いまはできなかった。柏木の指先は拝島の小さな突起を見つけ、きゅっとつねった。

「あ、っ……ぁ、い、く……」

身体が小さく跳ねた瞬間、極まった欲も弾ける。熱い体液が出口を求めてほとばしった。

「んんっ……」

なおも乳首をこすられ、腰が跳ねる。最後の一滴まで柏木の指に搾られながら、拝島はどこの感覚に身を委ねるべきか、わからなくなった。

激しく肩を上下させて、目を閉じる。

欲望はまだ身体の奥深くにあり、引く気配が一向にない。脇腹が痙攣するように脈打つのに、柏木が離れていく。

引き出しからふきんを取り出して手を拭き、別の一枚を拝島へ差し出した。それを受け取って事後処理をしようとした拝島は、腕を掴まれ反転させられる。キッチンキャビネットの天板に手をつくと、目の前にタイル張りの壁が近づく。

「……ぁ」

油断していた。そんなことは微塵も考えなかった。

下着ごとズボンを引きおろされ、剥き出しになった尾てい骨のくぼみに液体が垂れる。

「な……っ」

声を荒げようとしたが、それよりも早く指が這った。

「エキストラヴァージンオイル」

「……んなこたぁ、どうでもいい！　いい気になるな……ッ！」

「なりたくもなるよ」

突き出した格好の尻肉を掴まれ、左右に開かれる。見られたくない場所があらわになり、さらりとしたオリーヴオイルが伝い落ちていく。

拝島は動揺した。女にもさらしたことのない場所だ。きつく結ばれたすぼまりに指があてがわれ、周囲がなぞられる。

「……使ったこと、ない……っ。絶対、無理！」

逃げようとすれば尻を振ることになる。それがひどく滑稽に思え、拝島はキャビネットの天板を叩くことで抗議した。

「気をつけるよ」

柏木はこともなげに言い、あてがった指をめり込ませる。

「……う、くっ……」

すらりとして見えていたが、やっぱり男の指だ。人差し指でさえ太い。小指であっても女の指とは違うはずだ。

「無理、むり、ムリ！　……切れる、って。柏木、柏木……っ。聞いてんのか！」

「……聞いてるよ。まだ第一関節しか入れてないのに、根性がないな」

「根性？」

拝島はガバッと上半身を起こした。冗談じゃない。なにが楽しくて、男に指を入れられながら根性を見せなければいけないのか。そもそも、拝島の辞書に『根性』なんて文字はない。

身体をよじると、指が抜けた。拝島は尻を守って振り向く。

「しっかりしろ、柏木。これはセックスだ。……男とセックスしようとしているんだぞ」

「わかってるよ」

こんなときまで理知的に微笑む柏木は、凜々しい眉をわずかに動かした。

「したくなった」

「……意味が」

わからないと言いかけた拝島は硬直した。とっさに視線をそらして顔を伏せる。

目を合わせてはいけないことだけ、本能で悟った。

心臓が早鐘を打ち、脳裏に柏木の表情が走る。抱き寄せられて首を左右に振った。

「試すだけ……」

懐柔しようとする柏木の声は低く甘い。聞いたことのないトーンだ。

「入るわけ、ない」

「じゃあ、指だけ試そう。それで気持ちがよかったら」

結局はぶち込むつもりでいるのだ。めまいを覚えた拝島はシャツに触れたくちびるを尖らせる。

「……くそ。変態が……」

悔しまぎれにつぶやくと、こめかみに柏木のくちびるが触れた。身体が震えて嫌気が差す。

身体の力が抜けていくのを感じた拝島は、にわかに絶望する。ふたたび促され、尻を突き出す格好を取らされた。

頭の中はいよいよ混乱を極め、意識は無我の境地へ逃げ込む。

無責任に薄笑いをこぼす柏木の息づかいが、シャツをたくしあげられた腰裏へ落ちる。

「すぐに悦くなる」

ささやきが肌を撫でて、硬いつぼみをこじ開ける指がうごめく。

「……なりたくな、いぃぃッ……」

何度も丹念にオイルを塗り込められ、抵抗の声だけが虚しく響く。差し込まれた指は、ついにずるっと奥まで入った。

「ぶっ殺す……覚えてろ、覚えてろよ」

息をするように負け惜しみを並べても、身体が感じているのは苦痛だけでない。柏木の指が抜けていき、また差し入れられる。ゆっくりとした動きを繰り返され、拝島はキャビネットの天板へすがった。

身体が感じているのは、うとましいほどにあきらかな快感だ。むずがゆいような甘だるさが腰を包んでうごめく。

「……こんな……覚えてろ……」

拝島はかすかに息を吐き、背をのけぞらせる。刺激を求めて揺れそうな腰をこらえるのに精いっぱいだ。逃げようと思えば逃げられるのに、そうしない自分が一番憎たらしい。

「それはさ、いつまででも、覚えていて、かまわないけど」

抜き差しを繰り返す柏木の声に、拝島は違和感を覚える。絶対に含まれているはずの、冷笑やからかいの響きがなかった。

「柏木……、手で抜いてやるから」

収まりがつかなくなっているのかと、身をよじって腕を掴もうとした拝島の手が押しとどめられる。

「またあとでね」

振り払う乱暴さはなく、腕を天板へつくよう促された。同時に、指はまた深く差し込まれる。

「……どこがいい？　この体勢だと前立腺は触りづらいのかな」

「……なに、言ってんだよ。こわいよ、おまえ」

拝島は泣きたいような気分で顔を伏せた。腕に額を押しつける。前立腺を探られるまでもなく、下半身は復活の兆しだ。指が小刻みに動くたびに脈を打つ。

「気持ちいいのは好きだろう、拝島。もっとおかしくなるところが見たい」

「ふざけんな……」

「きみを、縛っていたくなったからかな……。恥ずかしい弱みを握れば……」

とってつけたような悪い冗談だ。真意を隠した甘い声がさらっとささやき、柏木の指がまた動き出す。拝島は大きく息を吸い込んだ。中を探るように掻きまわされ、すぼまりを広げられる。

　慣らすための動きはあからさまで卑猥だ。刺激に息を乱した拝島はますますいたたまれなくなった。

「弱み、って……っ」

　握ったところで意味はないと、喘ぐように呼吸をしながら訴える。しかし、言葉は途切れる。

　なにを言おうとしているのか。

　それよりも、なにを話し合おうとしているのか。

「頼むから、素股で勘弁してくれ。おまえのサイズは絶対に無理だ」

　拝島は、身体の力を抜いて頼んだ。両足を揃えると、隆々とした柏木の硬直がねじ込まれる。

　オイルの助けを借りて、肉と肌はよじれるように密着した。

「……っ」

　まだじゅうぶんに若い柏木の角度は鋭く、覆いかぶさった体勢でも、先端が拝島の会陰を行き交う。ついでに袋まで刺激され、一度達しても満足していない拝島の股間が猛った。

　先端まで硬くなり、息をするように揺れる。

　素股の羞恥を忘れるためにも触れたかったが、両手は身体を支えるために塞がっている。

「柏木……、前、触って」

　そっけなさを装ってねだると、腰がぴったりと合わさり、シャツのずれた肩に柏木の息が吹きかかる。

腰の前に手がまわり、握りしめられた。中ほどから先端に向けてしごかれる。待ち望んだ快楽に拝島の肌はせつなく震えた。柏木の手は大きい。それなりにサイズのある拝島の屹立でもほぼ指がまわる。しかも手のひらは肉厚で弾力があり、器用にねじられると、思ってもみない快感が走る。

「ぁん、んっ……」

拝島の喘ぎは低く、揺すられながら目を閉じると意識が快感へ傾いた。シャツをまとった肌が汗ばみ、呼吸は乱れたままだ。声が細く漏れて、耳にいやらしく響く。

フォーマルなベスト姿で素股に励む柏木を脳裏に思い描いてみる。下半身を貸していることのありえなさに、胸の奥が激しく騒いだ。

「……はっ、ん……ん」

熱棒で股をこすられ、手淫を味わう拝島は顔を歪めながら息を吐く。

つとめて深い呼吸を繰り返しながら、拳を握りしめた。柏木の硬さを太ももの内側が知る。

なぜか、探られたばかりの場所が疼き、指先の感覚をよみがえらせた。

想像よりも優しい指先だった。中を撫でられ続けたら、あっさり慣れてしまうのだろう。

そしていつかは、この昂ぶりを受け入れる。

「もう……っ」

最後を訴える柏木の声がかすれ、拝島の欲望を手放した両手が腰骨のあたりを強く掴む。太ももに挟まれた熱の塊が激しく前後に動くと、濡れた音が卑猥に立つ。

拝島は息を弾ませた。臀部に柏木の腰が打ち当たる。ラストスパートの動きは切実さを帯びて性急だ。柏木の息も弾んで、ずりずりと動く肉が拝島の敏感な裏側を撫で続ける。

「はっ……ぁ……」

感じまいとしても、拝島の肌は震えていっそう汗ばんだ。

ぶつかる皮膚に柏木の毛並みを感じ、その生々しさにも奥歯を噛む。耐えがたい羞恥だと思う一方で、心は妖しく乱れた。

「拝島……っ」

柏木の動きが唐突に止まり、勢いよく溢れた白濁が拝島の内ももとキッチンを汚す。

顔を伏せた拝島は、くちびるを腕へ押し当てた。

乱れた柏木の息づかいが剥き出しになった肩甲骨に降りかかり、胸が苦しくなる。

訴える余裕もなく、放置されていた屹立を濡れた手に掴まれた。柏木のくちびるが背中をたどり、拝島の全身が突っ張る。

うめくような声が喉から絞り出され、自分のものをどこかに差し込んで思いきり揺さぶりたい衝動が湧く。けれど欲求は柏木の手筒に奪われた。

なめらかな動きは優しげにうごめき、性感の濁流が拝島を飲み込んでのたうつ。

快感がせりあがり、息が詰まる。

「……い、くっ。……柏木、いく……っ」

二度目の射精に導かれながら、頬を引き寄せられて上半身をよじる。くちびるが重なった。

間近に見る柏木はまつげを伏せている。目鼻立ちが整い、性別を超えた感じにきれいだ。

この男は、女を本気で好きにならない。拝島は一瞬で悟り、女のほうも本心から信頼することはないと感じ取った。

ひと晩だけ遊ぶなら楽しいが、続けば釣り合いが取れなくてつらくなる。そういう恋を女は無意識に避ける。

精液で濡れた柏木の手を掴み、はだけたシャツで拭ってやりながら、正面に向き直った。拝島の息はまだ乱れ弾んでいる。

言うことはなにもない。

手を伸ばして、頬に触れる。柏木の手も、なめらかな拝島の頬に触れた。肩で大きく息をして拝島は目を伏せる。少しうつむいて、柏木の指先を追った。

くちびるをなぞられ、舌先で応える。

柏木が静かに笑う。いつもはドライな瞳はしっとりと濡れて、拝島のすっきりとした顔立ちだけを映した。

ふたりはまたキスをする。身を寄せて、剥き出しの腰を押しつけ、乾いた笑い声をこぼす。

タキシードのどこを汚したのかも、判然としない。戯れは、悪ふざけの延長だ。

拝島は、沁みるように痛んでいた胃が落ち着くのを感じて目を細める。しかし、胸の動悸は収まらない。柏木の指が肌を這うほどにひどくなる。

表情を歪めると、眉間にキスが押し当たった。

柏木はまた笑う。そぶりだけが優しげで、その実は虚無の空洞だ。拝島はますますいかめしく不機嫌を装い、底なしの不幸が漂う気配に目を閉じた。

＊＊＊

それからしばらく、すっきりとしない天気が続いた。空には鈍色の雲が流れ、朝は晴れていても午後から雨が降る。かと思えば、一日中霧雨が降り続くこともあった。

曇り空の風が強い日は、海に多くのサーファーが浮かぶ。ビッグウエーブを掴むためだ。

コンドミニアムのテラスから眺める拝島は、シングルモルトのウイスキーをジンジャーエールで割り、煙草をくゆらせて暇を持て余す。

天気が悪い日は、パーティも盛りあがりに欠ける。そもそもの人出が少なくなってしまう。一方で、途中から降り出す雨は好都合だ。思いがけないアクシデントは、男女の仲を近づける格好のイベントだった。

「……たいくつ……死ぬ……」

屋外用ソファに足を上げて、ぶつぶつ言いながらグラスを揺らす。チューリップの花のように飲み口が開き、下部はころんと丸みを帯びたデザインだ。

肩越しに手が伸びて、グラスの中にライムが沈んだ。背もたれに腰かけた柏木も、鬱屈の溜まった顔をしている。

拝島はグラスを口元へ運び、ひとくちだけ飲む。それから言った。

「ウイスキーのジンジャーエール割りにライム。……ウイスキーライムバックだ。炭酸水ならライムハイボール」

指を入れてライムを取り、搾り直して、また沈める。

柏木はミントとライムが入ったグラスを揺らした。

「……ラム、入ってる？」

拝島がたずねたのは、ノンアルコールモヒートを飲むことも多いからだ。見た目では区別がつかない。

「入ってるよ」

答えた柏木は、グラスを拝島のくちびるへ寄せた。

「んー。絶妙だな。ギリギリに少ない」

ラム酒の風味はしたが、酒を飲んだという満足感には乏しい量だ。

「人に頼まれて買ったチケットがあるけど、どうする？　ビーチパーティだ」

柏木が言い出し、拝島は笑って答えた。

「おまえでもチケットを買ってやったりするんだな」

「付き合いってものがあるからね。客層は若いんじゃないかな」

「じゃあ、パトロンを探すってわけにもいかねぇなぁ」

どちらかといえば、男が愛人を探すのに適しているはずだ。そもそもは若い男女の出会いの場であり、ぐちゃぐちゃと繰り広げられる恋愛模様の巣窟だった。

「おまえの相手を見繕うには、下々の集いすぎて意味ないんじゃないの」

「ボサノヴァの生演奏を呼んでるって話だ。そこそこ聴かせるらしい」

「あー、そう……」

ウイスキーライムバックをぐいっと飲んで、テラスの柵越しに空を見る。雨はまだ降っていた。ソファのすぐそばまで濡れている。

「ビーチパーティってことは、外なんだろ。やるか？」

「あと一時間もすれば雨がやむ。明日は晴れの予報が出てるから、夜は過ごしやすくていいんじゃないか」

「おまえも行く？」

確認したのは、柏木の好むパーティではないと思ったからだ。

ポロシャツの襟を小粋に立てた柏木は、人の悪そうな笑みを精悍な頬に浮かべた。

「ここのところ、盛りあがらないパーティばっかりだったから……。乱痴気騒ぎを見物するのも、退屈しのぎになるだろう」

「おまえ、言い方な、言い方」

笑いながら、視線をグラスへ戻す。

柏木に相棒ができたという噂は、海辺の社交界を駆け巡った。

よほど意外だったらしく、ふたりがパーティに顔を出すと、拝島のまわりに人が集まる。その中からパトロンを探す算段は続いていたが、柏木に急かされなければ、怠惰な拝島には危機感が生まれない。これと思える女もいなかった。

「ビーチパーティねぇ。いいなぁ、久しぶりだ。たまには若い女でも、摘まんでくるかな」

冗談めかしてつぶやき、ソファの背もたれに腰かけた柏木を見上げる。微笑みを浮かべた顔はいつものように上品で、穏やかに見えるだけ捉えどころがない。

ふいに、肌を合わせた記憶がよみがえる。

波打ち際で笑い転げるようにステップを踏み、コンドミニアムになだれ込んであおったアイラのシングルモルトはふたりを酔わせた。あの程度で理性を失うような体質ではないが、そうでも思わないと成り行きに納得ができない。

汚したタキシードはキッチンで脱いだ。先にシャワーを浴びたのは拝島だった。柏木のバスローブを勝手に使い、アルコールの酔いよりも睡魔に勝てず、寝室へ迷い込んだ。

あの夜から、拝島の寝床はリビングのソファでなくなった。ごく当然に、当たり前のように、ダブルベッドを半分にして眠る。

「あとで、コンドーム買いに行こ、っと……」

視線をグラスに戻し、ウイスキーに沈む櫛形(くしがた)のライムを見た。冴(さ)えない天気を忘れてしまいそうなほど青々とした皮と、搾ってほぐれた果実のコントラストが爽やかだ。

「そう……」

あいづちを打った柏木が黙る。その気配に気づきながら、拝島はうつむいてライムバックを飲んだ。

あの夜の形跡は、拝島が起きたときにはすべて消えていた。

タキシードもシャツも、すべてがクリーニングに出され、昨日、戻ってきたところだ。

十日が経っていたが、蒸し返すこともなければ、ふざけたキスをすることもない。これまでと同じだ。

拝島に不満はなかった。いちいち、理由を聞かれても困るし、説明されても居心地が悪くなるだけだ。性的指向とは違っていても、同性と戯れることはありえる。

若い頃、しばらく面倒を見てくれていたヤクザの男も、ストリップや成人映画館に拝島を連れていっては自慰をしようと誘ってきた。手を出されるのかと警戒したが、そんなことは微塵もなかった。

　タイル張りの古いトイレの個室で、向かい合って励むだけだ。相手からチラチラ見られても、拝島はうつむいて続けた。もちろん萎えたが、悟られたら手伝われてしまうと怯え、必死に性的なことを考えていた。

　それと同じだ。毎日に退屈して、酒の勢いが妙な方向にねじ曲がってしまっただけだ。

「ゴムなら買ってある。……ローションも」

「ん？」

　付け加えられた言葉に、拝島は動きを止めた。

「……なに、言って」

　振り向いたのと、柏木が離れたのはほぼ同時だ。

「かしわぎぃー。待てよ、こら。どういう意味だ」

　姿勢のいい後ろ姿がガラス戸の手前で止まる。ポロシャツの布地越しにも、鍛えられた背中の男振りが見て取れた。

「そういう意味だ。遊んでおいでよ、たまにはね」

　すっと細められた目元は爽やかだ。だからこそ、浮かんだ表情を掴み損ねる。

　風に吹かれた霧雨が、テラスの空気を湿らせた。灰皿に置いた煙草を指に挟み、拝島は身を屈めて吸う。吐き出した煙が顔の前でもやのように広がった。

「ローション。……ローション？」

口の中で繰り返し、首を傾げる。煙草を挟んだ指でくちびるを摘まんだ。

わからないふりをしたが、身体は過剰に反応する。本当は理解していた。あの夜、オリーヴオイルでは潤いが足りなかったのだ。

ソファの座面につけた尻の奥がむずむずと落ち着かず、拝島はくちびるを尖らせた。からかって遊ばれているだけだ。ノリに合わせて楽しめば、すっきりとしない天気の憂さ晴らしぐらいにはなる。

「なんで、俺が掘られるんだよ。意味が、わかんねぇし」

煙草をスパスパと吸って、自分の周囲を真っ白く染めていく。肌をたどった指先の感触がよみがえり、拝島は大きく身震いをした。

波打ち際の戯れはタンゴのリズムだ。あのときは拝島が女性側のステップを受け持った。

柏木のリードは悪くない。それどころか、お互いに適当でも、ちぐはぐにはならなかった。

拝島好みのラフなステップだ。思い出しても身体が揺れる。

くちびるに挟んだ煙草が短くなり、灰の塊が足元へ落ちていく。指先で摘まむとバラバラになって肌が汚れた。拝島はただ、ゆっくりと煙を吐き出した。

柏木の言った通り、一時間ほどで雨雲が過ぎ、ビーチパーティが始まる頃には、海の上に夕映えのグラデーションが広がった。

夏限定で設置されたビーチハウスを使用したパーティは盛況だ。都心から繰り出してきたパーティピープルは、さまざまなタイプが入り乱れている。『夏が来た感じがする』と笑った柏木は知り合いを見つけ、すぐに離れていった。

ビーチハウスの前には広いテラスが張り出し、柱と柱の間に色とりどりの電飾が渡してある。素朴な雰囲気だが、生演奏のボサノヴァは趣味がいい。

アロハシャツとリネンパンツを合わせた拝島は上機嫌でビールを買った。ビーチ自体は飲酒禁止だが、パーティ開催時は決められた場所でのみ許可が出る。

甲高く笑う女の子の声があちこちに聞こえ、取り巻く男たちは魚のように人波の中を動く。身に馴染む猥雑さに、拝島は目を細めた。

金を持った女は見つけられないだろうが、しばらく一緒に暮らす女ぐらいなら釣れるかもしれない。ビールを飲みながらゆっくりと周囲を見渡す。探すのは、好みのタイプではなかった。心の片隅が欠けているのに、自分では気づくことも埋めることもできない。そんな女を見つける才能が拝島にはある。

その中でも、年の頃が合いそうな相手がいい。

ひとり、ふたりとそれらしき相手を見繕い、どこから手をつけようかと思案する。その肩をふいに叩かれた。気安い仕草に驚きもせずに振り向くと、思ってもみない相手が立っていた。

「びっくりしろよ、おまえ」

低くかすれた声で言ったのは、アニキ分の志村だ。短い髪をウエットにスタイリングして、黒のTシャツにゴールドチェーンのネックレスを垂らしている。

「こんなところでなにをしてんだ」

志村に問われ、拝島はさらりと答えた。

「そろそろ次のねぐらが必要になってきたんで」

「まだ、このあたりをうろつくのは早いと思うけどな」

手にしたカップに口をつけ、志村が表情を歪めた。社交界の噂が届いているのではないかと拝島は怪しんだが、相手が持ち出すまではシラを切る。柏木のことを考えれば順当だ。

「……なにか、ありましたか」

「うん？」

志村の目が思わせぶりに鋭く光った。

「あの女がさぁ、おまえに会いたいって、俺のところまで来て……」

「誤解されたんですか」

「されるわけねぇだろ。冗談じゃない。……おまえのことだって、隠してんだろってなぁ。……まぁ、それはよくってさ。いまから電話していいだろ。優衣に」

頼まれごとを片付けてしまいたいのだろう。携帯電話を取り出した志村は、答えを待たずに連絡を入れる。会話の口調は丁寧で、ビジネスライクだ。

優衣と志村の関係を考えれば妥当だろう。

「連絡ついたから。すぐにこっちに来るって……」

使い終わった携帯電話をポケットへ滑り込ませて、志村はテラスからビーチへおりるステップを示した。それぞれにカップの中身を飲み干し、ダストボックスへ入れる。

ライトアップされたビーチを横切って海岸通りに出るコンクリートの階段を上がった。

「俺の知っている範囲で話しておくけどな」

煙草を勧められ、自分も持っているとは言わずに、志村のシガレットケースから一本抜く。ライターを借りて、拝島はまず志村へ火を向けた。

アニキ分の煙草に火がついてから、自分の煙草だ。

「あの女は相変わらず囲われてるよ。まだ逗子マリーナに住んでる。おまえの件がどうなってるのかはわからないから、自分で聞いてくれ」

幹部の機嫌が直ったのなら藤沢あたりも出歩けるが、ぶちのめすまで納得しないと根に持っているなら、それなりの対応が必要だ。つまりまだ繁華街には出られない。

「いつも、すみません」

煙草をくちびるから離して頭を垂れる。志村はあきれたように煙を吐き出し、防波堤にもたれた。

「……拝島。その時計、まだつけてるんだな」

視線が手首のあたりを注視する。

「あぁ、これですか……」

くわえ煙草で目の前にかざすと、高級ビンテージ時計に街灯の光が反射した。

「さっさと質に流しちまえ」

以前と同じ忠告をして、志村は片頬を引きあげた。

「ゲンナマが手に入ったら、少しは持ってこい」

「もちろんです」

調子を合わせて答える。それからしばらく、ふたりは黙った。

ビーチで演奏されているボサノヴァが聞こえ、拝島は軽くリズムに乗る。高揚感はまるでなく、心がスッと萎えていく。違和感を覚えたとき、目の前にタクシーが停まった。

煙草を投げ捨てた志村が後部座席のドアを開けて声をかける。すぐに手招きされ、拝島も煙草を捨てた。

罠（わな）である可能性も考えはしたが、志村に売られるのだとしたら仕方がない。世話になった恩は数えようがなく、今回のことで被（こうむ）った迷惑も想像がつく。今夜、出会ったのが運の尽きだ。

しかし、タクシーの中には女が座っているだけだった。

青いサマードレスの裾は長く、ノースリーブの露出した腕がなまめかしく細い。

後部座席を覗き込んだ拝島に気づき、優衣は安心したように笑顔を見せた。

「海斗……」

差し伸ばされた手にアロハシャツを掴まれ、拝島はタクシーに乗り込んだ。志村がドアを閉める。アイコンタクトをする暇もなく、優衣が行き先を告げた。

高台にあるリゾートホテルだ。

「ねぇ、ケガは……？　痛かったでしょう。もう、平気なの？」

すがりつくように身を寄せられ、豊満なバストが腕に押し当たる。同時に、甘ったるい香水が匂い立つ。長い髪の中に指を差し入れ、うなじを引き寄せる。

くちびるを合わせると、グロスが移った。ひとしきりのキスのあと、指で拭ってアロハシャツの裾あたりになすりつける。

「そっちはどうだった」

拝島の質問に言いよどむ気配がする。暗い車内だ。優衣の表情はよく見えなかった。

「うん……」

はっきりしない答えだが、タクシーの中では話したくないのかもしれないと思い、それ以上の追及はしない。あとで聞けばいいと黙った。

タクシーはすぐに目的地へ着く。小高い丘に寄り添うように建てられた白亜のホテルは、急な坂の上がエントランスだ。

優衣が部屋を取り、ロビーの端で待つ拝島のところへ戻ってくる。

ふたりにとっては逗子マリーナのマンションで会えないときに使う常宿だった。

「あいつに、殴られた」

部屋に入るなり、優衣が振り向く。手にしたクラッチバッグをツインベッドの片側に投げ、拝島の胸に飛び込んでくる。抱きとめた瞬間、その身体の細さに驚いた。ここしばらく、女を抱きしめることがなかったからだ。

「頭に来たんだから！　どうせ、飽きたら捨てるくせに、飼い主ヅラするなっていうのよ」

拝島の背中に腕をまわしてしがみつく優衣は、甘えるように顔を上げた。キスを待つ仕草に気づき、額にくちびるを押し当てる。

「……もう別の女のものになったのかと、思ってた」

優衣がアロハシャツのボタンをはずしていく。

「あれから、何人、抱いたの？　私よりもよかった……？」

合わせが開かれ、華奢な指が肌に這う。色っぽく胸板をたどられ、鎖骨にくちびるが当たった。下腹がじんわりと熱くなるのを感じ、拝島は息を詰める。優衣の髪を指ですいた。

「金のためだよ」

常套句（じょうとうく）を口にすると、ジゴロの性質を知り尽くしている優衣の表情が翳る。

「嘘つき」

「優しい嘘が好きだろ？」

　拝島は目を細めて、女を見つめた。ふたりの視線は悩ましく絡み合う。

「……あの柏木礼司と暮らしてるの？」

「情報通だな」

「余計なことばかり教えてくれる人がいるのよ。マダム・イッコの大のお気に入りなんでしょ。息子同然に扱われてるって。……マダムってね、若い男に貢いでいるんじゃないのよ、海斗。お金でね、言うことを聞かせてるの。私があいつにされてるみたいに」

　優衣の両手が首に巻きつき、身体が寄り添う。

　背中に腕をまわした拝島は、ワンピースのジッパーを腰までおろした。背中を撫でて、首筋に顔を埋める。甘ったるい香水が漂う肌はなめらかだ。

「私ね、あいつと別れる」

　言われた言葉は、すぐに拝島の脳へ届いた。身体を離して、優衣の顔を覗き込む。

「話がついたのか」

「……まだ、これから。でもね、いろいろと考えてみたの。……少し、お金がかかるみたい。でも、海斗のことがあったいまなら、うまくいくと思う」

「……どこの、だれに相談したんだ」

「言えば、迷惑がかかるから。……知らないままで、私を待っていて欲しいの」

サマードレスを脱ぎ落とし、レースのキャミソール一枚になった優衣はうっとりと身を任せてくる。華奢だが、つくべきところにしっかりと肉がついた身体だ。

男好きのする甘い息づかいに耳元をくすぐられ、拝島は目を伏せた。

「金はどうする……」

話の流れからして、次に言われる台詞はわかっていた。

「用意して欲しい」

思った通り、優衣は悪びれもせずに口にする。

「柏木って人にとっては、はした金のはずよ。……そう聞いた。だって、会社の権利を渡して転がり込んだのは、億の額よ。不動産も持ってるし、小さな会社も建ててる」

「だからって……。っていうか、どうやって引っ張ればいいんだ」

拝島は苦々しく笑い、ポケットから自分の煙草を取り出した。優衣を押しのけ、ガラス戸を開けた。バルコニーへ出て、煙草に火をつける。

「きっと騙されやすいお坊ちゃんなのよ。海斗なら、できるでしょう。……一緒に暮らしていることが、もう特別だって聞いたわ。さすが、って思った」

セクシーなランジェリー姿の優衣は、しどけなくガラス窓の枠にもたれた。

愛らしい顔をしているが、水商売から流れてきたゆえのしたたかさがある。それもまたひとつの魅力だ。

あだっぽい仕草で微笑み、テラスへ一歩出てしゃがむ。

指先を伸ばされ、煙草を渡す。拝島は新しい一本を取り出した。

「柏木って男ね……、会社も女も奪られているのよ。よくない噂を撒かれて、こっちへ逃げてきたんですって。いくら見た目がよくても情けないわ、そういうの。……負け犬って感じじゃない？　海斗はどう思った？」

はすっぱな雰囲気で煙をくゆらせる優衣から視線を転じ、拝島はテラスの向こうに広がる海を眺めた。七月の月明かりが波間を照らし、澄んだ空には小さな星も見える。

「べつに、普通だな」

「そうなんだ。じゃあ、いけるね。海斗は人タラシだから……」

しゃがんだ優衣の手が伸びて、膝上に絡みつく。

「さっきの、志村さんもね、海斗をかばって大変だったみたいよ。隠してるんじゃないかって、事務所も自宅も荒らされて」

指に挟んだ煙草を遠ざけた優衣は、頬擦りしながらリネンパンツを這いあがる。股間の膨らみを刺激され、拝島は背を丸めながら優衣の髪を撫でた。

性欲が湧き起こり、熱を帯びていた下半身がさらに反応する。

けれど、それだけではなかった。いままで感じたことのない感情が、優衣に対して猛烈に湧き起こる。

一緒に生きてきたわけじゃない。それでも、都合よく抱き合うときの湿り気を帯びたシンパシーが心地いい相手だった。ベッドの上で戯れ、彼女の胸に顔をつけて眠る。そんな、明日を約束しない気安さが信頼に値した。

拝島は浅く息を吐き出し、煙草を口にくわえた。

「……ぜんぶね、終わらせてね、……ふたりでどこかへ行こ」

布越しに頬を擦り寄せられ、優衣の指から煙草を取る。

灰皿が遠いので、テラスの床へ落として揉み消した。指を優衣の髪へ差し込む。拝島は、くわえた煙草をくちびるから離した。ゆっくりと煙を吐き出すうちに、女の指先がジッパーをおろす。性的でなまめかしい一瞬だ。続く快感を想像して、優衣の髪を引く。

拝島は腰を逃がした。下着の中から、取り出されたくない。

「どこか、って、どこ？」

たずねながらその場に沈む。しゃがんで向かい合うと、優衣の目に涙が浮かぶ。こらえるためにくちびるを噛んでも、大粒の涙は引っ込まなかった。

なにがあったのかと問えば、答えは返るだろう。もう何度も見聞きした、陰惨な男女関係のいきさつをまたなぞることになる。

優衣はもう限界だ。いまの男とは続かない。

「私と逃げよ……」

小刻みに震えるくちびるを、拝島は親指でそっと押さえた。首を振った優衣が、腕の中へ身体を投げ出してくる。

柔らかなくちびるが重なり、やたらにキスを繰り返す。

拝島はわずかに後ずさった。腰が引けて、視線は海へ逃れた。


夜更けにホテルを抜け出し、三十分近く歩いてコンドミニアムまで帰る。オートロックの入り口を避けて駐車場のエレベーターに乗れば、登録ナンバーで指定階まで上がることができた。

飲んだワインが身体の芯に残り、猛烈な睡魔が襲ってくる。

拝島はふらつきながらドアの前に立った。鍵は持っていない。柏木がお楽しみで不在なら、ここで寝てしまおうと決めてドアノブに手を置く。

レバーを下げて引くと、思いがけず、すんなり開いた。

玄関で靴を脱ぎ捨て、寝室を覗く。間接照明が包む室内は無人だった。ベッドメイクも乱れていない。拝島は廊下を行き、キッチンとダイニングからリビングへ視線を巡らせる。

柏木の姿はカウチソファの上にあった。寝転び、悠々と伸ばした足首を重ねている。

寝支度を整えたパジャマ姿だ。

「おかえり。今夜は帰らないと思っていたよ」

向こうから声をかけられ、拝島は壁に肩を預けた。

「……どうして」

真剣な目で見つめ返したが、酔った視界は揺れて定まらない。肩をすくめて両目をこすった。

「シャワー、浴びる」

「もう限界だろう。いいから」

柏木に止められても、汗が不愉快な状態ではベッドへ入れない。

「……ソファよりベッドで寝たい」

拝島は酔った足取りで廊下を戻った。

「ベッドで寝てもかまわない。明日、シーツを取り替えるから」

「……嫌なんだよ」

途中で腕を掴まれ、振りほどくと足元がもつれた。壁に背中を打ちつける。拝島はくちびるを尖らせながら目を据わらせた。

柏木の表情を確かめたいのに、ぼやけてしまってまるでわからない。

顔を近づけると、さりげなく逃げられた。

「酒臭いだろ」

「……そうだね」

顔を背けた柏木は、これみよがしなため息をつき、たくましい肩を上下させる。

「わかった、俺が洗うよ。転げて、頭でも打ったら大変だ」

「……割れる前に、髪も洗って欲しい」

「わかった、わかった」

パジャマを脱ぎながら答えた柏木が、玄関へチェーンロックをかけに行く。そのあいだに服を脱ごうとした拝島は、もたもたとボタンをいじるばかりだ。らちが明かずに頭を抜こうとすると引っかかる。

「もう、動くな。余計にややこしい。……ったく。……いいセックスだったんだな」

ご機嫌だと言いたげに指摘され、服を脱がされた拝島は顔をしかめる。

「関係ねぇだろ」

下着は自分で脱ぎ捨てた。

「おまえこそ、俺がいないあいだに一発キメてきたんじゃねぇのかよ。んん？」

いきなり距離を詰めて股間を握る。柔らかいくせに存在感のあるものは、ずっしりと手のひらからはみ出した。

「……ケンカを売るな」

腕を引き剥がされ、バスルームへ連行される。柏木は下着一枚で、拝島は全裸だ。腕時計をはずしてバスタブの端へ置き、バスチェアへ腰かける。頭からシャワーをかけられた。

「柏木はどんな女とヤった？　ビーチパーティで引っかけたのかよ」

髪を濡らす湯が顔に伝い流れて、話し続ける拝島の口元を覆う。ガボガボと水音が響き、柏木が声をあげて笑った。

「ちょっと、黙ってろ。犬でも、もっと静かだ」

ハーバルの匂いが高級感を漂わせるシャンプーを手に出し、軽く泡立ててから拝島の髪につける。

「犬、飼ったことあんの……」

シャワーが遠ざかり、髪と頭皮を洗われる。ワシャワシャと指が動き、ちょうどいい強さだ。

「昔はね、実家にいたよ」

「ふぅん。その犬と俺と、どっちが可愛いと思う」

「……え？」

驚いたような声を出した柏木が黙る。拝島のひと言は完全なる酔っ払いの妄言（もうげん）だ。まともに取り合ってしまったことを後悔しているのだろう。

「どっちだろうね」

冷淡な声で言った柏木がシャワーを手にする。

「俺に聞くな」

拝島はムッとして言った。とっさに顔を向けようとしたが、シャンプーが目に入るからと押さえつけられ、シャワーを当てられる。

泡が流され、拝島は自分の手で身体を洗う。シャワーが肩からかけられ、あくびをしながら目を閉じた。さっぱりとして心地いい気分だ。

「……寝るなよ、拝島」

「んー、寝てません」

「女とも？」

すっと差し込まれた手が下腹部に触れる。毛並みについた泡が流され、くったりとした性器もシャワーの水流で洗い清められた。

「てめぇが言わないのに、言えるか。言わない、言いません」

目を閉じた拝島はくちびるを尖らせ、首を左右に振る。

毛先から落ちる水のしぶきが散って、柏木が迷惑そうに肩を引く。シャワーを止め、引き寄せたタオルで拝島の髪を拭った。

「犬のほうが可愛かったよ。……知らない女にシッポを振ったりしないし」

「するだろ。犬なんだから」

間髪入れずに言い返して、促されるに従って立ちあがる。

「身体は自分で拭いて」

浴室から追い出され、拝島はガルルと吠(ほ)えた。下着を脱いだ柏木のシルエットが、磨りガラスに映る。拝島はしばらくぼんやりと眺め、濡れた自分自身を見下ろす。下生えから覗く性器は萎えている。

不思議と、優衣には触られたくなかった。理由はいまになってわかる。柏木を悪しざまに言われ、気分が萎えたのだ。

優衣の聞いた風の噂は、拝島が知っている柏木とはまるで違う。だからこそ、嫌な気分がした。なぜ、嫌と思ったのかはわからない。考えようとも思わなかった。

タオルを手に取り、身体の水滴を拭う。磨りガラスのドアが開き、柏木が顔を出した。

「えらいな。きちんと拭いて。犬より、お利口だ」

薄笑みで半分からかわれる。

「わんっ」

ヤケになって吠えると、柏木はあきれたようにひっそり笑う。

余裕のある広い脱衣スペースも、男がふたり並べば、さすがにかさばる。拝島はわざと肘をぶつけ、迷惑そうな柏木の顔を見てほくそ笑む。

柏木は早々にバスローブを羽織って出ていき、すぐに着替えを持って戻った。下着と半袖のパジャマだ。

ひとり残された拝島は、酔いでふらつく身体を壁へ預けてよたよたと服を着る。ボタンが面倒で真ん中あたりをひとつだけ留めておく。

そうしているうちに、パジャマ姿の柏木が顔を見せた。ダブルガーゼの長袖だ。

「着替えた？」

下着とズボンを穿いた拝島を見て、にこりと笑う。まるで犬を見るようだ。

「えらい、えらい。水でも飲んだほうがいいな。おいで。ライムウオーターをあげよう」

手招きで呼ばれ、拝島はつんと顔を背けた。犬ほど従順じゃない意思表示だ。

「拝島？」

首を傾げる柏木の声と仕草が、拝島を困惑させる。吐き気を催して胃を押さえたが、それは幻の感覚だ。込みあげてくるものはなにもない。

柏木の手が指先を掴み、キッチンまで連れていかれる。

広い背中を見つめた拝島は、どぎまぎと視線をさまよわせた。

優衣が股間に顔を擦り寄せてきたときの嫌悪感が、実は罪悪感だったと理解する。酔っているから、理解してしまう。

あのとき、拝島は、柏木を想像した。キスをして、触り合って、拝島の後ろの穴に指を入れた男が、足元に膝をついていたらと考えたから勃起したのだ。女の息づかいに欲情したわけじゃない。

「あの時計、いるの。いらないの」

出し抜けに聞いても、柏木は動揺しない。ダイニングのイスに拝島を座らせ、冷えたミネラルウオーターにライムを搾る。

「一度、手元を離れたものだ」

テーブルとグラスが触れて、ことんと音が鳴る。

「……俺が拾っただけだろ」

「そういう運命にあるとしたら、それでいいんだ」

「意味が、わかんねぇ」

ぶすっと拗ねて、ライムウオーターを一気に飲み干す。シャワーを浴びてさっぱりしたが、酔いはまだ強く残っている。拝島の視点は頼りなく揺らぎ、思考回路は働いているようで怪しく、信用ならない。だから思いつきが口から転がり出る。

「それぐらい、相手を特別に思ってるってことか」

「どうして、そうなるんだ。わからないな。ありえないって言っただろ」

「単なる好き嫌いってのも、あるだろ。恨んでないなら、いい思い出だとか」

「それは違う」

アイランドキッチンのカウンターへ腰を預けた柏木は、眉間にシワを寄せた顔で腕を組んでいる。拝島は鼻白(はなじろ)んだ。

「なにが違うんだよ」

「あいつときみは違うって話だ」

話が噛み合わないと思うのは、拝島が酔っているせいだけじゃないだろう。柏木もどこか支離滅裂だ。拝島は苛立った。テーブルから離れ、柏木と向かい合う。

「そりゃ違うだろ。あっちは頭のいいセレブで、俺は……」

人差し指にくちびるを押さえられ、言葉が途切れた。

すっと近づいた柏木が腰を屈め、指先を追ったくちびるが触れる。拝島が嗅ぎ取ったのは、ベルガモットの匂いがする柏木の香水だ。それがふたりのあいだに漂う。

「俺は、チンピラのジゴロだ……」

しょせん、と卑下することにも苦はない。浮き草暮らしは性に合っている。

だから、優衣に付き添い、別の町へ流れていくのがベストの選択だとわかっていた。

逃げようと誘った口調とまったく同じ声色で、いつか、死のうと誘われる。それも知っていた。どうするのかはそのときのことだ。先々は考えたくない。

「女を抱いてないなら、相手をしてやってもいいけど。……俺は、高いよ」

「そんなことないだろう。……すべてが金で買えるわけじゃない」

柏木の言葉がふたりのあいだを分断する。けして相容れない価値観の相違だ。

生まれ育ちが違いすぎて、共通言語に乏しい。社会常識でさえ異なっていると、拝島は内心で腐した。

「くれるものをくれないと、男相手に、足なんか開かない」

「……満足させる自信があるわけだ」

「おまえが満足させるんだよ」

裸足の指先を伸ばし、柏木のくるぶしをなぞる。ふたりの視線が妖しく交錯して、くちびるが近づく。触れ合う前に腕を掴まれ、抱き寄せられる。

身体がぶつかり、互いの息がくちびるにかかった。柏木の肩へ腕を投げ出した拝島はキスを求めた。けれど逃げられ、キッチンカウンターを離れてもつれ合う。腕を掴んで追っていくと、柏木の背中が廊下の壁にぶつかる。寝室へ向かうように押されて拝島は身をよじった。

見つめ合い、息づかいを感じ、くちびるを許さずに寝室のベッドへ倒れ込む。柏木が下で、拝島が上だ。腰にまたがり、これ見よがしに尻を揺らす。

目を細めた柏木は欲情を隠さなかった。酔っているようには見えないが、相当に飲んでいるのかもしれない。

しかし、それにしては股間が硬かった。拝島の腰を掴み、突きあげる仕草を繰り返す。そのたびに瓶のような硬さが拝島の尻に押し当たる。

「エロいんですけど……」

拝島は思わず舌なめずりした。男の上で踊る趣味はない。それでも、ノーブルを絵に描いたような柏木の卑猥さに引きずり込まれる。

「その気にさせてるんだよ」

上半身を起こした柏木の手が首の裏にまわり、くちびるが重なる。もう片方の手は胸に這い、小さく膨らんだ突起をするっと撫でた。

「ん……っ」

「ここは開発済みなのか。前も声を出していただろう。こねられるのと、吸われるの、どっちがいい？」

「知らね……っ」

顔をしかめて逃げようとすると、腕に抱かれながら押し倒された。今度は拝島が下になり、柏木が覆いかぶさってくる。

「足のあいだに……っ、入んな……っ」

両膝を立てて開く格好になり、拝島はベッドを叩きながら喚く。ボタンをひとつしか留めていないパジャマの裾が乱れ、肌があらわになる。柏木は素知らぬ表情で顔を伏せた。拝島の胸へと息づかいが近づき、思わず硬直した直後に舌が這う。

「あっ……、くっ」

片方の乳首を舌で舐められ、拝島の身体が弾む。

「りょう、ほ……っ」

奥歯を噛んで、喘ぎをこらえながら答える。よじれる身体を力任せに押さえた柏木は、もう片方の乳首を指で摘まみ、こりこりとしごいた。

「うん、どっちも好き?」

「ど、どっちも、む、り……っ」

「嘘だ。吸われると、こっちが大きくなってるだろ」

拝島の下半身がさらりと撫でられ、その上で、なおも胸をいじられる。小さかった突起は舌で転がされているのがわかるほど膨らみ、指に挟まれているほうもしこり立つ。

「ん……っ、ん」

「気持ちよかったら、正直に言えばいい。……好きなだけ、してあげる」

「あっ……、は……」

くすぐったさとけだるさが同時に起こり、拝島はあごをそらして息を吸い込む。どうにかして意識をそらそうと思うのだが、まるでうまくいかない。

「酔いも残っているだろうから、今夜はリラックスしてできると思うよ」

拝島の胸にキスを繰り返し、柏木はパジャマを脱いだ。下着一枚になると、拝島のズボンにも手をかける。

「……ちょっ、待って……。酔い、醒めてる。醒めてる、から」

いまさら恥ずかしくなり、ウエストの部分を掴んで引きあげ直す。じたばた暴れると、柏木の身体が離れた。ベッドをおりたのを見て、拝島はホッと胸を撫でおろす。

リビングへ逃げてソファで寝てしまうのが良策だと身体を起こした。ベッドの端へ向かうと、背後に気配がした。

「うわっ」

驚いた拝島のズボンがずるりと脱げる。柏木が腰裏を掴んで引きおろしたせいだ。

四つ這いの姿勢で動けなくなった拝島は、剥き出しの尻たぶを両手で掴まれて息を飲む。

「ちょっ……ぁ……」

感触を確かめるように、もちもちと揉みしだかれ、ついには左右に割り開かれる。奥にあるすぼまりを覗かれ、拝島はありとあらゆる後悔を感じた。

身体が一気に火照り、汗が滲み出す。

けれど、本気の抵抗ができなかった。伸ばした手でベッドの端を掴み、上半身を屈める。腰を高く突き出す卑猥で屈辱的な格好だ。拝島は羞恥よりも嫌悪を感じた。けれど、揉まれるほどに身体から力が抜けてどうしようもない。

「きれいな色だ」

いきなり言われて、拝島の喉で息が引きつる。変な声が出た。

わかってはいたが、見られている。女にも見せず、触らせなかった場所だ。

そこを使う楽しみを知ろうと思ったことは一度もなかった。

反対に、責めたり挿入したりした経験ならある。肉の環の締めつけを思い出し、拝島は顔を上げて息を吸った。

変態行為だが、たまにならスパイスだ。背徳感を伴って興奮するときもある。それは受け入れる側にも言えることで、当たり前の場所じゃないからこその快感について女が話していた。

「指は、この前も入ったから……ね」

柏木の親指が、尻の割れ目を押さえる。

「ひら、く、な……っ」

緊張して硬く閉じた場所が引っ張られ、拝島の意識はそこばかりに向いていく。小刻みなシワを広げられ、空気が当たる。怖気立つのと同時に、だらりとぶら下がった性器が脈打つ。じわっと芯が通り、膨らんでいくのがわかった。

拝島はふたたび息を飲み、歪めた顔をベッドカバーに押しつける。

そのあいだにも柏木は行為を進めた。指に取ったローションが穴にこすりつけられ、何度も何度も折り曲げた関節でなぞられる。それは指先でなぞられるよりも広範囲な接触だ。そして、間違いなく愛撫のひとつだった。

ゆっくりと柔らかく、ローションが塗り込まれる。きゅっと締まったすぼまりの、隠された入り口を探すような仕草だ。

「……ぅ、ふっ……ぅ」

拝島は声をこらえたが、じれったい愛撫に、下半身はいっそう脈を打つ。芽生えは明らかなものとなり、興奮が首をもたげていく。

そのとき、指が差し込まれた。先端だけだ。つぷっと、綴じた糸が切られるような感覚のあとで抜けていく。拝島がほっとしたのもつかの間、指はふたたびすぼまりを穿った。

今度は深度を測るように奥へ進む。

「んっ……」

突き出した腰が逃げかかり、柏木の手のひらに止められた。思う以上に存在感のある太い指が、ずく、ずくっと内壁をえぐって動く。

「あ、あっ……」

無意識に声が漏れ、粘りのあるローションが運ばれる。薬でも塗るように、柏木の指が回転した。

敏感な粘膜を太い指の腹でなぞられ、未知の感覚を脳が処理しきれない。

気持ちがいいとは言いがたく、違和感だけが募る。しかし、何度も出し入れされているうちに肉がほぐれ、圧迫感がやわらいだ。ぞくっと腰裏が震え、拝島の足がシーツを蹴る。

柏木の指がずるりと抜けた。肉を擦られる感覚と絡み合っていた違和感が遠ざかり、拝島はけだるい息をつく。その呼吸に合わせて、また指が差し込まれた。

「ん、く……っ」

ねじ込まれて内部をこねられ、拝島は追い込まれる。

「はっ……ぁ……ぁ」

快感どころを探している指には抗えず、ある箇所を押されて腰が締まった。撫でる仕草でこすられると、拝島の足のあいだで太く硬直したものが跳ねる。すかさず柏木の指に捕らえられた。

ローションで濡れた指が肉茎の左右を挟みながら先端まで動き、返す仕草で手のひらにねっとりと包まれる。

頼りない感覚が拝島の中で生まれ、痺れに似て広がっていく。

「……きもち、い……」

中をさすられ、前をしごかれ、思わず言葉が漏れる。

行為自体は性感マッサージのようなものだ。相手が男だと思うから違和感があるだけで、その手の玄人だと思えばやり過ごせる。そう考えた端から、拝島は太い指の動きに男を感じてしまう。

柏木の指だ。太くて長く、拝島の性感帯にぴったりと寄り添って過不足がない。じわっと熱を帯びた拝島は観念した。誘ったのは自分だと思い直し、それにだけ理由を与える。

ウイスキーを飲んだ末の素股が悪くなかったから、今夜の性欲を晴らすだけだ。拝島は優衣に萎え、おそらく柏木も相手を選ばずに帰ってきた。

同情と憐憫が拝島の胸に兆し、腰を突き出した格好でさえも恥ずかしくなくなる。いまさら嫌だと喚くほうが情けない。

そう割り切った瞬間、柏木の指が抜けてしまう。もっと掻きまわされる気でいた拝島は、腰骨を押されあっけなく横向きに倒れる。

なにをするのかと問うまでもなく、膝を左右に広げられた。

「え……」

上半身を起こそうとした拝島は小さく声をあげる。

柏木の黒髪が沈んでいくのを見た。その先には、根元を掴まれた拝島の昂ぶりがある。生温かい息がかかり、火照ったくちびるが押し当たる。ふっと柏木の視線が向いた。

言葉もなく息を吸い込んだ拝島の両肩が引きあがっていく。えも言われぬ快感はとりとめもなく、正体不明だ。女をひざまずかせるときの興奮とは違うものが拝島の身体をかき乱して募る。息は浅くなった。

それに合わせて、柏木の舌が這う。塗り広げられたローションを舐め取るような仕草は、丁寧で念入りな分だけいやらしい。

ついには、いつも上品な微笑みを浮かべている柏木のくちびるが、拝島のぬらぬらと赤黒い肉棒を飲み込んでしまう。そして、なめらかに、卑猥に、動き出す。

先端をじゅるりと音を立てて吸われ、たまらず押しのけようと腕を伸ばす。柏木の髪を掴んだが、また後ろを探られて力が抜けた。

指でいじくられ、唾液まみれの口淫を繰り返される。

胸がじくりと痛み、拝島は天井を仰ぎ見た。

優衣とのセックスを断るために、わざとたらふくワインを飲んだ。下半身に取りすがるのが柏木だったならと、ありえない妄想をしては打ち消した。

けれど、それは欲求じゃない。なのに現実はこんなにも気持ちがいい。

拝島の昂ぶりはめいっぱいに膨らんで、もう最後を待ちわびている。

柏木のくちびるは動き続け、舌先がいやらしく拝島をなぞった。わざとしつこくカリ首の裏側を舐められ、拝島はうなるような声を喉に響かせる。

「んん、んっ……っ」

「イキそう？　そのまま、待ってて」

身体を起こした柏木の指が、ぐいっと深みをえぐる。かなり開かれていると、拝島はそのときになって気づいた。

指は二本に増え、拝島の薄暗い穴を左右に開いて動く。

柏木が求めている行為を、しようとしている行為を、拝島は察していながら問いただすことができない。呆然と仰向けに転がる。なにかを口にしたら、途切れてしまう緊張感があった。

ここで終わらせるなら、その緊張の糸は切るべきだ。

相手をしてやってもいいとは言ったが、最後までするつもりじゃなかったと言えばいい。柏木を拒めばいい。簡単なことだ。

「柏木……」

ゆるっと動き、拝島はベッドの端に肘をつく。視線の先で柏木はうっすらと微笑む。下着がずれていて、艶やかな毛並みがあらわだ。

そこから大きく育った肉茎には、すでに薄いコンドームがかぶせられていた。

「……満足、させるから」

言った柏木の瞳が淫欲に翳る。強い欲情が溢れ出し、戸惑う拝島を飲み込んだ。

足を抱えているように言われ、腰の下へ枕が押し込まれる。腰の位置が高くなり、ローションがたっぷりと肌に垂れる。

括約筋（かつやくきん）のゆるみ具合とローションのぬめりを確かめる柏木の指が離れた。あてがわれる彼の下半身にもローションがまぶされている。

丸みを帯びた先端が押し当たり、拝島は大きく息を吸い込んだ。戸惑いと嫌悪と羞恥の一切合切で混乱に陥り、思考回路が停止する。片膝から手を離し、目元に腕を押し当てた。せめても表情だけは隠す。

「あっ……」

押し広げられたと思った瞬間、ほぼ同時に入ってくるものがあった。無意識に締めあげると、引っかかりが抜かれる。そしてまた押し当たり、狭い肉口を突く。

「あ、あっ……かしわ、ぎ……っ」

つぽんっ、つぽんっ、と先端ばかりを出し入れされ、拝島はジタバタと片足でベッドカバーを蹴る。柏木はいやらしい笑みを浮かべ、息を震わせた。

「……気持ちいいんだよ。君の中……。入れると、吸いつくみたいにすぼまって……。ここが、こんなにいやらしい器官だとは知らなかった」

癖になりそうだと言いたげな口調で、柏木は目を細める。甘い雰囲気がふたりを包み、腕の端から覗き見た拝島は妙な気分になった。

軽い気持ちでとんでもないことに誘ってしまったと、深い後悔が押し寄せるのに、やっぱり思いとどまることができない。

それどころか、柏木に自分を抱かせて転落させたいとさえ思う。堕ちるところまで堕ちれば、柏木だって拝島と大差ない存在になるはずだ。

「あ、あっ……」

ぐぐっと腰を押し込まれ、苦しさに声が漏れる。

いま一瞬だけの欲望だ。ふたりの性欲のベクトルが奇跡的に同じ方向を指し、ひとときの交歓に現実が飲まれていく。

「んんっ……」

拝島は溺れるようにのけぞり、顔を隠していた手でベッドカバーを掴んだ。自分の身体が、しどけなく開いていくのがわかった。柏木を誘って、胸が広がり、足から力が抜け、秘奥のすぼまりもだらしなくゆるむ。

「ん……」

柏木が応じて腰を進めた。精悍な顔立ちにふさわしいたくましさが、初体験の身体を貫いていく。

「あぁ、ぁ……っ、ぁ……」

声をあげずにはいられない衝撃だ。想像以上の太さにこじ開けられ、めいっぱいに広げられた括約筋は律動すらできない。柏木が腰を揺らすと、内壁ごと絡みついて引っ張られる。

「あっ……や、めっ……」

拝島はとっさに手を伸ばし、柏木の腕を引っ掻いた。柏木が動きを止める。

男の欲望を滾（たぎ）らせた表情に緊張が走り、ふたりの視線が交錯した。

「……きれ、る」

震える声で拝島が訴えると、柏木の手がふたりのあいだへ入る。がっちりと肉茎を噛みしめる拝島の円環を指先が撫でた。ところどころを引っ張り、腰をかすかに前後させる。

初めはキツく、なかなか動かなかったものが、やがてぬるぬると動き出す。たっぷりと施したローションが粘り気のある水音を立てた。

「……痛い？」

ゆっくりとピストンの動きを繰り返す柏木の声は、なだめるような響きだ。最大限に気づかっているが、行為をやめるそぶりはなかった。

太身が出入りして、拝島の柔らかな肉をかき乱す。

「すごく、狭いけど……、拝島、きみの中は、本当に熱い」

「……バ、カッ……！」

目を見開いた拝島はわなわなとくちびるを震わせた。顔を背けてくちびるを噛みしめる。

身体が火照り、汗が滲み出す。身体が壊れてしまいそうな不安に寄り添い、拝島の奥でひとつの快感が芽生えた。

それは柏木のたくましさに絡みつき、ずりずりとした動きとともに拝島を籠絡する。

「……ぁ、はっ……ぁ、あ……っ」

ひと差し動かれるだけで、息が乱れて途切れた。拝島は喘ぎ、初めて起こる性感に身を委ねてしまう。下手に抵抗するのがこわいほど、ふたりはがっつりと噛み合っている。

だから、素直に身体を投げ出しているほうがよかった。

柏木の動きはゆるやかで、欲望を先走らせることがない。まるで処女を抱くように、ゆっくりと優しく、内側の粘膜に昂ぶりを擦り寄せる。

「あぁ……っ」

「ここ？」

声が出た場所に戻り、柏木は小刻みに腰を揺らした。じわっと痺れが広がり、拝島はくちびるを噛んだ。そうだとは、とてもじゃないが言えなかった。

言ったが最後、激しく突かれてしまうかもしれない。屈辱よりもケガを負う恐怖がまさった。

「……きみが嫌なら、やめる」

上半身を傾けた柏木の指先が、拝島の口元を撫でた。くちびるを噛んでいた歯がはずされる。

「噛むなよ。傷がつく……」

柏木の瞳は、しっとりと濡れ、そこにあるはずの、薄暗い征服欲求が微塵も見つからない。

驚いた拝島はすぐに思い直した。それが柏木だと悟る。

なにも欲しがらない男だ。もうすべてを持っていて、不足はなく、美女にも大金にも心動かさない。きっと、友人の裏切りさえ、彼にとってはごく自然な成り行きだったのだろう。奪われるものに固執せず、離れていくものを追うこともしない。

「柏木……」

感情が揺れて、拝島の瞳も潤む。

切れ長の目を細め、柏木の頬に指を伸ばす。ふっと擦り寄られ、胸が痛んだ。込みあげる吐き気は慣れた感覚だったが、いまになってやっと、認識違いを実感した。

拝島が感じているのは、吐き気ではなく、それほど強い高揚感だ。

「うん……」

伏し目がちにうなずく柏木は穏やかだが、拝島に収まった昂ぶりは真逆の反応だった。びくっと跳ねて、ふたりの笑いを誘う。

「ごめん。気持ちがよくて」

柏木が恥じらったようにはにかみ、思いもかけない表情に驚いた拝島は唖然とくちびるを開いた。

どうして今夜、女を選ばずにいたのかを、聞いてみたい欲求に駆られる。けれど、口には出したくなかった。種明かしは無粋な行為だ。

嘘や戯れなら、最後まで演じ続けなければならない。せめて情交が終わるまでは雰囲気を壊さないのが大人同士のルールだ。

差し込まれた昂ぶりを包んだ肉壁がゆるっと動き、どちらともなく息をつく。

「動いて、いい……」

許しを与える拝島の声は、熱っぽくかすれた。

柏木の首筋に片手をまわし、もう片方の手で自分の足を抱える。さらに入って欲しいと思う気持ちを察したように、柏木の肉厚な胸板が迫った。

くちびるを求めたのは拝島で、舌先を返したのは柏木だ。拝島が軽く吸いつくと、彼の腰が波をかき分けるように突き出る。

「あぁ……っ」

かすれた喘ぎが拝島のくちびるをこじ開け、柏木がひそやかに笑う。舌が肌をたどり、のけぞった喉元を吐息が這う。胸の突起をきゅっと吸われ、拝島はまた喘ぐ。

「あっ、ん……」

何度も何度もいじられ、こねられ、唾液で濡らされる。

「そこ、ばっか……やめ、ろ……」

「じゃあ、こっち？」

いたずらっぽく言った柏木の手が、拝島の下半身を探った。射精までいたらなかった肉棒は、太く膨らんだままでいる。

「ん……っ、あっ……っ」

柏木の膝の上に腰だけが抱きあげられ、しごかれながら揺さぶられる。

上半身を投げ出した拝島は身悶えた。絶妙な快感はさざ波のように全身を包み、痺れが甘く尾を引いて肌を這う。

「気持ち、いい……？　言って。教えて」

「……い、い……、きもち、いっ……。後ろ、すご……ぃ。ん、んっ」

「すごいんだ？」

「ん……、ん、すご……、きもち、い……」

ゆさゆさと揺らされるたび、柏木のたくましさが拝島のスポットを圧迫する。その上、昂ぶりを刺激され、とろけるような快感はひっきりなしだ。

甘いスローバラードのリズムが拝島の脳裏をよぎっていく。

うつぶせで腰を上げたときの羞恥も言い訳も忘れて、乱れる呼吸と腰づかいに甘く支配されていく。こんなに気持ちがよくて気分のいいセックスは、拝島の人生になかった。

女を求め、女に尽くし、最後の最後で奪い取る快感はいつでもひとりきりの作業だ。だれかのリズムに乱されることもなければ、それを心地よいと思うこともなかった。

「あ、あぁ……っ、あ、かしわ、ぎ……。あぁ……っ」

ゆっくりと快感が積まれ、拝島は息も絶えだえになって片腕を頭上へ投げ出す。柏木の腰の動きが速まり、応えた拝島も腰骨をひねる。

「……いき、そ」

柏木のかすれ声が、形のいいくちびるから艶めいてこぼれる。

のけぞった拝島はうなずいた。

「ぁ……おれ、も……いき、たッ……い」

もう終わっていいのだと思うと安堵が溢れる。気持ちよさにおかしくなりそうで、射精を求める気分は最高潮だ。

「……っ」

柏木は挿入した状態では果てず、抜いてから手でしごいた。それから、拝島の射精も促す。

握りしごかれてあっけなく達してしまいながら、拝島は泣きたいほどの戸惑いで震えた。

初めての行為に慣れない拝島の身体を、柏木はきつく貫けない。気づかいというにはあまりに優しい行動だ。拝島なら、気にしないだろう。処女を抱いても、最後はきっと、自分の快感を優先させて、揺さぶり責め立ててイく。

柏木の手で射精しながら、拝島は抱えていた膝も解放して転がった。胸を激しく上下させながら息を乱し、放心する。

その場を離れ、コンドームをゴミ箱に捨てた柏木が戻ってきた。

ベッドには上がらず床に膝をつく。遠慮がちにくちびるが近づいた。

「……ん」

拝島は無意識にくちびるを突き出す。まるで付き合いたての恋人同士のようなキスだ。柔らかくてあどけなくて、どこかたどたどしい。柏木もそう思ったのだろう。ベッドに肘をついた姿勢で笑い出す。

そのひそやかな笑顔は、やっぱり滴るような色気で潤んでいた。冷淡に乾いた雰囲気はまるでない。

「その顔で口説かれたらさ、断れる女なんかいないだろうな」

すぐに、どんな柏木でも同じだと思った。けれど、言い直さない。

笑みを消した柏木は真顔に戻り、指先を伸ばす。寝転んだ拝島の腹筋をなぞって、その上に飛び散った精液を拭った。迷いもせずに口に含み、考えるように斜め上に視線を逃がす。

意味のわからない行為だ。目を奪われた拝島は、じんわりと湧き起こる高揚感に身を委ねた。ずっと見ていたい気がして、しゃべることさえ憚られる。

けれど、柏木のほうが口を開いた。

「そういえば、自分の精液も舐めたことなかった」

ふっと笑って、ティッシュを持ってくる。

「……拝島。いくら払おうか」

ティッシュで残滓を拭いながら、柏木が目を伏せる。

ふたりのあいだに横たわる現実が戻ってきて、拝島は天井を見つめた。ぼんやりと息を吐く。

「バックバージンだからなぁ」

ふざけて返す自分の声を、拝島は激しく嫌悪する。

性欲を満たすためだけの行為が終われば、心は虚しさを感じてもの憂くなる。

「汗を流してくる」

ベッドをおりて、去り際には柏木の肩へ触れる。指先で、さらりと肌をかすめた。

「次は、もっと安くてもいいよ」

寝室のドアのそばで振り向き、動かない背中へ声をかけた。

もう一度身体を洗って欲しいと、言葉は喉元まで出かかっている。でも、言えるはずがなかった。

柏木にとって、拝島は犬猫と同じぐらいの存在だ。だからこそ、優しくする。いたいけな小さな命を粗末に扱うような男ではないからだ。

拝島はくちびるを噛み、思う通りにならない現実を見据えた。

それでもいいと考え始めれば、深い傷が残る。流されて生きていてもわかっていた。

欲しいものは手に入らない。

これが拝島の人生だった。


デッキシューズで砂を蹴り、裾をまくりあげたワイドパンツのポケットへ両手を入れる。

海風に髪を任せながら、拝島は群青色（ぐんじょういろ）の空を眺めていた。

夜明けは山側からやってきて、しらじらと明るくなる。ちぎれたはぐれ雲が朝焼けに染まって流れ、空を覆う夜の範囲が溶けていく。

ため息をつく気にもならず、目を細めた。湿り気を帯びた風はまだ涼しいが、すぐに生ぬるくなる。夏の朝にほんの一瞬だけ感じられる心地よさだ。

しかし、気持ちはそれほど爽やかになれない。

舌打ちをしながら、もう一度、砂を蹴った。

睡眠不足も手伝い、苛立ちが胸を占める。酔っていたからだと、ダブルベッドの半分に横たわりながら夜通し考えた。

金をもらうつもりなんて微塵もなかったが、優衣との約束がある。一緒に行くにしても行かないにしても、ある程度のまとまった金は必要だった。志村に借りた恩だって、精算できないにしろ、いくばくかの礼金を支払うのが筋だ。

ないがしろにすれば、藤沢も鎌倉もこのあたりも歩けなくなる。横須賀や横浜だって危うい。組織に属する人間と付き合うということは、そういうことだ。

いっそ、千葉へ、それとも栃木や群馬。たいして仲よくもない知り合いを頼れば、暮らしを立て直すぐらいはできる。せめて工場勤務ができるぐらいに勤勉ならよかったが、そもそも単純作業が苦痛でたまらない。できることは限られている性分だ。どこへ行っても、ヤクザ絡みの水商売や風俗に関わり、夜の暮らしからは抜け出せないだろう。

犯罪のギリギリをすり抜ける仕事はいくつも思いつくが、どれもはした金にしかならない。上前は派手に撥ねられ、利を得るのは上の人間ばかりだ。文句を言えば袋叩きにあい、その土地で顔を上げて歩けなくなる。

うんざりする、と拝島は心底から思った。

一方では、柏木たちのように遊び暮らす人種がいるのだ。彼らは余暇に少しだけ仕事らしいことをすれば、それで面目が保てる。

それぞれの落差は大きく、比べること自体が間違っていた。しかし、柏木といれば、何度でも思い知らされる。

同じ男だからこそ、女に尽くすようには付き合えない。身体を重ね、受け入れて、つくづくと理解した。

拝島はくちびるを引き結び、手首につけてきた時計を見る。

このまま消えるように去って、時計を売ればいい。

与えられた選択肢の中で、一番正しい選択だ。きっと、拝島のバックバージンよりも高値がつく。

そう思うと可笑しさが込みあげた。ポケットに両手を入れて笑い、苦虫を噛みつぶした表情で背後に建っているコンドミニアムを見上げる。

白い柱とガラスの窓が都会的な雰囲気だ。柏木の部屋は最上階の角部屋だった。ビーチからはテラスの柵が見えるだけで、全容は知れない。

しかし、拝島は知っている。

屋外ソファやテーブルが置かれ、ときどき組み立て式のハンモックを出す。柏木はいつも難しそうな小説を読んでいた。文字を追う伏し目がちの爽やかな横顔を、拝島は煙草を吸ったり酒を飲んだりして眺める。

部屋でかかる音楽はガラス戸に遮断されて遠く、潮騒だけが絶えず聞こえていた。

あんな暮らしは、拝島の生きる世界じゃない。

だから、優衣と行くのだ。ふたりで逃げて、そのうちにケンカをしてこじれ、修復不能まで互いを追い込んで終わる。ためらい傷のひとつやふたつは背負うかもしれない。それもまた想定内だ。

どうせくだらない人生なのだから、生身に傷がつくぐらいのことは、にぎやかしに近い。

柏木も柏木で、彼の人生を歩むだろう。

穏やかな日常と華やかな社交界。ドライな恋愛を重ねて、いつかは誰かを選ぶ。彼に似合いの美しい女だ。

想像した拝島は、両足を開いて踏ん張り、コンドミニアムのテラスに向かって小首を傾げる。柏木の濡れた瞳が脳裏をよぎる。甘い興奮が腰まわりを巡って背中を痺れさせていく。

だらけた姿勢でテラスを見上げていた拝島は、背筋を伸ばした。

胸をそらし、深呼吸をする。それから、ひとりで笑う。

分不相応な居場所が欲しいとは思わない。努力をしたところで拝島には遠い世界だ。わかっている。わかっているのに、そこに、柏木はいる。

すべてを持ち合わせて退屈した瞳を、拝島に向けるときにだけ滴るほどに潤ませて、彼は圧倒的に凜々しい。

知らなければよかった。テラスで食べるフレンチトーストも、ライムを搾った水も。

仕立てのいい服やこなれたダンスも。知らなければよかった。

じれったく触れてくるくちびる、繊細な愛撫の指先。卑猥な腰つきの細やかさ。終わりにしよう。長く過ごしすぎた。

心に繰り返して、一歩、後ずさる。波音が背中に聞こえ、テラスから目をそらす。

ふらふらと歩いてビーチを出る。大通りを駅に向かい、煙草を忘れてきたことに気づく。

箱の中には一本しか残っていないが、朝に吸おうと置いていたのだ。

人通りのない道で後ろ向きに二、三歩戻った。くるっと踵を返して、コンドミニアムへ戻る。

足音を忍ばせて静かに部屋へ入った。まだ早朝だ。柏木は眠っている。

煙草を取ったら出ていく。そう決めたから、そうしよう。

自分に言い聞かせて、アイランドキッチンのカウンターから煙草の箱を取る。ふいに風の流れを感じて振り向くと、ガラス戸が開いていた。

動きを止めた拝島は、その場で釘付けになる。

柏木がテラスの柵にもたれていた。柔らかなダブルガーゼパジャマの五分丈袖から腕が伸び、その先に火のついた煙草がある。

煙は細くたなびいて、どこかつまらなそうな後ろ姿だ。柏木の髪は静かに揺れていた。

「俺の煙草じゃねぇかよ」

我に返った拝島は大股でダイニングを横切った。ガラス戸のそばから声をかける。煙草の箱は空っぽに違いない。最後の一本は、柏木の指先に挟まれている。

小首を傾げて拝島を見た柏木は、どこへ行っていたのかと聞かなかった。それほど野暮な男じゃない。

拝島は裸足でテラスへ出た。柏木の隣に立ち、おもむろに手首を掴んで引き寄せる。指先に挟まった煙草へくちびるをつけた。煙を吸い込んで吐く。

「最後の一本だったのに」

「あとで買いに行こう」

当たり前のように口にする柏木を振り向き、拝島は真顔になった。

俺はもう出ていくんだよ、とだけ言えばいい。これきりだ、さようなら。

別れの言葉は喉で詰まり、代わりに白く濁った煙だけを吐き出した。

柏木はずっとテラスで見ていたのかもしれない。だから、残された最後の一本に火をつけたのか。

「ごめん。吸いたくなったんだよ」

ささやく柏木の声が、首筋にかかった。

拝島は、先のことを投げ出して無気力になる。

男のプライドのことも、互いの環境のことも、いっさいを忘れて柏木へ寄り添う。指に挟まった煙草に口をつけると、オレンジフラワーとジャスミンの香りを感じる。

柏木が手首につけているブランドものの香水だ。彼の優雅さに見合う柑橘と甘い花の香りは

拝島が好む安価な煙の匂いに混じっていく。

拝島は昨晩のことを遠い過去のように思った。同時に、特別な意味などひとつもないと悟る。テラスに海風が吹き、柏木の腰へと腕をまわす。もうずっと長く、こうしているような幻覚に囚われた。

「フレンチトーストを作るよ。食べるだろう」

柏木はまっすぐ海を見て言う。海風がふたりの髪を揺らし、拝島はなにも答えない。

夜の明けた海は青く澄み、波がきらきらと輝き出していた。

【4】

汗を飛び散らせて踊る拝島は無心だ。

濁流のようなディスコサウンドの渦へ身を任せているうち、恍惚の境地が訪れる。涼しげな細面にあだっぽい笑みを浮かべて腰をくねらせた。汗で濡れた肌にシャツが貼りつく。

飛び交うレザリアムに腕を差し伸ばし、しなやかに揺らしながらフロアの壁際へ視線を流す。

壁の花になっていた男が消えていることを確認する。

まだ曲は終わっていないが、拝島の気持ちはそぞろになってしまう。

そのとき、肩を叩かれた。セクシーなドレスの女に誘われ、細い腕が肩へ伸ばされる。腰を抱けば、夜の相手に決まりそうな勢いだ。

いつもなら喜んで飛び込む女郎蜘蛛(じょろうぐも)の罠をからくも逃れ、拝島はフロアから出る。

汗で濡れた髪をかきあげ、薄暗い通路へ進んだ。裏口に向かっていくと、ドリンクの自動販売機が見えた。そこだけが白っぽく光を放ち、行き止まりのドアが確認できる。

音楽は絶えず聞こえ、身体がリズムを刻む。自動販売機でペットボトルを買っている女の子ふたりも同じだ。それぞれが買い物を終え、フロアへ戻っていく。じっと見つめられ、条件反射で微笑み返す。

脇をすり抜けた拝島は自動販売機に近づいた。廊下の死角になっている暗闇から手が伸びてくる。

自分を値踏みする女の子たちの視線を感じたまま、首筋を引き寄せられて身を任せた。闇にまぎれて立っているのは、フロアでアイコンタクトを交わした柏木だ。壁の花になっていても、会場の熱気に煽られた身体は汗ばんでいる。

待ちきれないようにくちびるが奪われ、自動販売機の向こう側へ引きずり込まれていく。その最中、拝島は女の子たちに別れの指を振った。腕時計の揺れる手を柏木に掴まれる。

「……っ、ん」

手首を拘束したままの手であごを捉えられ、拝島の背中は自動販売機に押し当たった。爆音で流れるフロアの音楽は重低音を響かせて届く。

「興奮、しすぎだ……ろ……」

自由になっている手で柏木のシャツを掴んだ。まさぐりながらたどると、冷たいペットボトルをぶら下げた指へたどり着く。取りあげて、キャップをはずす。

「淫らに踊るからだ」

なおもキスを続ける柏木を押しのけ、ペットボトルへ口をつけた。しかし、落ち着いて水を飲むことも許されない。腰がぴったりと寄り添って、エナジードリンクの缶がポケットに入っているのかと思うような硬さが当たる。

拝島の胸はずきっと脈を打った。

「水、ぐらい……飲ませ……っ」

訴える先から柏木が頬をすり寄せてくる。くちびるの端を吸われて、ペットボトルの口から水が溢れた。

「ん……っ！」

あごから喉へと冷たい水が流れ落ち、眉を吊りあげて柏木を睨む。しかし、効き目なんてものはない。視線が絡んで、どちらからともなく笑い出してしまう。

拝島は残りの水を頭からかぶり、自動販売機の向こうを確認している柏木を引き戻した。

人通りはほとんどなく、自動販売機の発光が目くらましになる。それでも、絡み合っている人影ぐらいはわかる。

しかし、ショーケースの光が強く、薄闇にまぎれた顔や性別までは判別できない。

知っている人間だけが利用する、スリリングな密会スポットだ。ふたりが使うのも初めてではなかった。

「……なぁ」

空になったペットボトルを持ち、柏木の肩に腕を伸ばす。向こう側へ投げ捨てると、左腕を自動販売機の側面へ押しつけられた。ファスナーはすぐにおろされ、指が忍び込む。

すっかり勘所を知った柏木の指に刺激され、引きずり出された肉茎が育つ。

「んっ、ふ……」

拝島は声をひそめて腰を突き出した。ステップを踏んできたばかりで、興奮と恍惚が脳内を占めている。ダンスで得る快楽物質は麻薬のようだ。

柏木の肩にすがりつき、ゆっくりと腰を使う。彼の手筒で自慰を愉しみ、指先が与えてくる快感に酔う。根元や裏筋、カリ首まわりをくすぐられて、熱い吐息が漏れた。

「……ふっ、あッ……」

「いやらしい……」

覗き込むようなキスをされて、拝島は両腕を頭上に伸ばす。フロアとあまり変わらない音量で響くディスコサウンドに身を委ね、腰をくねらせる。

目を細めて誘うと、キスを繰り返す柏木の目の中にいっそう強い欲情が沸き立った。

「さっきも、こんなこと、考えていたんだろう」

柏木から問われた拝島は、なまめかしく笑い返す。

答えを隠して引き締まった喉元をさらした。すると、汗ばんだ手できつくしごかれ、腰がたちまちに焦れる。

「……はっ、ぅ……」

拝島は息を弾ませ、さらにのけぞった。

挿入ありのセックスをしてから、ふたりの行為は歯止めが利かない。金銭のやりとりを匂わせながら、どちらともなく誘惑の応酬をして抱き合う。柏木もすっかりハマったようで、紳士的な態度を保ちながらもこんなところで危ない橋を渡る。

人前ではもちろんキスもしなかった。

だから、柏木が選んだ相棒（パートナー）として顔の売れた拝島には多くの声がかかる。ひと晩の相手を頼まれることもあった。

しかし、答えるよりも早く柏木が現れて、女や男たちから引き剥がされる。人前では微笑みを崩さず上品なくせに、ふたりきりになれば瞳に独占欲が滲む。

そのたびに、拝島の胸にはどす黒い愉悦が溢れた。

沈着冷静を絵に描いたような柏木だが、セックスをするときには、ドライな瞳も潤んで淫欲が兆す。言葉よりも明瞭に瞳が感情を語り、それ以上に、彼の全身が欲求を訴える。

男相手のジゴロじゃないと言い逃れる機会はすでに消失し、拝島は、女たちにしてきた行為とは違う形で柏木へ奉仕した。

この夜も、響くリズムに合わせて腰を揺らし、キスを仕掛けたあとで、その場に沈む。娼婦のようなことも拝島にはできた。自尊心なんて吹けば飛ぶような『埃（ほこり）』だ。

柏木の手から逃れ、目の前の腰を引き寄せる。夏生地のパンツをゆるめて、ずらした下着から顔を覗かせる肉にくちびるを寄せた。

柏木の腰がびくっと揺れて、おもむろに口にした硬直も跳ねる。拝島は勝ち誇った気分になり、さらにあけすけにむしゃぶりついた。自分が立てる淫らな音と息づかい、そしてなによりも、柏木のたくましい肉づきに口腔内をなぞられ興奮する。

「んっ……」

鼻で息を繰り返しながら両膝をつき、拝島は自分の股間に片手を添わせた。手筒にして包み、リズミカルにしごく。

「……拝島」

ひとり遊びに気づいた柏木の声は不機嫌だ。しかし、興に乗った拝島は知らぬふりを続けた。彼のものをくわえ込み、くちびるで上下にさする。

さらに喉奥を締めると、柏木が快感で息を詰まらせた。もう慣れた行為だ。柏木の性感帯の在り処も、欲望を高める術も知っていた。ずりずりと頭を動かし、やがてリズムを速めていく。薄暗がりの中とはいえ、人目に触れる場所で長く遊んではいられない。柏木の顔を見られでもしたら、よからぬ噂はひと晩で海辺の社交界を駆け巡ってしまう。

その危機感もまた、ふたりにとって激しい興奮を催すスパイスだ。

柏木の手を引き寄せ、自分の頭を固定させる。拝島は両手をおろして自分のものをゴールへ導いた。射精欲が高まるのに合わせて、柏木もゆるやかに腰を使い始める。乱暴な動きのできない男だ。しかし、下手ではない。ベッドの上で拝島を責めるのと同じ、ねっとりと淫靡な動きで腰を動かす。長さのあるものはずるずると動いて、拝島の口の中のあちこちをえぐる。

男のもので喘がされる淫らな背徳感は、セレブをセックス漬けにする優越感の裏返しだ。

倒錯が身の内でよじれて、新しい悦を生み出す。

「ん、は……っ」

声が漏れ、飲み込めずに溢れた唾液がしたたり落ちていく。それと同時に快感が極まる。

「んんっ」

自分の手の内に射精した拝島は、寸前で腰を引いた柏木の放出物を受け止めようと口を開く。

大きく舌も出した。ぱんぱんに膨らんだ丸みを支えたつもりだったが、射精の瞬間に、柏木の砲身は大きく跳ねた。拝島はとっさに目を閉じる。

顔に熱い体液がかかった。

「あ……っ」

快感と罪悪感の入りまじった柏木の声を聞き、拝島は途方に暮れる。こんなところで顔射をキメられると、下半身がまた反応を始めそうな勢いだ。

興奮が収まらず、自分がひどい淫乱になってしまった気がした。元からだと嘲笑して欲しいのに、育ちがいい柏木はハンカチを取り出す。

「ごめん……。手元が狂った」

拝島の顔を拭い、目元に残っていないかを薄暗い中でじっくりと見た。それから自身の身繕いをしてハンカチを畳み直す。

受け取った拝島は、壁に向かって身繕いを済ませる。

「……今夜は、もう帰ろうか」

背後から寄り添ってきた柏木の手が胸へまわり、濡れて貼りついたシャツの上から乳首を探られた。

「んっ……」

拝島は隠しようもなく震えた。

どう対応すればいいのか、わからなくなるときがある。どちらかがゲイならまだしも、ふたりは異性愛者だ。

「きみの中に、入りたい。早く……」

声を甘くかすれさせた柏木が、興奮を募らせたかのように耳の端を噛む。

淡い快感にのけぞった拝島は、もう、どうにでもしてくれと身を投げ出したくなる。渦を巻くような快感が胸を荒らし、いっそ冷たくあしらって欲しいと願い、相手が憎くなる。

堕としたつもりで、堕とされて、沼地から足を抜けないのは、拝島のほうかもしれない。

性欲のスイッチが入った柏木は、ノーブルさを際立たせ、強烈なほどの色気を持つ。気を抜けば溺れてしまいそうで、拝島はいつでもギリギリの場所にいる。

あごを引き寄せられ、柏木のキスが頬に当たった。やがて、それはくちびるを貪る激しさに変わっていく。

喘ぐ拝島は、極力、心を閉じた。

そうしなければ、この男と寝ることはできなかった。

「……拝島」

なにも知らない柏木が瞳を覗いてくる。見つめ返すまで追われ、なおも抗ったが執拗さに負けた。

「拝島……」

ふたたび名前を呼ばれ、くちびるを尖らせる。答える言葉がないことぐらい、柏木ならわかっているはずだった。

「拗ねないでくれ。もう、顔にはかけないから」

見当違いのことを言って、柏木は可笑しそうに笑う。楽しげにされることが、拝島の胸に火をつける。

それでも、なにも言えず、尖らせたくちびるを吸われて、閉ざした心がきしむ。拝島はただ柏木を見つめ、耐えられずに目を伏せた。

今夜もこの男を欲しがる自分の放蕩ぶりに、心底から辟易した。

＊＊＊

蒸し暑い一日の終わりに海風が吹き、通りを抜けた拝島はのんびりと歩く。

手にした小さなトートバッグには、小銭入れとメモ、買ったばかりのオリーヴオイルと封を切っていない煙草が一箱入っている。

『オリーヴオイルを買ってきてくれないか』

ソファで寝転がる拝島を逆さまに見下ろした柏木は、珍しく焦っていた。夕食のためのオリーヴオイルが足りなくなったという話だ。ついでに煙草を買ってくることにして、頼みに応えておつかいへ出た。

歩いて十五分かかる高級スーパーマーケットに着いてすぐ、拝島は店員を掴まえた。メモに記されたオリーヴオイルを一緒に探してもらい、帰りの口寂しさをまぎらすため、アイスキャンディを選んだ。

ココナッツミルクに小さなタピオカが入っていて、食感が面白く、好みの味だった。あっという間に食べてしまい、あとでまとめて買ってもらおうと考えながら棒をくわえて歩く。

夕暮れが迫っていたが、まだ日は長い。夕食のメニューが気にかかったが、連絡しようにも携帯電話がなかった。

散歩がてらの外出で腹の減りが早く、気を紛らわせるために道端で咲く向日葵（ひまわり）へ目を向ける。

足を止めたのは、夕暮れの風が吹いていても蒸し暑いせいだ。コンクリートに蓄積された熱気が上がってくる。

じわりと滲んだ汗を白いリネンのシャツの袖で拭い、元気に咲いている向日葵から大通りへ視線を転じる。対向二車線の道路だ。

拝島は覚えていないが、大雨の夜、車の前へ飛び出した道だと柏木が話していた。あの夜は、こんな関係になると考えもせず、その瞬間の逃げ場だけを求めていたのだ。

「運がねぇんだよなぁ」

ノーブルな横顔を思い出しながら肩をすくめて笑う。

雨の夜に拾った男に居座られ、セックス三昧の生活をしているなんて、柏木自身も驚いているに違いない。こんなことは、だれにとっても想定外だ。

しかも、その相手にオリーヴオイルのおつかいをさせて、『暑いからアイスを食べながら帰っておいで』なんて笑ってみせるのだ。本人はいままさにコンドミニアムのキッチンで、夕食の下ごしらえをしているはずだった。

なんだろう、これは、と拝島は本気で思う。

踵を返して歩き出し、しばらくして女の声に気がついた。白い高級セダンが一台、ゆっくりと併走している。拝島が足を止めると車も停まった。

後部座席から声をかけてくるのは、いかにも優雅な白髪の女性だ。見覚えがないと思ったが、記憶の回路が少しずつ繋がってくる。

「あぁ、マダム……」

拝島がひらめいて眉根を開くと、マダム・イツコもにこりと微笑んだ。

春頃にエスコート役を一度つとめただけの関係だから、パーティで見かけても挨拶はしなかった。

しかし、柏木は必ず挨拶に行き、ときどきは日中に、マダムのところへ出かけていた。

「暑いでしょう。送ってさしあげるわ」

手招きで誘われ、ガードレールを跳び越えて近づく。追い越しの車に注意して後部座席へ乗り込んだ。蒸し暑い歩道から逃れ、ひんやりと涼しい空気の中へ入る。

「礼司さんのコンドミニアムでよろしくて？」

上品な口調で問われ、アイスの棒をくわえて遊んでいた拝島はうなずいた。

「そこのスーパーまで、オリーヴオイルを買いに行ってたんですよ」

アイスの棒をトートバッグへしまいながら言う。

「おつかいをしていたのね」

まるで子どもに話しかけるような口調だが、年齢差を考えれば当然だ。高級車は静かに走り、信号ではスムーズに減速する。運転席に座っているのは、いかにもマダムが好みそうな若い男だ。あっさりとした和風の顔立ちで横顔が整っている。

「彼からも、あなたの話は聞いているのよ。気のいい同居人だって。……でも、本当のところはどうかしら」

後部座席のシートに身を委ねたマダムは薄く微笑む。声がひんやりと涼しく聞こえ、拝島は内心で緊張した。

海辺の社交界を取り仕切るだけあって、表面的に取り繕われた笑顔では本音が読めない。かといって嫌悪や悪意は微塵も感じさせず、彼女の品位が損なわれることもなかった。

拝島に対しても、あくまで質問を投げかけているだけだ。それなのに、強いプレッシャーを感じてしまう。拝島は後部座席のエアコンに冷やされた首筋の汗を手の甲で拭った。

ふたりが耽溺している行為を知られたら柏木は困るだろう。ただの遊びや暇つぶしだとしても、上等なことをしているとはいえない。

マダムもそれを心配しているのだ。毛色の違う男を着飾って連れまわしているだけなら罪はない。しかし、その先は危険だ。

車窓を流れていく景色の中に、日暮れへ向かって青紫色に変化していく空が見えた。海も広がる。

拝島はくちびるを引き結んだ。

小さな星のきらめきが瞳を刺し、耐えきれずに眉をひそめる。

柏木との行為を考えてしまっただけで、身体に残されたおき火のような性欲が疼く。パーティ会場の隅で、コンドミニアムの寝室で、廊下で、リビングで、テラスで、酒を飲むように煙草を吸うように、会話を楽しむようにセックスをしている。

拝島は準備にも慣れ、いつどこでも柏木を受け入れて愉しむことができた。これほど後ろを使う性行為に向いていたとは自分でも意外だ。身体の相性もあるかもしれない。

激しく求めてくる柏木は、やはりどこか紳士的だった。嫌がることはせず、求めることには応じ、拝島が許せば雄の猛りを見せつけもする。達したあとでは『我を失った』と恥じらうこともあり、照れ笑いの横顔に拝島は悩殺されてしまう。

もっともっと、彼らしくない獰猛さを知りたくて、どっぷりと快楽の虜にしたくて、気がつくと柏木を目で追っている。次はどんな卑猥な行為でかき乱してやろうかと、想像するだけで下半身が滾る。

「あなたの状況は人づてに聞いているわ」

マダムの声に現実を思い出し、拝島はゆっくりとまばたきをした。車が減速して、コンドミニアムの車寄せに停まる。

「当座のお金も必要でしょう」

言いながら封筒を差し出される。マダムは、拝島の手首を見ていた。ヴィンテージの腕時計が柏木のものであることは指摘されたくない。拝島はさりげなく身体の脇に隠した。

封筒も無視して、ドアに手をかける。開けようとしたが、まだロックがかかっていた。

「彼を、傷つけないで欲しいのよ」

「……っ」

息だけを吐き出し、拝島は目を見開いた。マダムの真剣な顔を見つめ返す。できる限りに無感情を装った。

言い返す言葉はいくつも脳裏をよぎったが、どれも捨て台詞めいて嫌気が差す。

「ドアのロックをはずしてもらえますか」

それだけを言って、封筒を手に取った。マダムが運転手に声をかけ、ロックがはずれる。

拝島は車を降りた。もの憂い湿気がまとわりつき、顔が自然と歪む。ロビーへ入るのを待たずに走り出す車を、肩越しにちらりとだけ見る。封筒の中身を確かめた。

ピシリと整った札束が入っている。封筒から出すと、銀行印の押された帯がまだついていた。

立ち尽くす拝島の肩がわなわなと震え、身体中の毛が逆立つ。

封筒をパンツのポケットへ押し込み、ぐっとあごを引いた。煮えくりかえる胃を押さえ、ゆっくりと息を吐き出す。

拝島の現状、当座の金。つまりは、ヤクザから身を隠して逃げていることも、無一文の宿無しだということも、マダムは知っているのだ。

それを考えると、怒りは急速に萎えた。柏木に対するマダムの心配は当然のことだ。

目をかけて心を配り、実の息子同然に扱っている。柏木は特別扱いされて当然の好青年だったし、拝島ごときでつまずかせたくないだろう。

すでに一度、友人からの裏切りに落胆し、無気力になっているのだからなおさらだ。女をとっかえひっかえするのと、拝島のようなチンピラに骨抜きにされるとでは質の悪さが違う。

「はぁーぁ……」

ガラの悪いため息をついて、ロビーのインターフォンを押した。

すぐに応答があり、柏木の声が聞こえた。

『あぁ、拝島。……おかえり』

ほかに訪ねてくる相手もいないのに、待ちわびたような口調だ。それが拝島の胸にすっと沁みて、苛立ちのトゲが消えていく。

拝島の知っている柏木と、マダムの知っている柏木は違っている。

そうでなければおかしい。

そして、どちらが本来の柏木かといえば、もちろんマダムの知っている好青年のほうだ。社交界の花で、これからのコミュニティを担う一等級の紳士。それが柏木礼司だ。

ロビーを抜けてエレベーターに乗り、目的階のボタンを押してから壁にもたれた。上へと運ばれながら、いつかはワイヤーが切れて転がり落ちて欲しいと夢想する。

金が目当てであることは、マダムに指摘されるまでもなく事実だ。それだけがふたりの欲望を精算できることも、拝島は知っていた。

すべてに対する、格好の言い訳だ。身体を繋ぐことも独占欲を見せることも、その一点で正当化される。

そして、まるっきりなかったことにできる切り札でもあった。

壁にもたれたまま、尖らせたくちびるを摘まんで引っ張り、拝島は目を伏せた。

マダムに差し出された帯付きの札束がひどく重く感じられ、罪悪感が募る。これまでのように、金は持っているところから引っ張ればいいと、単純になれない。

エレベーターが停まり、廊下へ出る。部屋のドアを開けた柏木が視界に飛び込んできた。軽く動かした指先が優美で、お洒落なエプロンが似合う。オーシャンブルーのむら染めだ。

「おかえり。暑かっただろ」

玄関へ引き入れられ、ドアが閉まる。両頬に当たる指先はひんやりと冷たく、拝島はごく当然のようにキスを受ける。くちびるは柔らかく重なり、とろけるように舌が這う。

「甘いね。どんなアイスを食べたの？」

「ココナッツミルク。すげぇ、美味かった。次に買い物するときは、冷蔵庫に入るだけ買う」

「そう……。いいね、そうしよう」

ちゅっ、ちゅっ、と恥ずかしくなるようなキスを繰り返し、柏木がさらに近づいてくる。

「もう。待て、って」

押しのけて逃げた。

「汗がひどいからシャワー……」

「そう言うほど、ひどくなかったけど」

頬の肌触りを言われ、拝島は素早く答えた。

「ロビーが涼しかったからだ。背中なんかびっしょりだよ」

嘘は息をするように出てくる。マダムに会ったそぶりは微塵も見せずに、オリーヴオイルの入ったトートバッグを差し出す。

受け取った柏木がキッチンへ向かい、途中まであとを追った拝島はバスルームへ入った。ポケットに押し込んでいた封筒を洗面台の収納スペースに隠し、しゃがんだ姿勢でシャツの胸元を握りしめる。大きく息を吐き出した。

マダムの言葉が頭の中を駆け巡り、胸の疼きが止められなくなる。それと同時に、腰あたりは脈を打ちながら熱を持っていく。

金のために柏木を受け入れているわけじゃない。けれど、柏木の優しさも、いつかは金でカタがつく。それは彼が飽きたときだ。

この関係を失って損するのは拝島だけだから、彼が傷つくなんて、マダムの思い過ごしだろう。柏木は裏切りの傷さえ人生のスパイスだと思っているようなドライな男だ。そもそも本当に傷ついたのかさえ怪しい。

もしかしたら彼女は知らないのだろうか。

拝島が感じていた不幸の匂いも、過去の裏切りが柏木に与えた傷だと思えないぐらい、彼は、心の隙を同情で埋めようとしない。

髪をかきあげながら身体を起こした拝島は、鏡の中の自分を睨んで落ち着かせる。柏木の上品な微笑が脳裏をよぎり、交わしたばかりのキスに胸が痛んだ。

互いの人間性の違いに気づいても、いまさらのことだった。

＊＊＊

カフェレストランに入った拝島は少し迷ってモヒートを頼む。

ホテルに併設されている人気の店で、客は若い女が多い。見栄えのする料理を前に、しきりと携帯電話を構えて楽しげだ。頬杖をついて眺めていると、ライムとミントが青々としたカクテルが届く。

店内は空調が行き届いて涼しいが、真夏の暑さは開襟の半袖シャツを着た身体にもこびりついている。清涼感のあるモヒートは、そんな熱を取るのに最適だった。

拝島の席は窓から離れ、奥まった場所にある。しばらく時間を潰していると、電話で呼び出された優衣が目の前に座った。

彼女が暮らすリゾートマンションはこの近くだ。

「用意できた？」

出し抜けに聞かれ、ほんのわずかに面食らう。しかし、表情には出さなかった。封筒をテーブルへ滑らせる。

中を確認するより先に、花柄のオフショルダーワンピースを着た優衣は表情を曇らせた。厚みで中身の想像がつき、不満なのだろう。しかし、はした金ではない。

マダムに渡された帯付きの百万円だ。

「……残りはいつなの？」

当然のように問われたが、拝島はモヒートを飲んで無視した。

「ねぇ、海斗。……私、本当に困ってるの」

封筒を小さなカバンにしまい込んだ優衣は、眉尻を八の字に下げ、悲劇的に振る舞う。長い髪はサイドでひとまとめにされ、スカーフ柄のリボンが結ばれている。

ウエイターが注文を取りに近づき、優衣はアイスコーヒーを頼む。それが届いてから、身を乗り出して口を開いた。

「あの人、まだ海斗を捜してるよ。よっぽど腹が立ったみたい。……ね、セレブ女のジゴロになろうとしているところなら、いまは考え直して。その人にも迷惑がかかるわけだし」

「……その金が、手付け金だって言ったら？」

専属契約の手付け金のことだ。

「嫌よ」

優衣の手が伸びて、グラスを掴む拝島の指に触れた。

「私のことを、本当に理解してくれるのは海斗だけだもん。お願い、いまはだれのものにもならないで。私のそばにいて」

化粧をほどこした大きな目が潤み、大粒の涙がこぼれ落ちる。

芝居がかっているのはいつものことだ。自分がどんなふうに見えるのかも、優衣はよく知っている。女を武器にしてすがりつくような行動に、拝島が弱いこともだ。

「わかってるよ」

「……わかってない。もう八月になっちゃうんだよ。あれから、二週間は経ってる。……見捨てるつもりなら」

「そんなことしてないだろう。さっきの金があれば、マンションを出るぐらいは……」

「足りないわよ」

眉を吊りあげた優衣が両手でテーブルを叩く。まわりが振り向くほどの音ではなかったが、拝島の容姿に興味を引かれていた女の子のたちの幾人かは小さく飛びあがった。

優衣は、それさえも気に食わないと言いたげに顔を歪めた。

「なんか……、海斗、変わったよね？　そんな感じで、カクテルなんて飲んでた？　変だよ、気持ち悪い」

「一緒にいるヤツの癖が移ってんだろ。いいところのボンボンだから」

「……もう、やめときなよ。そんなのといるの。私ね、まとまったお金が欲しいの。そう言ったでしょ」

「そんなに簡単には手に入らない」

「ウソ。その時計、売ればいいんだから」

手のひらを差し出され、拝島は静かに左手を隠した。

「借りてるだけの時計だ」

「……海斗は、私がどうなってもいいと思ってるんだ」

目元をぴくぴくと動かして、優衣は両手で顔を覆った。剥き出しになった華奢な肩を小刻みに震わせる。

「泣くことはないだろう」

「だって……っ、海斗には、わからない……。もう、嫌なんだから。あんなヤツに、抱かれるの、嫌なんだから」

真に迫った泣き声だ。優衣はヤクザの幹部に惚れて愛人になったわけじゃない。途中、何度も愛そうと努力していたようだが、粗暴な行為にさらされては無理だった。かといって別れることもままならず、限られた場所でだけ自由に動きまわることを許されている。

「俺だって危ないんだろ……?」

彼女を支配することで満たされている男は、間男である拝島の捜索をあきらめていない。運がよければ、命は助かる。けれど、顔の形は現状を保っていられないだろう。

チンピラジゴロの詰まるところにうんざりする。拝島はモヒートをあおった。

遠い未来を少しでも考えてしまったら、浮き草暮らしはできない。単純で楽天的で、こわいもの知らずでなければ、まずメンタルが保てない生き方だ。

「どこに逃げるかも、考えないとダメだろ。金なんて、すぐに尽きる」

「そんなの、どうでもいいの！　自由になれば、なんとでもなるじゃない。とにかく、早くして欲しいの！　言ってんじゃん！」

足を踏み鳴らした優衣は必死の形相だ。さすがの拝島も勢いに飲まれた。

「……できる限り、急ぐ」

答えながら、心の中はドス黒く曇っていく。

この女と進む未来もまたかすんでよく見えず、見る気もないのだとわかっていた。

柏木とだって、いつまでも一緒にはいられない。終わりがあるから夢中になれる関係だ。飽きがくる前に精算したいと思っている拝島にとって、優衣の存在はきっかけとして必要だった。

考えるほど気鬱が増す。手切れ金を渡してきたマダムに対しても、苛立ちが再燃する。

拝島はとっさに柏木のことを思い出した。

ふたりの食卓に手料理を並べる柏木の横顔だ。手早く作られる料理はどれも美味しい。ワインやシャンパン、たまにビールとペアリングして、ほろ酔いになった柏木は精悍な目を細めて言う。

『俺の料理を食べたきみを、俺が食べるのかな。それとも、俺もきみに食べられてるのかな』

可笑しそうに笑い出す柏木の朗らかさに、ほんのわずかな憂いがまじる。ほろ酔いの拝島はどっちでもいいと答えられなかった。

これきりと決めるタイミングを探しているからだ。

最期は、自分で選びたい。

そうでなければ、柏木から捨てられたような気持ちになる。それをこわいと感じる異常さは理解していたが、理性ではどうにもならない感情だ。

「……その時計、落としたって言っても、問題ないんじゃない？」

ひっそりとささやく優衣は、悪びれもせずに微笑んだ。

「現金化してくれるところは調べてあるから。いますぐ……」

ごく当然のように伝票を引き寄せて席を立つ。

「海斗、早く……」

甘えるように腕を引いた優衣が会計を済ませ、拝島は背中を押されながら灼熱の店外へ出た。

熱されたコンクリートが湯気を立てそうな気温だ。太陽もギラつき、目を開けるのもつらいほど景色が白い。拝島の腕にしがみついた優衣は、タクシーを呼ぶためにホテルの車寄せへ足を向けた。

その道の途中で彼女を抱き寄せる。建物の陰だ。

風が吹き、体感気温がわずかに下がった。

拝島の身体は微塵の欲情も感じず、エアコンの風で冷えた女の肌を疎ましくさえ思う。

胸の奥が苦しくなり、胃が締めつけられる。

拝島が求めるものは、もっとしっかりとした肌触りだ。腕をまわせば見た目よりも厚みがあり、のしかかられるとひどく重い。だから、負担をかけないように体重を支える柏木の腕は筋肉の形を作り、太い血管が浮き出る。圧迫感の苦しさに喘ぎながらすがれば、拝島を潰さないように気づかう柏木のくちびるが追ってくる。

キス、キス、キス。

繰り返しながら抱き寄せられ、柏木のすべてを受け入れる瞬間が拝島を満たしていく。

「急ぐこともない」

優衣の髪を撫でて耳元にささやいた。心は醒めていたが、これまでと変わりはなかった。女を抱きしめて湧き起こる欲情は、いつだって金を得るための代償に過ぎない。

背中へ腕をまわし、ワンピースの上から尻を撫でる。

「そんなにイライラして……。癒やしてやるから、ホテルで少し休んでいこう」

いつもならしなだれかかってくる優衣が、この日は不思議と身体を硬直させた。

「体調がよくないのか」

この前はしどけなく下半身に絡みついてきたことを思い出し、心配になった。顔を近づけると、視線がすうっと逃げた。

「アレの日なの」

消え入りそうな声の横顔を、拝島はまっすぐに見つめた。違和感があったが、深追いはしない。腕時計の換金を思いとどまらせたいだけだ。話がそらせるのなら、なんでもよかった。

「じゃあ、無理しないで帰るといいよ」

わざとそっけなく身体を離して、呼び止める声も聞こえないそぶりでホテルの車寄せに向かう。追ってこない優衣を不思議に思ったが、それも深くは考えない。

客待ちをしていたタクシーに乗り込み、柏木のコンドミニアムの住所を告げる。

動き出した車内で、そっと腕時計を押さえた。柏木に返すべきかもしれなかった。いつまでもつけていたら、そのうちに換金されてしまう。優衣じゃなく、囲い主の幹部が動く可能性もあるのだ。噂はどこからともなく流れ広がっていく。

ため息さえもつけず、拝島はうっすらと微笑みを浮かべる。

優衣とのあいだにあったシンパシーがなんだったのか、この頃はもう思い出せなくなっていた。かわいそうだと思う気持ちは残っている。しかし、それだけだ。

柏木と終わる言い訳以上の存在にはなり得なかった。

＊＊＊

リビングのカウチソファの背もたれにすがった拝島は、汗の浮いた額を自分の手にこすりつける。それさえもが快感を高め、腰が脈を打った。

ガラス戸の向こうには夏空が広がっている。暑さは頂点に達している時刻だが、空調の行き届いた部屋で交わるふたりには別の熱さが渦を巻くばかりだ。

「うっ、ん……、あっ、あっ……っ」

抜き差しされる柏木の昂ぶりは太く、強い圧迫感で貫かれるたび、目の前に白い星がまたたく。喉を鳴らして息を吸い込み、拝島は背中をのけぞらせた。

その動きで後ろの穴がぎゅっと収縮して柏木を噛みしめる。

「……きつ、い……」

うめくように声をこぼした柏木の手が、拝島の両尻を掴んで開く。伸ばされた円環を親指でなぞられ、拝島はたまらずに全身をくねらせた。

圧迫感にさえ快感を得るようになった内壁が、柏木の肉茎に絡みついてずるずると動く。

「そんなに、いやらしくしたら……ダメだ。……イキそうになる」

片腕で下腹を抱き寄せたかと思うと、柏木は腰を突き出した。

「あっ……ぁ……っ」

「こんなに奥まで入るようになって……。気持ちいい？　奥まで入れられて、気持ちよくなってる？」

淫らな言葉で責められ、息づかいで背中をなぶられる。拝島の身体が過敏な反応を返すと、片手がヘソあたりから肌を撫であげていく。

普段は小さな飾りに過ぎない拝島の尖りは、大きくふっくらと膨らみ、柏木の指にたやすく捕えられる。

「んっ、んっ……あぁっ、ん」

指の腹で押し込まれ、弾かれ、こねられる。すると、小さな突起はこりこりにしこり立って快感が増す。

「乳首と後ろと、どっちがいいの？」

ソファの座面に膝をついた拝島の乳首をいじりながら、柏木が耳たぶを甘噛みする。

じんっと身体に痺れが走り、拝島は腰まわりを疼かせた。大きな波のように快感が打ち寄せ、こらえきれずに声が漏れる。

「あっ、あっ……ぅんッ……どっち、も……、どっちも、いいっ……」

恥ずかしげもなく口走ったあとで、後悔に似た苦さが胸に広がる。けれど、甘い息づかいは鼻から抜け、愛撫を求める子猫のような声が絶えず出てしまう。

「ぁ……いや、だ……」

声をかすれさせた拝島は、募る快感から逃れようと身をよじらせた。柏木から離れると、思いがけず、笠の張り出しで肉襞が掻き乱される。驚いて止まった腰をなまめかしく追われ、ずにゅっと淫靡な音が響く。

柏木は腰を前後に動かすだけでなく、感じやすい拝島の胸の突起をふたつとも責めた。指でしごき、押し込み、潰すように転がす。

身体のすべてを使っていても、なにひとつおろそかにならない柏木は器用だ。

拝島は抗うこともできず、快楽に引き込まれて耽溺する。

「……いい、い、いっ……あぁっ」

喘ぎ、うめき、身をよじらせて汗を流す。柏木の刻む腰のリズムが、脳の中に沁み込んで、卑猥なメロディに変わっていく。

「あ、あ、……かしわ、ぎ……あっ」

名前を呼ぶと、抑え込んでいた感情が滲み出す。こらえようと奥歯を噛んでも、激しく揺さぶられていては我慢ができない。柏木のピストンは淫靡な愛撫だ。

ぷるっと張りつめた肉の笠は若々しく、ずっしりとした陰茎のたくましさに支えられながら、自由自在に拝島の中を這いずりまわる。

内側から押し広げられる苦しさはあったが、肉の塊が動くたびに訪れる淡い感覚の中毒性は強烈だ。痛みはもう感じなかった。

「うん？　どうしたの、拝島。ここで気持ちよくなるのが、まだ恥ずかしいの？」

首筋にふっと息がかかり、ずんと深みをえぐられる。

「……あ、ぅ」

「もう夢中だろう？　身体の相性なんて信じてなかったけど、こんなに気持ちよくなれるんだから。あるんだろうね」

「んっ、んっ……んんっ……」

快感に耐える拝島はなにも言えなかった。

深々と突き刺した状態で円を描くように腰を動かされると、開ききった円環がさらに伸ばされてしまう。開いたまま戻らなくなるのではないかと心配になるのは行為の最中だけだ。終わってしばらくすれば、そこはまた元通りに閉じてただの排泄器官に戻る。

拝島にとっては、柏木にさらすときだけが、後ろの穴を性器として認識する瞬間だ。柏木も同じだろう。

「おく、ばっか……いや、だ……っ」

身をよじらせて訴える。アナルセックスでこんなにも感じてしまう自分のことを、拝島は遠い気持ちになりながら受け止める。しかし、快感は少しも減らない。

「……も……や、め……っ」

「でも、拝島の奥は、欲しがってる」

言葉は柔らかく響き、その分だけ甘い卑猥さがある。

「あっ……ちがっ」

ソファの背にすがって、かぶりを振った。汗で濡れた髪が湿った音を立てる。

「違うの？　じゃあ、どうされたい？　拝島が好きな、いやらしい動きって、どれだった？」

「んっ……」

問いかけながら腰が引かれ、たくましさが抜けていく。

「あっ……」

完全に抜かれ、圧迫感が消える。寸前で止まると思っていた拝島は小さく喘いだ。

引き締まった臀部の肉を割り開かれ、ぽっかりと開いた淫口を確認される。見られている恥ずかしさに、拝島の腰はひくひくと揺れ動いてしまう。

それもまた羞恥だった。そして、次の快感を期待する欲求でもある。

「いれ、ろ、よ……」

「ん……。浅いところ？」

優しい声で言った柏木が、先端を押しつけてくる。最初の挿入時とは違い、すぐに輪を抜けてつぷりとめり込む。

「あ……ぁ」

「きもち、いい？」

もう一度、先端が抜かれ、またずぷりと刺される。

「あ、あ……あぁ……」

何度も繰り返す動きは拝島の制止を待ち、抜いては差し込まれ、差し込んでは抜かれる。一回ごとに拝島は喘ぎ、腰をくねらせ、夢中になった。

「んっ、ん……ん……」

「拝島……、ずっと、ここでいいの。このまま、浅いところでイッてもいい？」

「……や……、もっと……ぁ……もっと」

「もっと……」

言葉を反芻（はんすう）した柏木の腰がじれったく前後に動いた。

「……くぅっ……あ、ぁ……」

抜き差しの距離が長くなり、ずりずりと肉の愛撫が始まる。

「これが好き？」

「ん……っ」

「俺ので、こすられるのが？」

「……はっ、ぁ……、おまえ、の……きもち、い……っ、もっと撫でて、おまえので、俺の中、撫でて……っ」

だれに対しても、こんな訴えは口にしたことがない。しかし、快楽の中に落ちてしまえば、恥ずかしげもなく口にできる。

柏木を感じ、柏木に与えられ、柏木と交わる快感は、拝島のすべてを作り替えていく。これまで知ってきたいやらしさとは別次元の淫らなセックスだ。

「うん、してあげよう」

「あっ、ぁ……っ」

「たっぷり、気持ちよくなるといいよ……。こんなところを許すのは、俺だけだろう？　俺だけだ。ね、拝島。そうだろう」

「……あぁッ、ぁ……っ」

確かな存在感で内側を撫でられ、拝島の意識は朦朧とした。ずり、ずりっと肉をかき分けながら前後にこすられ、張り詰めた先端で奥まで撫でまわされる。性感に溺れていく拝島の耳に届く柏木の声は心地がいいだけのものになっていく。言葉の意味も取れなかった。

「ん、っ……はっ、ぅ、う、んっ……あぁっ」

やがて動きが激しくなり、新たな快感に火がともる。ぞくっと背中を震わせて、拝島は伸びあがった。後ろから抱かれ、胸をさすられる。

きゅっと硬くなった尖りが手のひらで揉みくちゃにされ、拝島の股間にそそり立ったものが露をしたたらせた。

聡(さと)い柏木の手が絡みついていく。

「あ、あぅ……」

熱い手のひらだ。根元から先端までを包み揉まれ、腰が揺らめいた。

「んんっ、ん……い、く」

「ダメだよ」

耳元ではっきりと断言され、身を屈めた拝島はソファの背もたれを強く掴んだ。ぐっとこらえる。

「ソファにかかる。汚れてしまうだろう？」

昂ぶりを掴んでいた手のひらが離れたかと思うと、柏木の動きが強くなる。力強く突きあげられ、拝島は喘ぎながらソファの座面を進んだ。膝を背もたれにつき、しゃがむ体勢になる。代わりに柏木がソファの端に膝をつき、両手で背もたれを掴んだ。

激しく揺さぶるような前後運動が始まり、硬直が出し入れされる。強い刺激にさらされ、拝島はぎゅっと目を閉じた。

「あっ……すごっ……」

ローションが粘り気のある音を繰り返し、ステレオから流れる音楽にふたりの乱れた喘ぎが重なった。

「こん、な……っ、かしわ、ぎ……っ、ダメだ、ダメ……」

悩ましいほどの刺激に追い立てられ、拝島は叫ぶように訴える。嫌がればやめてくれるのが柏木だが、いまは止まらない。

拝島の声は感じきっている。それが伝わってしまえば、責めはやむどころか、激しさを増してしまう。

いいのか、悪いのか。拝島にはわからなかった。

太い昂ぶりでぐちゃぐちゃと掻きまわされ、ただひたすらの悦が募り、肌が火照って汗が噴き出す。頭の芯がぐらぐらと揺れて、息をしようと開いたくちびるから嬌声が漏れる。

自分で聞いてさえいやらしい声だ。柏木の興奮も煽られ、腰の動きに鋭さが加わった。柏木の肉茎で前立腺を責められることに慣れた拝島は、甘くとろけて絶頂に駆けあがる。

「あ、あっ……、い、くっ……いく、いく……っ」

叫びながらも、最後の理性を振り絞って股間を掴んだ。

「俺も……拝島……っ。いく……」

柏木の切羽詰まった声を聞いて、拝島は打ち震えた。ぴったりと下半身が寄り添い、コンドーム越しでも射精の動きがわかる。

拝島はのけぞり、背を丸め、やり過ごせない快感に腰を揺する。

「……も、がまん、できな……っ……あ、あっ、あぁ……っ」

柏木の興奮を想像してしまうと、根元を握っても効果はない。焦って先端を掴んだ瞬間に弾けた。びくびくっと腰が震え、たいしてしごきもしないうちから精が溢れ出る。

「くっ……ぅ……」

止めることもできない奔流だ。手のひらから溢れてしたたり落ちる。

ソファの座面が汚れてしまい、拝島は背中を緊張させた。

「いいんだ……拝島。いいんだよ」

後ろからきつく抱きしめられる。繋がったままで身をよじるように促されて、くちびるが重なった。

「汚れたっていいんだ……。買い換えたら、済む。……今日の快感が、大事だ」

吐息で濡れた肌をなぞられ、失態に涙ぐんでいた拝島は大きく震える。柏木の息づかいは、なおも拝島の肌の上を動き続けていた。

汚しついでのソファで二度ほど交わり、汗と精液を流すために入ったバスルームでも延々と互いを貪った。さすがに疲れ果て、それぞれがバスロープ姿でベッドへ倒れ込む。

ぐっすりと眠った数時間後、拝島はひとりきりで目を覚ました。開いているドアから、コーヒーのいい匂いが漂ってくる。先に起きた柏木がハンドドリップで淹れているのだ。

時間の感覚がなく、しばらくごろごろしていると、寝室の出入り口から柏木の声がした。

「出かけられそう?」

「……まだガバガバなんですけど」

横臥(おうが)していた拝島は、わざとらしくバスローブの上から尻を押さえた。

「そんな下品なことを言わないでくれ……。でも、本当かどうか、見てあげるよ」

笑って近づく柏木がベッドに腰かける。伸びてきた手がバスローブを掴んだ。

「ばっ、か……っ。冗談だろ」

「本当かな」

「ゆるくなってたら、また入れようとか思ってんだろ。サイテー、サイテー」

ゲラゲラ笑いながら転げまわり、最終的には柏木の膝に上半身を乗りあげた。バスローブが寝乱れた拝島とは違い、柏木はすでに衣服を整え、涼しい顔をしている。

「ソファ。拭いたらきれいになったからね。買い換えなくてもよさそうだ」

「ふぅん。それはよかった。……で、なに?」

話題の発端を思い出して、拝島は仰向けに転がった。頭はまだ柏木の膝の上だ。

「あぁ……うん。ちょっと見せたいものがあるから、出かけよう。すぐそこだ。身体の調子が悪くなければ、夕食は外で」

拝島の髪を指に絡め、軽く引っ張りながら誘う。

「いーよー。でも、コーヒー、淹れたんだろ。飲んでからがいいな」

「そうだね」

拝島が起きあがるのを待ち、柏木は着替えを持ってくる。下着、リネンパンツ、タンクトップ、そして、ざっくり編まれたサマーセーター。

どれも生地感と発色がいい。見るからに高級品だ。身につければ、パターンと縫製のよさで、拝島も数ランク上の男になれる。

優衣に気持ち悪いと言われたことを思い出し、拝島は肩をすくめた。あれから、また連絡を取っていない。そのうちにまた金を運ばなければならないだろう。あまり放っておくと、柏木に突撃しないとも限らない。

コーヒーを飲み、夕暮れに外へ出た。駐車場までエレベーターで降りて車に乗る。

柏木はサンドベージュのパンツと、真っ白なリネンシャツを着ていた。拝島が色のあるコーディネイトをするときは、反対に地味で控えめにまとめることが多い。それでも、白いシャツ一枚の着こなしがさまになる男だ。

均整の取れた体格が際立ち、拝島の胸の奥さえかき乱される。

目的地は、車でほんの数分の場所にあった。

ビーチ沿いの道路から少し入ったところに白い建物が見える。

あたりは暗くなっていたが、建物の明かりはまだついていない。柏木と一緒に近づいた拝島は、それが廃業した店の雰囲気だと気づいた。

「ここ、潰れてんの……？」

「去年、レストランを畳んだらしい」

答えた柏木が、ポケットから鍵を取り出す。中に足を踏み入れても、埃っぽさは微塵もない。すぐに店を始められそうなほど清潔だった。

「定期的に掃除をしに来ているそうだ。店を続ける体力がなくなっただけで……」

柏木は照明のスイッチも知っていた。電球がつくと、外観同様に洒落た店内が見渡せる。フローリングの床。白い壁紙、高い天井。シーリングファンと、凝った照明。

バーカウンターがあり、イスを載せたテーブルを端に寄せたフロアは広い。窓辺はサンルームのようになっていて、腰壁の上は大きなガラスがはめられている。

沈んだばかりの太陽が残した茜色が、窓の向こうに広がっていた。じきに薄れて、夜空の色に飲み込まれていく時刻だ。

「いい店だな。もったいない。……柏木、店でもやんの？」

窓の向こうに目を細めて、肩越しに声をかける。

「うん、拝島がね」

近づいてくるデッキシューズの足音は響かなかった。

「なんで、俺なんだよ」

「バーをやりたいって話してただろ？　いい物件だと思う。近くに民家がないから、生演奏を入れても平気だって。昔はジャズライブを開催していたらしい。ちょっと踊るのにもいいサイズだ」

背中から腕がまわり、肩に柏木の重みを感じる。マンダリンが基調の香水に、今夜はジャスミンが強く香る。爽やかで甘く、夏の夜にぴったりの匂いだ。

「素人(しろうと)がやったって、失敗するに決まってるだろ……。バカだな、おまえは。金をドブに捨てるようなもんだぞ」

笑って答えながら、拝島は左手首に触れた。返そうかと悩んでいる時計の冷たい感触に目を伏せる。

「柏木……。おまえさ、そんなんだから裏切られるんだ」

「べつに、いいじゃないか。裏切りたいと思うからそうするんだろう。女だって、俺よりも向こうが好きだから離れていくんだ。怒る気力も、追うほどの情熱もないんだから、俺にだって問題はあるんだろう」

「優しいっていうかなぁ……。なーんにも考えてねぇな、おまえも」

また笑いが込みあげてくる。肩に柏木の重みを感じながら、拝島は両足で踏ん張った。胸をそらすように背中を預けて、ポケットに両手を突っ込む。

お互いにもたれかかり、微妙なバランスで立った。

「そんなんだから、男のケツに夢中になったりするんだろ」

拝島が言うと、柏木はかすかに笑った。

「アナルセックスにハマったわけじゃない」

そんなこともわからないのかとバカにした調子で、いつになく挑戦的だ。けれど、拝島は劣等感も怒りも感じなかった。

言葉の意味が行き着く場所に思いを巡らせ、ほんの瞬間だけ、このビーチハウスで店を始める妄想に囚われる。そこに、柏木はいる。彼がオーナーで、拝島が雇われ店長だ。

簡単なカクテルだけをメニューに載せて、ちょっとしたツマミは柏木が作り置く。

それから、音質のいいスピーカーを置いて、季節に似合いのレコードをかける。人が来たって来なくたっていい。窓辺にイスを置いて、月の光に揺らめく波をただ眺める。

たった数年でも、そんな暮らしができたらどんなにいいだろうか。

一瞬の夢を永遠のように思い、拝島は目を閉じる。

柏木の息が首筋をなぞり、出かける前に交わした戯れの余韻を感じながら深く息を吸い込んだ。身体にまわった腕が、拝島を強く抱いて拘束する。

「拝島……」

ささやくような声は、キスを求めていた。それが理解できるほどに、拝島は柏木を知っている。でも、振り向くことはできなかった。柏木も行動には移さない。

お互いを支えにして立っているから、バランスが少しでも崩れたら寄り添うことができなくなる。拝島は肩に、柏木は胸に、互いの重みを感じて息をひそめるばかりだ。

バーの話はそのままになり、しばらくしてからビーチハウスを出た。お互いに空腹を感じて、寿司を食べに行こうと車へ乗り込む。

けれど、拝島の心は落ち着かなかった。しきりと左手首に触れて、だれかに奪われる前に時計を返したくなる。けれど、その一方で、返すことが別れのきっかけになるような気がして切り出せない。

気持ちは沈んだが、ポーカーフェイスを作って隠す。

いつものように振る舞い、無邪気に寿司を喰らい、車の運転がある柏木に変わって日本酒の杯を重ねる。飲んでも飲んでも酔いを感じなかったが、いざ会計をして店を出ると足腰に来た。

千鳥足でふらふらと歩く拝島を見て、柏木が可笑しそうに笑う。腕を引かれ、肩を貸された。素直にもたれて車まで移動する。

助手席に介助付きで乗せられ、シートベルトも柏木がつけた。身体が離れる直前、拝島はくちびるを突き出す。柏木の頬にくちびるが触れる。

悪ふざけでけらけらと笑って見せたが、動きを止めた柏木は真顔になった。くちびるがそっと触れて、酒気帯びの吐息が吸われる。

「……検問に引っかかるぞ」

拝島は眉をひそめた。柏木のキスがあまりにも真剣で、対処に迷う。

そして、もっと、そのキスが欲しいと思う自分に気づく。

柏木はもう一度だけ、拝島のくちびるをついばんで離れた。

「……そう」

欲情の卑猥さがなく、くちづけと呼ぶのにふさわしいキスだ。

助手席のドアが閉められ、柏木が運転席へ移動するあいだ、拝島は自分のくちびるを拳で強く押さえた。身体の震えをこらえると、鼻の奥が痛む。

目玉が溶けそうに熱くなって、ぐずっと鼻を鳴らしたが、運転席のドアが開けばそっぽを向いた。酔ったふりでセミバケットシートにもたれて目を閉じる。

「風邪を、ひいたかな……」

心配そうに言いながら、柏木はカーステレオの音量をさげて車を発進させた。駐車場から大通りへ出て、海岸道路へ向かう。

気分が落ちついた拝島は、ぼんやりと窓の外を見た。

マダムに声をかけられた道を行き過ぎ、夜闇の海に行き当たる。

今夜は平日だが、ビーチではパーティが行われていた。にぎやかな電飾が遠くに見える。

踊りたい気持ちがむくむくと湧いてきて、その話を柏木にしようと横を向く。しかし、すぐに視線を戻した。進行方向の前方だ。拝島側の歩道に、見知った男女の後ろ姿がある。

男の肩へ女がしなだれかかり、ふたりは歩調をゆるめてキスをした。車が追い越し、拝島は目で追う。

見間違いであってくれとは思わない。ただ、妙に納得して、志村と優衣を確かめた。

「どうした？」

柏木に聞かれて首を左右に振る。

「道でキスしてるやつらがいた」

「……そう」

うなずいた柏木の片手が伸びてきて、シートの端に乗せた指に重なる。

拝島は反対側の左手首が重くなるのを感じて視線を伏せた。金がいると言った優衣の表情が脳裏をよぎり、ホテルへ誘ったあとの反応が重なる。すでに志村の女になっていたのだろう。

愛情がなくてもセックスのできる女だが、だれかに心が傾くと途端に視野が狭くなる。

それが原因で、拝島は追われる身になったのだ。

伏せていた手のひらをひっくり返して、柏木の手を握り、指を絡める。

互いの肌は火照り、発熱していた。

拝島はひとり、潮時を感じて海を見つめる。

ものごとはいつも動き続け、楽しいことほど終わりは早い。そのときが来たと拝島は直感した。無理に引き伸ばせば、きれいな形もいびつに変わってしまう。

拝島は、柏木をそんなふうにしたくなかった。

ふたりの先に未来なんてない。海辺のバーも夢物語だ。分不相応な暮らしを続ければ、柏木が巻き込まれてしまう。チンピラとして生きてきた拝島には、彼を守る権力もツテもない。できることは、目の前から跡形もなく消えることだけだ。

「……柏木、もっとドライブをしよう。まだ帰りたくない」

決心を悟られないように手を握る。

この温かさを忘れずにいれば、どこへ流れても生きていけるだろう。穿ち慣らされた濃厚なセックスも一生、忘れない。

そして柏木も元の暮らしへ戻る。逃げたペットのことなど、すぐに忘れてしまう。

拝島は乾いた笑みをくちびるに乗せ、暗闇の中に流れる町の灯を数えた。

＊＊＊

「なぁ、ちょっと出かけてくる」

拝島の声がして、アイランドキッチンを拭きあげていた柏木は手を止める。

ダイニングとリビングを隔てる木製のシェルフから小銭入れを取った拝島が、ひょこっとキッチンを覗き込んでくる。

いまのいままで、ふたりで朝食の片付けをしていたところだ。

「手伝うこと、まだあった？」

「いや、だいじょうぶだ」

柏木が答えると、安心したようにうなずく。

「今日の昼は外で食べてくる。ジャンキーなハンバーガーが食いてぇ」

拝島は顔をくしゃくしゃにして笑い、くるっと踵を返した。

襟を立てたスカイブルーのポロシャツとグレーのジョガーパンツ。きゅっと引き締まった尻のトップが高い位置にあって、後ろ姿がさまになる。

「今日は夕食もいらないかもね。いってらっしゃい。気をつけて」

「うん、じゃあな」

のけぞるようにして振り向いた笑顔に、黙って手を振った。

それから拭き掃除に戻り、ドアが閉まる音を聞いたあとで自分の頬に触れてみる。できる限りに格好をつけたが、頬がゆるんでしまっているように思えて仕方がなかった。

昨日の夜、拝島はいつになく寝相が悪かった。寝苦しそうに、ベッド半分をごろごろと行き来して、最終的には柏木にひたっとくっついたのだ。ふたりの指は絡み、拝島の足先が柏木のズボンの裾をいたずらに引きあげようと動いた。

やがてくすくすと笑い出した拝島の声は、いまも耳に残る。

もしかしたら、ビーチハウスの物件を気に入ってくれたのだろうかと、なかば祈るような気持ちで考えた。

確実な約束がなければ、拝島を繋ぎ止めておくことができない。

いくら身体を重ねても男同士だ。快感の応酬を愉しんでいる雰囲気から抜け出すことができず、夏とともにすべてが終わってしまうような寂寞感が柏木を追い詰めていた。

なんとか繋ぎ止めていたくて探した物件だ。

しかし、拝島の反応ははっきりと悪かった。ひとつも信用していないことが明白で、軽くあしらわれたようなものだ。金持ちの道楽だと思ったのだろう。

彼がニヒルに笑うと、柏木の胸は冷たく凍える。

頬がゆるむほどの幸福と身を切るような不幸がせわしなく交互に飛来して、あきらめきれない感情に変わっていく。

ため息を飲み込んで、両手で髪をかきあげた。

いつか、笑いながら顔を覗き込んできたことがある。屈託なく柏木の顔立ちを褒めて、なおも見つめるのをやめなかった。

そのとき、拝島のことを抱きしめたのか、抱きしめなかったのか。記憶は定かでない。

ただ、柏木の胸のうちは強く震えて、幸福も不幸も感じない一瞬が存在していた。

気持ちのすべてがひとりの人間へ流れていく。

そのことの恐ろしさを、生まれて初めて知る。

逃げてしまう前に繋ぎたい。けれど、自由を奪えば、拝島は彼でなくなってしまう。気ままなステップが拝島の持ち味だ。

柏木はまぶたを閉じて、じっとする。しなやかに踊る拝島を思い描いた。

「礼司さん、聞いていらっしゃる？」

マダム・イッコに問われ、円卓を囲んだ柏木は、ティーカップをソーサーの上に戻す。

ブーゲンビリアが咲きこぼれる陽陰のテラスは、冷風機も設置されて過ごしやすい。

夏模様の庭を眺めるアフタヌーンティーに呼び出されたのは、拝島が出かけてしばらくしてからのことだった。その拝島の名前が、マダムの口から出ている。

柏木は動揺を隠してうなずいた。

「ええ、聞いています。ご迷惑をおかけしたようで、申し訳ありません」

拝島に代わり、謝罪しようとしたが、庭に向かって並ぶように座っているマダムは手のひらを振って止めた。

「かまわないのよ。私も知らない相手ではないわけだし……」

「それで、いくらほどお渡しになったんですか」

「五百万よ」

今朝の訪問でいきなり要求され、即金で渡したという。

「お返しします」

「必要ないわ。返ってこないとわかっていて渡したのよ。それより、彼は女性と会っているわね。……追われる理由になった人よ」

白髪を柔らかく結いあげたマダムは、たわいもない世間話をするような口調で言う。レースの袖が揺れて、痩せた指先が見えた。

柏木は平常心を装ったが、テーブルに置こうとした手がカップとソーサーにぶつかった。焦った勢いでなぎ払ってしまい、石敷きの床に紅茶が撒かれる。カップもソーサーも砕けた。

ついに立ち上がろうとした柏木の肘を掴み、マダムは目を伏せる。割れた食器を片付けようとせずに言った。

「どうするつもりなのかも、聞いたのよ。女と逃げるんだって言ったけれどね……。嘘よ」

「どういうことですか」

「あなたは、彼のことをちっとも調べていないのね」

どこか哀しげに微笑んだマダムの横顔に、サマージャケットの襟をなぞっていた柏木は凍りつく。

調べようとしたことはある。けれど、拝島の詳しい生い立ちも、女との成り行きも、知りたくなかった。

すべてを知ってしまえば、お互いに接点のないことがはっきりしてしまうからだ。

お互いが明かしたことだけがふたりの真実であって欲しいと、柏木は都合のいい夢を見た。

「彼には藤沢で不動産業をしている兄弟分がいるでしょう。女は、そちらへ鞍替えしたのよ。彼のことだから自分の取り分なんて忘れて、きっとそっくり渡してしまうんじゃないかしら」

「拝島は……」

続きは口にできなかった。世話になったアニキ分に金を渡したら、拝島は姿を消すだろう。認めたくない直感に、柏木は肩を揺らした。

「彼は、別の世界の人よ。私たちの世界とは違うルールを持っている。そうでしょう？」

「……なにがおっしゃりたいんです。あなたは、俺との手切れ金として……」

言いかけて口ごもる。マダムの顔に浮かぶ穏やかな微笑みが、すべてを肯定していた。

「礼司さん、あなた、ご友人から裏切られたときも、平気だったじゃない。少しは落ち込んでいたけれど、ここへ移って、見事に社交界の花形になったわ」

「拝島を追い払ったつもりでいるんですか」

「……あなたは、絶対に、彼のところへ降りてはいけないのよ。その世界は、あなたの生きる世界じゃないの」

振り向いたマダムの瞳が、鋭く柏木を射抜いた。

「最低限のルールは守られるべきよ。ジゴロにはジゴロの生き方があるわ」

「そんなふうに、思えない」

諭すようなマダムの視線を真っ向から受け止め、柏木ははっきりと答えた。

「俺は、いままで、すべてがどうでもよかった。会社だって、友人だって、フィアンセだって、この手から逃げていくなら、その程度のものだと思ってきた。でも……、拝島は、彼は……」

柏木の『世界』を、変えてしまったのだ。

まるで冬が春になったかのように、枯れ木に花が咲き、海に陽差しが弾けるように。

拝島の抱えるもの悲しい閉塞感に触れるたび、心が動く。時間が過ぎていく。

生まれて初めて、掴んでいなければ消えてしまうものをこわいと思った。

朝に夜に、目が覚めた瞬間、拝島には隣にいて欲しい。そうでなければ、柏木の世界はまた色を失ってしまう。

「礼司さん。あなたは、彼も同じ気持ちでいると思うの？」

冷たい口調が、現実を突きつける。柏木はハッと息を飲んだ。

吹き出すような汗がこめかみを滑り落ちた。

「お金でそばにいてくれる人は、お金で離れてしまうのよ」

「違う……」

柏木は低い声でうなるように答えた。拝島の笑った顔を思い出すと、気持ちが静まる。

生まれも育ちも違い、価値観にも共通項は少ない。それでも、柏木の心の中には拝島がいる。

その彼が、生きる価値を教えてくれるのだ。もう理屈ではない。

「違います、マダム。お言葉ですが、彼は金で動く人間じゃない。これまで、そうやって稼いできたのは、日々を過ごすためだ。これというものがあれば、彼だって……」

「それをあなたが与えるつもりでいるの？　自分だけは特別だと、そんな子どもみたいなことを言わないわね？　また、同じことの繰り返しよ。今度はもっと深手を負うわ。だって、あなたは、彼を……」

最後まで言葉にしなかったのはマダムの優しさだ。

口にしなければ、なかったも同然になり、拝島との関係はひと夏の戯れで終わる。

秋には苦々しい笑い話がひとつ生まれ、記憶は日ごとに褪せていく。そんな男がいたこともすぐに忘れてしまう。

海辺の社交界はにぎやかで移ろいやすく、泡沫のように恋が生まれては消える場所だ。

柏木は押し黙り、白い陽差しが降りかかる庭を見た。

黄とピンクのランタナが繁り、グラジオラスやグロリオサが咲き乱れ、千日紅（せんにちこう）が揺れる。風の動きは、草木の揺れで手に取るようにわかった。

マダムの邸宅は高台にあるが、今日の風は一向に涼しくない。町は油照り（あぶらで）になり、ひどい暑さだと想像できた。徒歩で出かけた拝島が気にかかる。

柏木はゆっくりと顔を動かした。マダムへ向き直る。

たるんだ肌はつやつやしているが、やはり細かいシワは隠しようがない。けれど、重ねた年月を感じさせて美しかった。金をかけてきたからではなく、彼女の生き様から立ち現れる表情が瑞々しいからだ。

値踏みするように見据えられた柏木は、ゆるやかに息を吐き出し、肩の力を抜いた。

「あなたがおっしゃる通りです」

うなずき、あごを引く。

「確かに、かなりの深手になるだろうと思います。……彼を手放せば。でも、その気がないんです」

「一緒に堕ちてあげるつもりなの？」

「いいえ。そんなことは考えたこともありません。彼は、じゅうぶんに上等な人間ですよ」

「そうかしら？」

マダムは可笑しそうに笑って口元を隠す。拝島をあなどる辛辣さは感じなかった。

「その素質があったから、あの日、俺に任せたのでは……？」

柏木のひと言に、マダムの瞳がきらめく。

「よく覚えているのね。……彼はチープで、幼い頃に夜店で見たオモチャの指輪みたいだった。欲しいと思ったわ。あんな場所にあるものは、買ってもらえなかったから。……でも、もう私は興味がないのよ」

「……チープでなくなったからですね」

問いながら、柏木はマダムの胸のうちを想像した。

若い男を囲い、成長させて飛び立たせる彼女は、彼らに恋をしない。どの青年もチープでなくなる日が来るからだ。そして、成長した彼らが、自分を傷つけて去ることも知っている。

若々しさは、それだけでひとつの刃だ。

「そうよ」

柏木の想像を読み取ったような笑顔でマダムはうなずいた。

「あなたが変えてしまったのね。見かけるたびに磨かれて……、相変わらず口は悪いけれど、そこが可愛いような青年だわ」

「……手放すには惜しい存在でしょう？　マダム。彼を失えば、俺は深手を負います。でも、彼が俺を傷つけることはない」

「どうして？」

「そういう男じゃない」

「彼を信じるのね」

「俺はいつだって自分だけを信じているんです。彼を必要だと思う限り、居場所を作って連れ戻します」

はっきりと答えて胸を張る。拝島をだれよりも理解できると、そう思うことは浅はかだろう。

けれど、信じている。彼を選んだ自分を信じるからだ。

「拝島がどこへ行ったのか。御存知でしょう」

「もちろんよ。さっき話した、藤沢にいる男の事務所よ。住所はこれ」

胸元から、折りたたんだ紙を引き出して、テーブルに置く。

「おそらく入れ違いになるでしょう。でも、本気で恋しく思うなら、見つけ出せるわ」

微笑み、今度は小さなカードを取り出した。一枚の名刺だ。

「礼司さん、あなたね……、やっぱり傷ついていたのよ。ここへ来る前から、ずっと……」

静かな声に呼び込まれたように、風が吹き抜けた。ブーゲンビリアが揺れて、どこからともなく甘い花の匂いがする。

「あなた自身に見えない傷もあるのよ」

マダムの言葉は、名刺を受け取った柏木の胸に沁み込んだ。

＊＊＊

電車を乗り継いで藤沢へ向かった拝島は、油照りに熱された駅外の空気に辟易した。

喉が灼けつくようで、足早に歩くほどに全身から汗が吹き出す。スカイブルーが爽やかなポロシャツの背中や腋、ジョガーパンツの内股もびっしょりと濡れてしまう。

志村の事務所は駅裏の雑居ビルにあった。空調が強くかかって冷蔵庫並みに冷え、かけつけ一杯の麦茶が喉を潤してくれる。狭いフロアの端に設置された応接セットのソファで、拝島はやっと落ち着きを取り戻した。

「これ……」

手にぶらさげて持ってきた紙袋をテーブルの上に置く。

「手土産なんて、おまえにしちゃあ気が利いてるな」

目の前に座った志村が笑いながら腰を浮かせる。しかし、中身を取り出そうとして動きを止め、真顔になった。不透明な袋に入っているのは札束だ。

「優衣に渡すつもりの金です。……志村さんから渡してもらって、いいんでしょう？」

ふたりの関係を知っていると匂わせて、拝島は両手の指の腹を合わせた。

「なんだ、おまえ。気づいてたのか」

志村はニヤッと笑い、袋の中身を確認した。

「けっこう引っ張れたんだな。さすがだよ。……腕時計を売ったのか」

ちらりと視線を向けられ、拝島も自分の手首を見る。そこだけ陽に灼けていない。

「持ち主に返しました」

なに食わぬ顔で嘘をつく。本当は事務所を訪ねる前にはずしてポケットへ隠した。

寝室のチェストの上にでも残して出かけようかと、明け方までは考えていたのだ。けれど、できなかった。

「売ったほうが金になったのにな」

志村はふっと鼻で笑い、従業員を呼んだ。向かい合わせに四つ並んだ事務机に座っている従業員は三人だ。一番近い場所の男が立ちあがった。紙袋を掴んだ志村は、金庫へ入れておけと、ぶっきらぼうに言う。

「……優衣を下げてもらうんじゃないんですか」

拝島は注意深く相手の表情を見た。ここに来るまで、半信半疑の気持ちだったのだ。

しかし、志村の思惑は、あっけないほど簡単に透けて見えた。うっすらと浮かべた苦笑が、後ろめたいことをするときに出る癖だと知っている。

「あぁ……、俺が面倒を見るのかって？　さぁ、どうなるかな」

他人ごとのように口にして、志村は煙草を口に挟んだ。テーブルのライターを手に取った拝島は、火を向けた。

煙草の先端が赤く燃えて、低い天井へ向かって煙がゆらりと立ちのぼる。

「欲しいなら持っていっていいんだぞ」

ソファにもたれた志村は片頬を歪めた。女ひとりをモノのように扱って平気な顔をしている。しかし、この界隈ではスタンダードな思考だ。男だって、同じように扱われる。

支配する者と、奪われる者。金と権力と見栄とはったり。そのバランスだけが尊重される、いびつな世界だ。

「あの金、優衣には渡さないつもりですか」

拝島が聞くと、志村は弾けるように笑い出した。

「あったり前だろ。あの女はもうじき捨てられる。おまえのことがあって、傷がついたんだ。……おまえが逃げきったからだよ」

「そうですか」

拝島は静かにうなずき、勧められた煙草を口にくわえた。火をつけて、煙をくゆらせる。

幹部の寵愛が薄れたのなら、優衣の生活は一変する。気のいい男に払い下げられたら幸運だが、風俗に沈められる可能性も考えられた。

注ぎ込んだ金を回収しようとするのは、ヤクザの習いだ。それをわきまえ、うまく切り抜けられる女は少ない。

「あの金は、おまえが黙ってればいい」

志村が灰皿の上で煙草を叩いた。

「どこで見たのかは知らないけどな。きれいさっぱり忘れることだ。遊びだよ、お互いに」

そう言って、にやりと笑う。後ろめたさは微塵も感じられなかった。

優衣は騙されたのだ。柏木から大金を巻きあげるための煽りとして使われたことに、いまもまだ気づいていないかもしれない。

言葉が出てこず、拝島は額を押さえて息をついた。

志村ではなく、優衣に金を持っていくべきか。事務所のドアを叩く瞬間まで悩んだ。

優衣を連れて逃げることも選択肢にはあったが、最後に会ったカフェでの振る舞いと、志村にしなだれかかった姿を見れば、説得すら無理だとわかっていた。優衣に金を渡したところで、志村に流れてしまう。それならば、志村に対して恩を返すほうがいいと思ったのだ。

「……わかりました、志村さん。見当違いのことを言って申し訳ありませんでした。さっきの金はこれまでの迷惑料ということで……」

「おまえ、これから、どこへ行くつもりだ。また、あの男のところへ戻るのか。……もしかして、そっちに目覚めたんじゃないだろうな」

にやにやとした笑い顔を向けられ、拝島は嫌悪感を押し隠した。

「そうだったら、俺の人生にも逆転イッパツ・ホームランがあったかもしれませんね」

愛想笑いを浮かべて答えながら、煙草を揉み消す。

渡した金に『恩返し』の名目がついたのだから、これ以上の居座りは必要ない。

「ほとぼりが醒めたら、また来いよ」

ソファでふんぞりかえった志村は、けだるげに煙を吐いた。

拝島は深く一礼して、事務所をあとにする。雑居ビルの階段をおりながら、心のどこかで、もう二度と会わないような気がしていた。

金で恩を返し、志村とは縁を切る。それは、柏木のためだ。

アニキ分だった志村の狡猾さを知っているだけに、きちんとケジメをつけてから姿を消したかった。拝島はポケットの中に手を入れて、手放せない腕時計に触れる。

雑居ビルの外は相変わらずの灼熱地獄だったが、エアコンの風で身体の冷えていた拝島には心地がいい。

歩き出しながら、マダム・イツコのことを考えた。

これで満足したはずだ。先払いの百万円と今回の五百万円。合計六百万の『立ち退き料』で、柏木の生活は守られる。

拝島は肩をすくめながら陽陰を選び、駅に向かう路地へ入った。少しだけ歩調を速める。すると、遅れて路地へ入ってきた数人の男もスピードをあげた。

嫌な予感がして、背筋に汗が流れる。

詰めが甘かったと自覚したときには走り出した。全力疾走で駅へ向かう。相手は見るからに走りの苦手そうな固太りの集団だ。うまくかわして駅舎へ逃げ込みたかった。

しかし、先まわりしていた男に道を塞がれる。

肩を突き飛ばされ、拝島は身をよじった。そこへ追い手の男たちも合流して、理由を告げられることなく殴られる。

よろけたところを別の男から殴られ、身体がコンクリートの上を転がった。

古い食堂や民家の並ぶ路地だ。鉢植えの朝顔は暑さにしおれ、色褪せている。

「……っ」

ポケットから飛び出た腕時計を、すかさず引き寄せる。男たちは気づいていない。

「こいつが、腕時計を持ってないか、調べとけって」

右か左か。上から声が降りかかる。拝島は時計をしっかりと握りしめて身体を丸めた。

「持ってんじゃねぇの？」

「さっさと出せよ……っ！　おら！」

脇腹にドスンと蹴りが入る。うめきたくなるほどの痛みが走った。

髪を引っ張られても、服で喉が詰まっても、拝島は身体に力を入れ続ける。胸に押し当てた時計を守りたい一心だ。

しかし、奪われるのは時間の問題だった。

＊＊＊

拝島が座っていたソファに、いまはサマージャケットの裾を跳ねた柏木が腰をおろしている。

マダムの邸宅から車を飛ばし、わずかな躊躇(ちゅうちょ)もなく事務所のドアを叩いた。

狭いフロアには四人分の事務机が向かい合わせに置かれ、島を形成している。上座には重役机があり、壁に沿って鍵付きの書類棚が並ぶ。応接セットは合皮の安物で、座り心地が悪い。

「なにか物件をお探しですか。それとも、手放したい物件がおありで？」

ビジネスライクな薄笑みを浮かべた男が、柏木の正面に座る。志村だ。マダムから聞いた特徴通り、低くしわがれた声で話す。スーツを着こなす身体は腹も出ておらず、短い髪をウエットに撫でつけている。陽に灼けた肌がもたらす印象は極めて軽薄だ。

ヤクザの一歩手前。限りなくグレーな印象だが、目つきの悪さは隠しようがない。じっと見据えられても、柏木はたじろがなかった。

都会の社交界では、何度も遭遇したタイプの人間だ。セレブ純度の高い海辺の社交界と違い、都心の社交界は玉石混淆（ぎょくせきこんこう）の世界で、うさんくさい人間が掃いて捨てるほど入りまじる。格好だけを取り繕ったチンピラや半グレも多くいた。

「拝島がここを出たのは、何時頃ですか」

一秒の時間も惜しく、柏木は単刀直入に切り込んだ。

「……拝島。そういう名前の者は働いておりませんが」

勘違いを同情するそぶりで、志村が首を傾げる。かすかな微笑を見据え、柏木は端正な顔立ちを冴えざえと引き締めた。

「ならば、そのまま彼のことは忘れてください。今後一切、お近づきにはなりませんように」

「……ずいぶんなことを言うんだな」

志村の顔からビジネス用の仮面がはずれ、代わりに人の悪い薄笑みが貼りつく。

「あんた、柏木礼司でしょう。昔、雑誌で見ましたよ。時代の寵児だとまで言われた男が、いまじゃ、ジゴロのケツに夢中だなんて……。週刊誌やネットニュースあたりは、まだまだ喜ぶんじゃないんですか」

「時代錯誤もいいところだ。それに、反吐が出るほど下品だな。いまどき、そんな差別的な考えは通らない。品性が微塵もないことには同情するが、頭を使う努力は必要だよ。ハサミのほうがまだ切れ味がありそうだ」

微笑んで足を組み、悠然と頬杖をつく。一枚のブロマイドに収めたいような柏木の姿に一瞬見惚れた志村だったが、すぐに眉を吊りあげ、屈辱に震え始めた。

「少しは言葉がわかるようだね」

「バカにしてんのか！」

怒鳴った志村が足を引き、テーブルを蹴る。とっさに手で押さえ、柏木はふっと息を吐き出した。

「当たり前でしょう。バカとハサミは使いよう。あなたもハサミも、人に使われるしか利用価値がない。本来は使う側の能力についての言葉ですが……、まぁ、あなたは使われる側の男だが、拝島は違うということです」

「……完全に色ボケだなぁ。いいよ、あいつのことはすっかり忘れてやる。……それなりのコレでな」

小バカにしたように鼻で笑い、志村は片手の指で丸を作る。金の要求だ。

「……なぜ？」

柏木は柔らかく微笑んで首を傾げた。

「あなたには一円も支払いたくない」

「なんだと……っ」

「交渉というものは、ある程度の利害が一致している場合に成立するんです。あなたと私では、話にならない」

サマージャケットの内ポケットを探り、柏木は一枚の厚いカードを取り出した。マダムに渡された切り札だ。

「このあたりで仕事ができなくなりますよ」

テーブルに置いて、指で志村のほうへ押し出す。身を乗り出した志村は、名刺に黒々と記された文字を目でたどるなり押し黙った。動揺が喉に引っかかってうめきになる。

政治家よりも遥かに影響力を持つ、地元名士の名前だ。いわゆる顔役だが、柏木に面識はない。しかし、志村は都合よく誤解したようだった。

顔中をわなわなと小刻みに揺らし、耐えきれなくなったように立ちあがる。ソファを強く蹴りつけた。

「金庫から、アレを持ってこい……っ！　さっさとしろよ、バカヤロウ！」

慌てた従業員が平坦なフロアでつまずく。転がるようにして金庫へ向かい、紙袋を手に走り戻った。

「拝島の持ってきた金だ。手はつけてない」

袋を受け取った志村は、一刻でも早く無関係になりたいとばかりにテーブルの上へ投げた。

柏木はそっと引き寄せ、中身を確認した。使用歴のある紙幣が五束、太い輪ゴムで巻かれている。新札とは違い、膨らんでかさばっているのを、ひと束取り出した。たゆませて弾き、すべてに絵柄があることを確認してから、テーブルへ置いた。

「これまでのツケがあるでしょう。取っておいてください」

名刺を回収して、残りの札束が入った紙袋を小脇に抱えて立ちあがる。

頬を引きつらせた志村は、残された札束の意味を理解していた。いくらかの金を受け取らせることで、ちらつかせた名刺の効き目は続く。それが、新たなゆすりたかりを仕掛けにくくさせるのだ。

青くなったり赤くなったりを繰り返した志村の疲労を溜めた顔が醜く歪む。

「あいつは俺よりもバカだぞ。そのうちにあんたの金を若い女へ注ぎ込む。絶対だ。……柏木さん、あんたはまた裏切られるんだ」

その場を去ろうとした柏木に向かって投げつけられるのは、生き霊がべったりとついた呪いの言葉だ。最後の反撃にしては、あまりにつたなく、柏木は失笑さえできずに振り向いた。

ドライな眼差しで志村を見る。

この視線が嫌で、友人は柏木を遠ざけたのだ。そして、女も去った。

人を信用せず、心も開かない。自己中心的で他人に迎合することを嫌い、群れず、感情を隠して本音を言わない。

いつか、裏切られて捨てられるのは自分たちだと、そう思っていたのだろう。

確かに一理ある。裏切られても、悪い噂を流されても、恨む気持ちさえ持たなかったのだ。

彼らは柏木の人生の脇役でしかなかった。舞台から降りてしまえば、名前も思い出せない。

志村を見据えた柏木は、よく通るきれいな声で言った。

「人は必ず裏切るものだと、そういう価値観で生きているから、あなたはこんなところでくすぶっているんですよ」

辛辣な言葉とは思わなかったが、志村の目元はピクピクと引きつった。負け惜しみを滲ませながら鼻で笑い、なおも強がって胸を張る。

「拝島はなぁ……。いまごろ痛めつけられて、二度と見られない顔になってるぞ」

「……彼に、手を出したな」

柏木の顔に陰が差す。声のトーンが一段さがった。

「いやらしい言い方をするなよ。女ひとり転がせないからこうなるんだ」

志村はにやにやと笑う。最後の最後で一矢報いたと思ったのだろう。

「……そうか」

ドアへ向かっていた柏木はふたたび応接セットへ戻った。テーブルの上に残した札束を手に取り、ゴムを弾くようにはずす。志村たちは無言だ。事務机に座って成り行きを見ていた従業員たちも腰を浮かしている。

柏木は無言で札束を持ち、灰皿のそばに置かれた卓上ライターを手に取った。

「あっ！　あ、あっ！」

志村が声にならない声をあげる。しかし、柏木は動じなかった。

「彼が五体満足でなかったら、今度は自分がこうなる番だと思うことだな」

百万の束をじっくりと燃やし、大きな火種にしてからテーブルへ落とした。天板の溶ける匂いが漂い、叫んだ従業員が消火器を取りに走る。

呆然として動けなくなっている志村を睨み据え、柏木はその場を離れた。

ドアに近づくと、廊下から消火器を取って戻った従業員と鉢合わせになる。引き止めて、ピンの抜き方から使い方までを手早く説明してやる。肩を押して急がせると、火をつけたのが柏木だということも忘れて礼を言う。

外へ出てから、柏木は照りつける陽差しの中で雑居ビルを振り仰いだ。

初期消火さえできれば問題ないはずだが、彼らが信用ならないので消防へ電話をかけておく。

それから駅舎へ足を向けた。

事務所を出てから襲撃されたのなら、ケンカの通報が入っているかもしれない。それがなければ、むやみに捜しても無駄だ。志村の発言からすると、優衣を囲っていた幹部への点数稼ぎに拝島の情報を流したことが推察できる。舎弟分を売ったということだ。

見つけ出す方法についてあれこれ考えながら歩いていると、路地から飛び出してきた女とぶつかった。

「申し訳ない。考えごとをしていて……」

「こっちこそ……」

息を切らした女は、衝撃で飛んだツバ広のストローハットを拾った。素早くかぶり直す。若く華奢な身体つきだ。裾の長いノースリーブのワンピースが揺れる

「あ……っ」

顔を見るなり叫ばれて、柏木も相手を認識した。拝島が気にかけていた優衣だと思った。

「私、行かなくちゃいけないの」

たずねる前からまくし立てる。柏木はとっさに腕を掴んだ。

「どこに？」

優衣の行く先に拝島がいるのかと問いたかった。

「海斗とは別々よ。……ねぇ、少し、貸してくれない？　タクシーで新横浜まで行きたいの」

「きみはいったい、だれを選ぶつもりなんだ」

「……え？」

首筋に汗をかいた優衣は、ぴたりと動きを止めた。

「志村と……」

柏木が言いかけると、手のひらを揺らして笑った。

「ないわ。ごめん、それもないの」

はっきりと言ってなおも笑う。

「海斗よりはマシかと思ったけど、やっぱり、この界隈の男はダメなのよ。もう、うんざりしちゃった」

疲れた顔がくしゃっと歪む。

「まだ若いから風俗で稼いで欲しいってね、志村に言われたの。まとまった金が貯まったら結婚しようなんて、信じられる？　あいつ、もう結婚してんのに……」

吐き捨てるように言って、優衣はあたりをぐるりと見渡した。

「考えてみれば、海斗が一番、マトモだったわ。……さっき、そこの路地で絡まれてたから警察を呼んだの。殴ってたヤツらは逃げたけど、海斗は捕まってた」

「新横浜から、どこへ」

拝島のことを聞かず、優衣の今後を問う。本心の在り処を探りたかった。

「……福岡。自分のために働くわ」

あっけらかんと言った優衣は、いさぎよく手を差し出す。

「海斗を助けてあげたんだから、たっぷり、お礼して。もう二度と、会わないから」

小さな手のひらに、細い指。傷ついていないように見せても、心の奥底はズタズタに引き裂かれている。

それでも、強がりを突き通して生きていくのだろう。

「なるほど……。拝島が一緒に逃げてもいいと思うわけだ」

ふたりが会っていたことなら知っていた。拝島を尾行して、カフェで会っているところを覗き見たこともある。

「……海斗なら、一緒に死んでくれたかもね。……好き？　海斗のこと」

「きみに教える義理はない」

ドライに答えた柏木は、小脇に抱えていた袋の存在を思い出した。志村から回収した金の残りが入っている。それを、優衣の手に押しつけた。

「拝島をあきらめてくれて、ありがとう。これからは、いいことがあるよ」

笑って後ずさり、袋の中身を確認しようとする優衣を油照りの街角に残して去る。女の驚く顔を確認する趣味はない。

柏木が気にかけるのは、拝島だけだ。

いますぐ会いたい。会って、話がしたかった。

＊＊＊

夕凪の時間が過ぎて、夜の色が空を覆い尽くす。潮騒が少しだけ大きく聞こえた。海風は湿気を帯びて涼しく、街灯の光を滲ませる。

閉じられたビーチハウスのポーチに座った拝島は、煙草をくちびるから遠ざけた。階段に投げ出した両足のうち、右足首が特に痛む。スカイブルーのポロシャツは血と泥で汚れ、左のまなじりから頬骨にかけては大きなガーゼが、あごの右側にはバンドエイドが貼られている。

剥き出しの腕にも数えきれないほどの生傷ができていた。

建物の壁に肩を預けた拝島は、すっかり闇の中にまぎれている。ここでひと晩を過ごしても、だれの迷惑にもならないだろう。ほかに店はなく、民家も離れて静かだ。

無意識にポケットを押さえ、金属の硬さを確かめる。拝島は痛みに顔をしかめながら煙草をくわえた。

殴られ蹴られ、胸に押し当てた腕時計の存在を知られたとき、頭の線が一本か二本、確かにブチ切れた。ケンカは得意じゃない。しかし、相手を殺す覚悟を持てば反撃の方法はいくらでもある。殺すということは、死ぬと同等だ。もう二度と以前の自分には戻れない。

あの一瞬まで、拝島は自分がどちら側を選ぶ人間であるかを知らなかった。

けれど、選んだ。この数ヶ月の記憶を踏みにじる相手なら、殺すほうを選ぶ。

なおも蹴られ、髪を鷲掴みにされ、理性の糸は消滅した。目の前が真っ赤に燃えるような怒りの中で、拝島を呼んだのは幻聴の声だ。

一線を越えることが急にためらわれ、もう会えないのに、ふさわしい男になりたいなどと夢のような思いが脳裏をよぎった。あの男を忘れずに生きると決めたときから、幸福と不幸の渦に巻かれ、息ができない。

そう思ったとき、女のカナキリ声が響いた。警察を呼び込む声に続いて複数の足音が駆けつけると、拝島を囲んでいた男たちは蜘蛛の子を散らしたように逃げ出した。

それから三時間だ。

警察を呼んだ女はいつのまにか消え、拝島だけが警察署での事情聴取を受けた。

ケガを消毒してガーゼを貼ってくれたのは、帰り際にたまたますれ違った婦人警官だ。ビーチパーティやディスコナイトで見かけたと言われ、今夜の寝床ぐらいにはなるかと思ったがやめた。

礼を言って別れ、靴底に入れていた虎の子の一万円札でタクシーに乗った。

そして、いまだ。行く先は海辺のビーチハウスしか思いつかなかった。柏木がバーを開こうと言った物件の入り口に座り、途中で買った煙草を吸っている。たいして美味しいとは思わなかった。

コンドミニアムのテラスで、ウイスキーライムバックを飲み、柏木が勧める葉巻を吸った記憶がよみがえる。

酩酊の中の、煙の匂い。そこへまじる潮騒と、柑橘の香り。

ふたりの暮らしには、いつもライムの爽やかな芳香があった。そして、柏木からは夢のようなベルガモットとジャスミンの匂いがする。

こんな暮らしがあると想像もしなかった日々は、太陽と潮風の風景だ。あと数年若ければ、夢を見たかもしれない。

それとも、灼熱の太陽の下で行き倒れになりそうなほど、かよわい女として生まれていたら。

せめて美少年だったなら。もっと幼く、無邪気だったなら。

煙草をくゆらせながら考えて、三十を過ぎた長身の拝島は笑った。いまさら、どういじっても変われない。

ポケットから腕時計を取り出して眺め、煙草をコンクリートで揉み消す。

伸ばした腕に痛みが走り、息がわずかに引きつった。

うんざりしながら動きを止める。ため息を漏らすと目の前にデッキシューズが見えた。

上品な佇まいを視線でたどっていく。

「またずいぶんとケガをしたな……」

身を屈めた柏木の手が、あごのバンドエイドをかすめた。

「どこが痛い？」

「あっちも、こっちも、いてぇ……」

「折れてはいないのか」

「折れた痛さじゃない。右足首をひねったらしいのと、殴られたところがさ……。明日がピークかもな」

「きみがマダムに借りた金は回収したよ」

柏木の顔に微笑みが浮かぶ。平静を取り繕う拝島はたじろいだ。

「まさか、志村さんの事務所に……行った？」

志村の事務所を知っていたことには驚かなかった。口にしなかっただけで、拝島の身辺調査はしていたのだろう。優衣とのことも知っていたに違いない。

うまく欺いていると思っていた拝島こそ騙されていたのだ。それでも、腹は立たない。

相手は柏木だ。目の前にいてくれるだけでいい。

「お邪魔して、話をつけてきた。今後、こういうことがあると困る。だから、幹部にも話が行くように手をまわすつもりだ。……あんまり得意じゃないけど、そういうツテもないわけじゃない」

「……あるってことか」

「期待しないでくれ。どうせマダム頼みだ」

さらりと片目を閉じる仕草に見惚れ、拝島は苦笑をこぼす。

「あの人は、おまえに言わないと思ってた……」

きれいに別れさせるための手切れ金だ。話すにしても、ほとぼりが冷めた頃でなければ意味がない。

「もしかして、行き先も聞いた？」

これからどうするのかとマダムから聞かれ、大盤振る舞いにペラペラと話したのは、五百万円もの大金をあっさりと積まれたせいだ。

まさか柏木に筒抜けになるとは、考えもしなかった。

「それで、拝島は、どうしてこんなところにいるんだ」

散々、捜したのだろう。端整な顔立ちに浮かんだ疲労と安堵は半々で、拝島を微妙な気持ちにさせる。

期待してしまいそうだ。だから、絶対に油断したくない。

ふたつの気持ちが激しく揺れて、拝島は視線を街灯の淡い光へ向けた。

「そんなケガをして、俺のところへ戻ってこないで……。こんなところで夜を明かすつもりでいたのか」

静かに問いかける柏木が白壁のビーチハウスを見上げた。

「やっぱり雰囲気があるね。いい建物だ。拝島も気に入ったんだろう？　仮契約までは済ませてある。……別に、採算なんて取れなくていいんだよ。ほかで回収するんだから」

「なに、無邪気に言ってんだよ。夢を見られるような歳じゃねぇだろ」

悪態をつくように答えたが、柏木にはやんわりとかわされる。

「何歳ぐらいのときは夢を見てた？　聞いてみたいな。俺はいままで一度もない。なにをやってもうまくいったからね」

「……サイテーだよ、おまえは」

口では貶しても、思いは裏腹だ。拝島は舌打ちをして答えた。

「こんな夢は想像したこともない。俺の人生じゃあり得ない話だ。……あんたと俺じゃあ、釣り合いが取れないと思うんだよな」

「でも、楽しいだろう？」

ささやくような柏木の声は不思議とよく通り、拝島の耳へ届く。

楽しいだけで一緒にはいられない。それができると思うのは、金と暇を持て余した柏木側の世界の考え方だ。

拝島の生きてきた世界は、もっとシビアで、人を騙し、人に騙されて、それが微塵も取り繕われることなく生々しくさらされる。志村が優衣を利用したように、優衣が拝島や志村を利用したように。愛も恋も、すべては肉欲と金勘定に支配される。

だから、柏木を巻き込みたくない。ふたりの間にあった愛欲のすべてを歪めたくなかった。

「拝島。彼女に、会ったよ」

また唐突に話が変わる。拝島は不審げに眉をひそめた。

「……優衣のことか？」

「向こうも、俺のことを知ってたんだ」

「まぁ、そうだな。おまえはこのあたりじゃ『顔』だもんな」

肩をすくめて、煙草を取り出す。もう最後の一本だ。

「志村から回収した四百万を彼女に渡した」

「ふぅん……、ん？　あぁ？」

火をつける前の煙草がくちびるから、ぽろっと落ちた。

「彼女、ひとりでやり直すと話していたから」

「どこに行くって？」

「福岡と言っていたけど」

「……あいつの地元だ」

安心した拝島の肩から力が抜ける。脳裏に優衣の顔を思い浮かべたが感傷は起こらなかった。

優衣は男に買われ、拝島は女に買われ、同じような立場で傷を舐め合った仲に過ぎない。恋ではなく、愛でもなく、ただ同情を持ち寄っただけだ。いま思えば、舐め合った傷は悪化する一方で、なにひとつ満たされなかった。

それでも、生きていくことはそういう理不尽の連続だと、拝島はずっと信じてきたのだ。でも違う。本当は違っていた。

拝島はかすかに笑って、柏木を見た。

「志村さんに渡した金が、結局は優衣のところへ流れ着いたってことか。女は強いよな。持ってる運が違う。……それだけの金があれば、どうにかなるだろ。芯は強いはずなんだ」

「芯が強いだけで生きていけるかどうかは別として、ケジメはついた」

「変なとこ、冷たいな」

拝島は苦笑を浮かべたが、急に腑落ちして真顔になる。

気づいた柏木も笑みを消す。精悍な瞳が、じわりと潤んで見えた。

「優衣とどうこうなんて、ないよ。志村さんとくっついたと思ってたし……。それなら、幹部に渡すケジメ金もいるだろうってさ。それで金を借りに行って……」

あんまりにまっすぐな目で見つめられ、拝島は言い訳をせずにいられなくなる。黙って聞いていた柏木は、拝島のひとつ下のステップへ、離れて腰をおろした。

「わかってるよ。彼女、未練なんて微塵もない顔をしていたしね」

「そうなんだよな……。思い通りになるときだけ、俺のことが好きなんだよ」

身を屈めて、足元に転がった煙草を拾う。耳に挟んでため息をついた。

「おまえもさ、俺なんかの世話をして……。バカだな。志村さんを怒らせたら面倒にしかならないのに。なんで、俺なんかのために……」

「……どうしてだろうね」

否定も肯定もしない柏木のもの言いが、いっそう拝島を責めた。

胸が痛んで胃の奥が灼けつく。

「おまえもさ、俺をペットみたいに思ってるんだよ」

拝島はそっぽを向いた。立てた膝に腕を投げ出して、くちびるを尖らせる。

これまで関係した女たちがそうであったように、ひとときの自己満足を得るためにジゴロを養う。お互いに最低限のルールを守り、拝島は彼女たちの機嫌を取った。ベッドでの奉仕もそのひとつだ。

「だから他人に懐かれたくないんだ。……でも俺は、人間なんだよ」

できる限りそっけなく口にしたのに、身体中が痛む。息が詰まり、海風が目に沁みる。

くちびるが震えてきて、拝島は浅い呼吸を繰り返す。たいそうなことを言う自分をあざけりながら、溢れ出てくる感情を持て余した。

「俺は女が好きなんだ」

ぶっきらぼうに言って、手のひらの中でぬるみ始めた腕時計を握り直す。

「知ってるよ。……女が放っておかないこともね」

柏木の声は静かに沈み、不穏な空気が流れる。

いつ、終わりを告げてもおかしくない。柏木があきらめて立ちあがれば、途切れてしまう関係だ。

視線が向けられる気配を感じ、拝島は目を伏せた。柏木を見る勇気はなかったが、腕時計に意識を集中すると少しだけ気持ちが落ち着く。

息を吸い込んで、声が震えないようにしながら口を開く。

「じゃあ、これきりにしろよ。……してよ。……して、ください」

うつむいたまま、壁から身体を離し、背中を丸めるようにして頭を下げる。

柏木の声色はやはり変わらなかった。わがままをたしなめるようにも聞こえる。

「できると思うの」

しかし、無理を強いているのは拝島じゃない。違う世界に生きるふたりを繋いでいようとする柏木だ。立ち去れば縁が切れるのに、隣に寄り添って離れない。

マダムから話を聞き、志村を訪ね、拝島のことも捜しまわったのだ。

その理由を考えると、混乱と動揺が同時に湧き起る。拝島は叫び出しそうになった。だから、片膝を抱いて背を丸め、声をひそめる。

「……これきりに、しようよ」

「できない」

柏木の指が、拝島のポロシャツの袖口に差し込まれ、釣り針のように端を引っかける。

「しないで欲しい。……これきりにしないでくれ。お願いだ」

くいっと袖を引かれ、拝島は息を殺した。柏木の指の節が、腕を撫でた。

「帰ろう、拝島。……きみなしでいられないのは、俺なんだ」

腕が掴まれ、引き寄せられる。身体中に散らばる打撲痕が一斉に痛んだが、拝島の頭は痛覚を認識しなかった。感じ取れるのは、甘いジャスミンと爽やかなネロリの香水に絡む、柏木の肌の匂いだ。甘酸っぱさに気を取られ、抱き寄せられる。

ふたりはタイミングを合わせたかのように息を吸い込んだ。小さく、淡く、感情がソーダの泡のように立ちのぼる。目の前にある絶妙なバランスを崩さないように拝島は、相手を睨んだ。

「男同士だぞ」

最後の砦にしがみつき、繰り返す。拝島を抱き寄せて肩をさする柏木は嬉しそうに答えた。

「一生、そばにいる。法律だってじきに変わる」

「おまえ、頭の中、お花畑か？」

思わず笑ってしまうと、拝島の額にくちびるが押し当たった。

「きみのことを、金で縛っていられる男だとは思っていない。……一緒に踊りたいんだ、これからも」

生温かい息が前髪を揺らし、拝島の頭は少しも働かなかった。ただ心地よく柏木の声を聞いているだけだ。口説かれていると思うと、胸が熱くなる。

「……これを守って、ケガをしたのか」

柏木が、手の中の腕時計に気づく。

「それだけじゃない」

「でも……。あぁ、拝島……これは、もう手放そう。……確かに、あの頃、少しだけ楽しくてくなかっただけだ。未練はないから」

……俺は友達のことも彼女のことも信じてたかもしれない。そういう人間らしい感情を忘れたくなかっただけだ。未練はないから」

腕時計がすっと引き抜かれ、拝島はとっさに動いた。柏木が本気で投げれば、海沿いの柵はすぐに越えてしまう。そうなったら、取り返しがつかない。

「うわぁっ！」

叫びながら柏木に体当たりして、腕時計をむしり取る。バランスを崩したふたりの身体は階段からコンクリートへと転げた。

「いま、投げ捨てようとした、だろっ……。ば、かっ！」

柏木に重なった拝島は、とっさに守られたことに気づかず、まくし立てる。

「新しい時計を買えばいい」

「柏木！　金額、金額ッ！　いや、違うし、ばか、ばか！　これがいいんだよ！」

馬乗りになった拝島は慌てふためきながらも腕時計に手を通した。しっかりと留め具をつける。はずしているよりも安全だ。

「だから、きみのために、同じ……」

柏木が後ろ手に身体を起こす。手がさりげなく拝島の腰に添う。

「違うだろ……。俺が拾ったのは、これなんだよ。そういうのが、詰まってんだよ」

恥ずかしくなった拝島はゆらりと立ちあがる。引き止めるような拝島の指が、腕から手首、そして爪をかすめて取り残された。

この時計を拾ったときから運命は始まっていたのかもしれない。

不思議な偶然が重なって、気まぐれに知り合い、離れようとしても離れられず、そもそも離れたくないのだ。本当は。

「柏木……」

拝島は身を屈めた。差し伸ばされて宙に浮いている柏木の手首を掴む。柏木も、拝島の手首を掴んだ。

引き起こされた柏木が、足を痛めた拝島に肩を貸す。

ふたりの顔が自然と近づき、くちびるが触れる。拝島の身体の中に潮騒が溢れた。

無数の泡に包まれて、深い海を見てきたような気分だ。自分のすべてが生まれ変わっていくのを感じる。

「……拝島」

名前を呼ばれてうっすらとまぶたを押しあげる。見つめてくるのは、寝ても覚めても拝島の脳裏に浮かぶ、上品な顔立ちの男だ。

一緒に生きていけるのなら、なにもいらない。だから、一緒に生きていくために、すべてを賭ける。

賭けてもいいと許される幸福を認めるしかなかった。

柏木の甘く潤んだ眼差しを受け止め、拝島はまっすぐに彼を見つめ返した。

【5】

暮色(ぼしょく)に滲んだ海はさざ波立ち、星を映したようにきらめく。

九月の浜辺は夏の名残(なごり)が尾を引いて、ビーチパーティも盛況だ。波打ち際を歩く恋人たちの影を横目に、黒塗りの車は丘を巻く山間の道路へと向かっていく。

しんと静かな山道が続き、丘の上に白い壁が現われる。やがて、レンガ敷きのエントランスで銀色のリムジンが停まった。

お雇いの運転手が後部座席のドアを開けると、磨かれて艶めく革靴が見えた。

ほかの車から降りた招待客の視線が一斉に集まる。まず降り立ったのは、ドレスコードのフォーマルを単純には受け取らない柏木だ。

渋いワインカラーのタキシードは季節の変わり目を感じさせるヴェルヴェットで、ベストはシングル、拝絹(ラベル)のショールカラーが全体を引き締める。首元を飾るのはポインテッド・エンド・ボウだ。

数歩進んだ柏木は、顔見知りと会釈を交わし合う。それから、続いて車を降りてくる拝島を待った。黒い革靴、黒いズボン。丸いボタンがついたジャケットの前身頃は短くカットされ、長く尾を引くような裾はふたつに割れている。

いわゆる燕尾服だ。ベストには金糸でアラベスク柄の刺繍が施され、これほど着る人間を選ぶ一着もない。

グレージュの髪をオールバックに固めた拝島は、気をゆるめると後ろ体重になってしまう姿勢を正した。布地も仕立ても最高級だ。腰高で引き締まった体型が際立ち、人目を引く。

フォーマルなダンスパーティでも燕尾服を着てくる客はほとんどいない。仕立てる手間よりも、さらりと着こなすセンスに高いハードルがあるからだ。こわいもの知らずに着こなす拝島は規格外なのだが、彼を際立たせる衣装選択の妙は柏木の手腕だった。

受付係の黒服が柏木に近づき、提示した招待状を受け取る。

ジャケットの襟を引っ張り直した拝島は、郷愁を感じさせるライトアップに視線を向ける。

エレガントな雰囲気を醸すエントランスには色鮮やかなブーゲンビリアが咲きこぼれ、暑い異国の夜を想像させた。しかし、彼に海外旅行の経験はない。あくまでも想像だ。

瑞々しい白亜の邸宅から漏れ聞こえてくる生演奏のリズムにつられて指先が揺れ、ステップは踏まないものの気持ちが逸った。

「仕立てたときは最高だと思ったのに」

戻ってきた柏木が、拝島のホワイトタイを直しながら片眉を跳ねあげる。

軽くあご先を押され、拝島はつい上がってしまうあごを引く。そうすると、胸が広がり、いっそう着こなしが美しくなる。

「どっか、変？」

言葉とは裏腹に、柏木の不満げな態度をからかって笑う。

「変だ。みんなきみを見てるだろう」

負けじと返してくるくせに、仕立てあがりの試着のときも、コンドミニアムを出る前も、柏木は満足そうに微笑んでいた。

つまり、拝島の格好に不満があるのではなく、周囲の注目を浴びていることが不満なのだ。

「帰りたくなるようなこと、言うなよ。俺は踊って帰るからな」

フォーマルかつ雰囲気のいいマダム主催のダンスパーティは開催回数が少ない。これを逃すと、ソシアルダンスの発表会のようなボールルームパーティしかなく、こちらは拝島の好みではなかった。

柏木に促され、片耳につけたパパラチアサファイアのピアスをいじりながら邸宅に向かう。

キャッチをしっかりと押し込んで、固定されていることを何度も確かめた。

大きな扉がもったいぶって開けられ、えも言われぬ興奮が、小さな嵐になって拝島の胸を荒らす。ダンスを求める高揚感に身体が浮き立ち、瞳がぱっと輝いた。

その一瞬を見逃すまいとするように、柏木が顔を覗き込んでくる。

「まずはマダムにご挨拶をしてくるよ。きみはどうする？」

視線が柔らかく絡み、拝島の関心のすべてをさらう。すると、柏木の瞳に、満足げな微笑みが広がった。

「俺は、ご遠慮申しあげる」

振り切るように顔を背けて、ボーイを指で呼び寄せる。ウエルカムドリンクのシャンパンをふたつ、手に取った。ひとつを柏木へ渡して、もうひとつにくちびるを寄せる。

パーティシーンの有名人になりつつある拝島は、それを柏木が連れまわす男性パートナーとしての注目だと思い込んでいた。ひと夏を柏木と過ごし、自分の身のこなしが洗練されたとは考えもしない。

コンドミニアムでは相変わらず怠惰に過ごし、あれこれと柏木の世話になっているのだ。それは
「きみの分もお相手をしておくよ。だれと踊ってもいいけれど、連れて帰るのは俺だ。それは忘れないようにね」

優しいのか、厳しいのか。その両方を織りまぜた独占欲で釘を刺され、拝島は肩をすくめながら柏木を追い払った。

彼が人の波に近づくと、周囲が自然と避けて道ができる。あちこちから挨拶され、シャンパングラス片手の柏木はにこやかに応じていく。

今夜の生演奏はピアノと弦楽器、それから管楽器のアンサンブルで、あとからアコーディオンも加わる。マダムからの事前情報だ。

拝島が借りた金は柏木が肩代わりしてくれることになり、コンドミニアムでのディナーに彼女を誘った。

同居を続けることになったふたりの関係を問うほど野暮ではなく、ただ、柏木が席をはずしたときに、最初に渡した百万円のことは秘密にして欲しいと、それらしき会話と目配せをされた。

その金もすでに優衣に渡してしまったので、なかったことにしてくれるのなら、拝島にも都合のいい話だ。秘密は守られ、柏木はいまだに知らない。

そして、酔った拝島が話すジゴロ人生の失敗談を、ハイソサイエティに生きるふたりは興味深そうに聞いた。どこか湿っぽいシンパシーを示しながらも安い同情はしない。

自分の生き方がここまではっきりと肯定された記憶がなく、その夜の拝島はなかなか眠れなかった。

ベッドを分けて横たわった柏木の規則正しい寝息を聞き、気分転換にと煙草を吸いにテラスへ出て、それでも落ち着かず、最後は柏木の背中に触れながら目を閉じた。

できればセックスがしたいと思ったが、健やかに眠る柏木を起こすことができず、しらじらと明けていく朝を待った。

触れ合いは、およそ三日に一度の頻度で続いている。しかし、拝島のケガが治るまではと柏木が挿入を避けた。気づかいに溢れる優しさのせいで、身体が元に戻ってもきっかけがない。

はっきり言って不満だが、抱いてくれとねだるのは照れくさくて困る。

「あら、海斗さん。壁の花になっているなんてもったいない」

顔見知りの女性に声をかけられ、ダンスに誘われる。こころよく応じて、ラウンド中のボーイにグラスを渡した。

「あなたが着ると燕尾服もセクシーね」

「選んだ人間のセンスがいいんです」

にこやかに答えながらポジションを取った。驚いたように目を丸くした女性は、ほんの少しだけ悔しそうに眉を動かし、拝島の腕の中に引き込まれる。

女性が満足するまで踊り、次の相手を自分で選んでフロアから誘う。恥ずかしがっていても、手を取って連れ出すと笑顔になった。上手でも下手でも拝島はかまわない。

次から次へと相手を変えて、その個性に合わせて踊るだけだ。

途中に休憩を入れて二度三度と繰り返した頃には、柏木の居場所はまったくわからなくなった。マダムの姿は高い場所にある休憩スペースに見える。

軽く手を振ると、レースの袖をひらひら揺らして返事があった。

生演奏にアコーディオンが加わり、曲調がタンゴに似る。パーティダンスは基本的にフリースタイルだ。ダンスの種類によって振りが決められているダンススポーツとは違い、単純なステップを組み合わせてリズムに乗る。

左手首につけた腕時計で時間を確かめた拝島は、これが最後のダンスタイムだと決めてフロアへ出る。熱気があるうちにパーティを抜けるのが柏木の信条であり、拝島も納得するところだ。

手当たり次第に女性を選んで踊り、踊れない顔をしている年配の女性も引き込む。簡単なステップの繰り返しで笑顔にさせることができれば、拝島も嬉しくなった。けれど、踊れる女性なら、もっといい。

少し複雑なステップでリードして、曲調に合わせてフロアを巡る。ふいに柏木の姿が見えた。女性に耳打ちして近づき、互いのパートナーを取り変えて踊る。生演奏のバンドは慣れたもので、曲をうまく繋いだ。

女性のドレスが広がり、波打ち、華奢な背中がなまめかしくしなる。柏木の腕の中では清楚だったパートナーが、拝島のステップに合わせれば妖艶になり、そしてまた柏木によって元へ戻される。

そのたびに、柏木の視線が拝島を追った。片耳につけたピアスが、暁色の淡い光を放って輝く。ふたりが繋がっている小さな証しだ。それに目を奪われる柏木は、だれが見落としてしまっても拝島にだけはわかる熱っぽさで燃え立つ。

足の先が波を蹴ったような気がした。水しぶきが丸く小さく弾け散って、リズムが甘いステップを求める。

腕の中に収まった女性たちでは、彼らの相手はこなせない。拝島はわざとステップを乱し、柏木のペアにぶつかった。お互いのパートナーに対し、ねぎらいと感謝の言葉をかける。

約束をしなくても、柏木はすべてを察していた。

手を取られ、引き寄せられる。ポジションを取った拝島は目を伏せた。穏やかな情熱を秘めた腕に身を任せて、踏み込まれる一歩に合わせる。

曲調がふたりに合わせて早くなり、柏木が複雑なステップを踏む。その次は、拝島で、それはもう独壇場(どくだんじょう)だ。

汗を飛び散らして笑うと、柏木は満足そうにうなずいた。

離れそうになる指を引き戻され、視線が絡む。特別な感情はなにもない。ただ楽しくて、終わらせたくない時間だ。

高揚感が渦を巻く中で、波を踏むようなステップを繰り返す拝島の燕尾服の裾は美しくたなびいていた。

いつまでも浸っていたい興奮は、服を脱いでもシャワーを浴びても消えなかった。

夜更けのテラスへ出てソファに座り、手にしたウイスキーライムバックを指で混ぜる。

ショート丈のバスローブを着た拝島は、隣に座る柏木を見て言った。

「『連れて帰るのは俺だ』って、おまえ、言うだろ？　あれって、どっちの意味。女じゃなくておまえをお持ち帰りしろってこと？　それとも、俺を連れて帰るのはおまえってこと？

……どっち」

洗い髪をかきあげていた柏木の視線が返る。柔らかなオーガニックコットンのパジャマ姿だ。

「どっちでもいいな」

そう言って微笑み、拝島の手ごとグラスを引き寄せてライムバックを飲む。伏し目がちな横顔は整い、心乱される拝島は密かに腰を疼かせた。

ダンスの余韻が尾を引いて、もっと深い快感を追いたくなる。

誘うつもりで見つめてみたが、欲求はなかなか伝わらない。

柏木はソファの座面へ膝を上げ、横向きになって背もたれに肘を預けた。

「今日は一段と、格好がついていたよ。きみは、女性を楽しく踊らせるのがうまいから、もうすっかり人気者だ。きみと踊るために社交ダンスを習い始めた人も少なくない」

「じゃあ、次はもっと楽しめるな」

性的な眼差しに気づいてもらえず、拝島はやきもきしながら耳たぶをいじった。そこにつけていたピアスは引き出しの中だ。けれど、指は落ち着きなく感触を追っている。見つめてくる柏木の目がわずかに細くなった。

「まるで安心できないな」

「うん？」

「……ダンスを浮気と言い始めたら、嫌われそうだ」

「それをいま言うなよ。どストレートもいいとこだぞ」

笑いながらライムバックを喉へ流し込む。煙草を吸おうとしてやめ、浅く腰かけたソファへもたれる。バスローブの裾が乱れて足の付け根まであらわになったが、恥じらいは微塵もなかった。

「拝島、下着……」

「んん？　穿いてない」

バスローブの合わせがかろうじて隠しているだけだ。

「困ったな」

ソファの背に頬杖をついた柏木がそっぽを向く。どうやって振り向かせようかと考える拝島は、この時間が好きだった。からかって、からかわれて、子ども時代に戻ったような気分になる。けれど、行き着く先はめいっぱいに大人の世界であって欲しかった。

「セックス、したいな」

柏木に向かって言いながら、拝島はわざと自分のバスローブの胸元へ手を入れる。

視界の端にとどめているのだろう柏木の肩が小さく跳ねた。

「なぁ、柏木……。俺さ、後ろに入れられたい気分なんだけど」

「してもいいの」

間髪入れずに動いた柏木の視線は、一瞬で火がついたように燃えていた。隠しきれない本音にあてられ、拝島のほうが言葉を失くす。

「無理を強いているのかと……」

くちびるにささやきが落ちて、柏木の指がバスローブの内側へ這い込む。先に忍び込んでいた拝島の腕をたどり、その指先に隠された突起を見つけ出した。

そっと撫でられ、拝島は息を飲んだ。これぐらいのことは何度も繰り返している。裸で抱き合い、互いのものに触り、目の前の肌にキスの痕を残しながら、繋がって果てる瞬間を想像してきた。

拝島だけなく、柏木も同じだ。それがいま、拝島にもわかる。

ソファの座面に足を押しあげられ、拝島は横たわった。キスを続ける柏木の手がバスローブの紐をほどくと、合わせが開いて片方だけがだらりと垂れる。海風に素肌がさらされる。手のひらで胸を撫でられ、こりこりとしこり立った乳首を弾かれた。紅い実のように色づいているのは、アルコールを摂取したせいばかりではない。

いじられることを覚え、普段は薄い色なのに、愛撫されると乳暈から紅く染まる。その上、きゅうっと切ない快感が生まれてくるのだ。

「あぁ……ぁ……っ」

甘い声が漏れるのを、まだ恥ずかしいと思う。でも、それで興奮する柏木を見るのが好きだった。彫りの深い優雅な顔立ちに貪欲な淫性が芽生え、あられもない男の欲求が拝島を欲しがる。

「拝島……」

柏木に名前を呼ばれると、静かな潮騒が遠のく。

泣きたくなるようなせつなさが募り、喘ぐようにのけぞる。足が自然と開いて、片方の足がソファから落ちる。もう片方は立て膝でソファの背に添った。

柏木の手が腹筋をたどり、下腹の茂みに行き着く。毛並みが指先に散らされ、くすぐったさに身をよじると胸へくちびるが押し当たった。

「あっ……」

性感帯のひとつになった尖りが生温かく包まれ、濡れた舌先に転がされる。繊細な動きは拝島の理性を剥ぎ、ふたりで耽溺した快楽の記憶を一気に呼び起こした。

すでに反応している芽生えがぐんと伸びてそりかえる。

柏木はくちびるを滑らせていこうとしたが、拝島が拒んで引き止めた。胸がいいと口にできず、くちびるを噛んで息を吐く。

すると、激しくむしゃぶりつかれた。柔らかく盛りあがった胸筋が揉まれ、敏感に勃起した乳首がきつく吸われる。

ノーブルな柏木らしくない卑猥な愛撫が、男を感じさせてたまらなかった。拝島がくちびるに拳を押し当てて身をよじると、下腹の毛並みを撫でていた指が太く育った肉茎を握る。

「あ、あっ……あぁっ」

たっぷりと淫らな声がくちびるに溢れ、拝島は潮騒の音に引き込まれて流される自分を想像した。

すべてを賭けて一緒に生きると決めた男に、自分のすべてを預けて、今夜もまた激しい快感の渦に身を投じる。

ただ、それだけを願って、柏木の髪を引く。

「ベッド、いこ……」

拝島のささやき声に返される瞳は、情欲にまみれ、それを見るだけで達してしまいそうになる拝島は、顔をくしゃくしゃにして柏木を睨んだ。

もう一度、くちびるを重ねて、激しく貪り合う。ウイスキーのスモーキーな香りがわずかに漂い、拝島は爽やかなライムを想像した。あくの強さと爽やかさ。ここでは、そのふたつがいつも一緒だ。

部屋の中へ入り、それぞれが下準備を終えてベッドに上がる。

仕切り直しは気が萎えると、以前の拝島なら考えた。しかし、今夜はまったくの真逆だ。受け入れるためのすべてに興奮して、股間の昂ぶりも衰えるところを知らない。

握りこすられたら弾けてしまいそうなほど張り詰めているのに、後ろにローションを塗り込められていっそう育つ。脈を打つたび、苦しいほどの欲情に突きあげられ、拝島は助けを求めるように柏木の足のあいだへ手を伸ばした。

ずっしりとした下袋を手のひらで支え、綴じ目のような中心線を撫であげて毛並みを押さえる。くちびるを寄せるあいだも、柏木の指は横臥して身を丸める拝島をほぐした。尻のあいだに深々と刺さり、いやらしい水音を立てて抜き差しが繰り返される。

「ん……っ、ふ、……」

筋を立ててそりかえるものを頬ばり、拝島は息を乱した。口の中は柏木でいっぱいになり、舌を動かすことさえ難しい。

けれど、愛撫に反応があれば、ますますくわえ込みたくなり、柏木の息が乱れるのにも興奮して先端を舌先でえぐった。

「あ、……拝島、ちょっと……」

「んっ、んっ……」

「ダメだ……そんな……」

及び腰になった柏木が息を詰める。拝島が夢中になって舐めしゃぶるものが脈を打ち、くちびるから逃げた。すっきりとした拝島の鼻梁のすぐそばに、バチンとぶつかって止まる。

「ごめん」

謝ったのは柏木で、笑ったのは拝島だ。

「気持ちいいだろ？」

自信に満ちた目を向けると、柏木も笑みをこぼした。

「悦すぎて危ない。……もう、いいかな」

拝島を腹這いにさせて腰を持ちあげ、後ろにまわった柏木はもう一度、肉を割り広げた。

「久しぶりだから、痛かったらすぐに言って」

優しい指先が、ローションを滴らせるほどに濡れた肉の扉をなぞり撫でる。

拝島は息を飲んで腰を上げた。頭を伏せると、いっそう突き出すような格好になる。恥ずかしいと思う一方で、激しく興奮した。

柏木は手早くコンドームを装着して、その上からまたローションをまぶす。先端が押し当てられると、ぐちゅりと濡れた音が立った。

「は、ぁ……」

ぐっと肉を押され、拝島は骨張った手でベッドカバーを強く掴む。痛みに怯えたわけじゃない。柏木という男を身のうちに飲み込もうとする欲の深さにおののく。

欲しがってもらえる喜びと、身を投げ出して手に入れる悦び。明暗一体の感情に支配され、拝島は深く息を吸い込んだ。

久しぶりだと柏木は心配したが、いつも彼を想う拝島の準備は整っていた。にゅぐっと先端が肉の輪を抜けて、あとはぬるっと入っていく。薄いスキンを隔てて、ふたりの肉は激しく絡み合うように動いた。

「あぅ、あぁぁぁっ……」

いきなり湧き起こった快感に声を絞り、拝島はのけぞった。挿入されただけで激しく感じ、強くまぶたを閉じる。

痺れるような波が肉体の内側に起こり、柏木を包んだ肉がくねくねと動くのがわかった。拝島は無意識に腰を動かし、激しく乱れた息を繰り返す。

「いま、イッたんじゃない？」

興奮気味の柏木に問われ、拝島は洗いたての髪を揺さぶった。

「は？　……な、い……そ、んな」

「本当に？　こんなに、いやらしく吸いついてくるけど……違うの？」

浮きがちになる拝島の腰裏を押さえ、柏木はゆっくりと腰を前後に動かした。ぬめった肉壺へ硬直を出し入れする動きだ。

恥ずかしくなるような水音が耐えず続き、互いの快感も高まる。

「あ、あっ……ぅ」

内壁をこすられるたび、拝島は喘ぐ。声は苦しげだがわずかに上擦り、ときどき甘く尾を引いて震える。

「ん……拝島……っ、すごく、いい……」

感じ入った柏木の声もなまめかしい。

「あぁ……ん、ん……かしわ、ぎ……っ」

太さと硬さを極めたものが、拝島の柔らかな肉襞を突きまわす。

セックスの最中にしか出さない甘え声で呼び、ベッドカバーをかき集めて顔を伏せる。

なおも喘がせようとする柏木に腰を押され、拝島は横向きになって転がり、体位を変えてまた責められた。

「あっ、あ……う、ぅんっ……」

顔を覗かれ、くちびるが頬に這う。拝島はもっとキスがしたくて身体を開いた。

すると、背中を抱き寄せられ、ひと息に引きあげられる。

「あっ……」

拝島の声が跳ねたのは、柏木の立派なものがさらに奥へ突き入ったからだ。

「あ、これッ……深、い……っ」

初めての体位ではないのに、いつもより深い場所に当てられている気がして腰が浮く。

「苦しい？」

背中を指先でたどる柏木の声は甘い。欲求をこらえた額には汗が浮かび、自分ばかりの行為にならないようにと気づかっている。

「……だって、おまえ……でけぇ……」

「……あぁ」

息を詰めた柏木が、ゆるやかに息を継ぐ。

「大きいのが好き？」

欲情に濡れた目を恥じるように伏せて聞いてくる。

「……わかんね、……おまえしか、知らない、し……。でも、きもち、いっ……あ、あっ……ん」

柏木の肩に片手を残し、もう片方の手をベッドにつく。後ろ手で身体を支えながら、大きく足を開いた拝島は腰をまわす。

「あぁ、すげ……ぁ……」

深い快感が身のうちに湧き、小さな泉になっていく。そこを掻き混ぜるのは、柏木のいやらしい肉棒だ。ずっぽりと突き刺さり、腰をわずかに揺すっただけで肉がこすれて淫靡な気持ちになる。

「……拝島、きみは……」

浅く息を吸い込む柏木は、言葉を止めた。とろけるような目をして、ふたりのあいだでそそり立つ拝島を握る。人差し指と中指のあいだに挟まれ、長さをたどったあと、カリ首の段差を挟んでひねられた。トリッキーな愛撫は、拝島の好みだ。

「それ、されたら……っ」

「イッていい。拝島……ほら……」

膝に拝島を乗せた柏木が腰を振り立てる。

「あ、あっ……。こす、ん、な……っ」

前立腺を内側から刺激され、射精欲が増して息が引きつる。

「あっ、ぁ、……い、くっ」

溢れ押しあがった興奮をこらえきれず、拝島は顔を歪めた。限界まで我慢したが、絶え間なくリズミカルにしごかれて限界がやってくる。

息が喉に詰まり、欲望の堰(せき)が切れた。

「ん、くっ……んっ……」

我慢して、我慢して、めいっぱいに溜め込んだ熱い体液が、狭い管を押し広げてほとばしり出る。柏木を迎え入れるのとは違う圧迫の苦しさがあり、やがて爽快な開放感が押し寄せる。

「あ、あぁ……」

かすれた声が喉からこぼれ、汗を流した背中に柏木の手がまわる。抱き寄せつつ押し倒され、尖った乳首をきゅっと指に挟まれる。

ぞくっと腰が震え、拝島はめまいを覚えた。

柏木も限界に近い。射精した拝島に締めつけられ、いまにも果ててしまいそうになっているのがわかる。脈動はひっきりなしに柔襞を打っていた。

「柏木……抜いて……」

互いの肌に降りかかった精液を拭っていた柏木の動きが止まる。拝島は、彼の肩を押し戻しながら視線をそらした。

「はずせよ」

「え？」

まるで理解していない柏木の下で腰を引くと、繋がりがずるりと抜ける。

小さく息を飲んだ拝島は、逸る気持ちを抑えて、拝島を包むスキンの先端を摘まんで引っ張った。完全にはずして、床へ投げ捨てる。

「……このまま、いれろ」

「拝島」

「やったことないから、やりたい」

誘うように足を開き、かかとで柏木の腰をなぞる。

「おまえはやりたくない？　俺に生で突っ込むのは嫌か」

ケンカ腰になるのは恥ずかしいからだ。動悸が激しくなり、拝島は泣きたくなる。

「おまえの形、ちゃんと覚えたい。いいだろ？」

口説くようにあごの先にキスをして、首筋を引き寄せた。胸が重なり、ふたたび沼地に切っ先がもぐり込む。

「あ、あっ……」

淫らな期待感が募らせる拝島の声が震える。

射精したばかりなのに、身体はなおも柏木を欲しがって疼く。そして、入れられただけで頭の芯がぼうっとして、腰の裏から背筋を駆けのぼる痺れがなけなしの理性を溶かしていく。

「……あぁ」

熱っぽい吐息は柏木のものだった。拝島の耳元にこぼれ落ち、ふたりの情事をいっそうなまめかしく濡らしてしまう。

拝島はブルブル震えながら柏木の肩にしがみついた。

「なま……すご、ぃ……」

スキン一枚の違いなら、拝島も知っている。粘膜に薄肌が包まれ、より強く体温を感じられるのだ。しかし、入れられる側の快感も相当のものだった。形がわかる以前に、熱源体の熱さで焦らされて身悶える。

「これ……っ、あ、あっ……」

自分では止められない腰の律動が始まり、さらにゾクゾクと背中に震えが走る、伸びあがって背中をそらした拝島はよがるような声を振り絞った。

ぐずっと鼻が鳴って、涙まじりになる。

「……かしわ、ぎ……、きもち、いい……いい、あっ、あっ……んっ……」

無意識にピストンを求め、膝を開いて引き寄せる。もっと動いて欲しくて腰を揺らしてしまうと、柏木のくちびるが鼻先から頬へとキスを繋いだ。

互いの身体はどこもかしこも汗で濡れている。擦り寄せる頬もそうだ。

「拝島、動くよ……。動くから……」

耳たぶをそっと吸われ、柏木の声にひそんだ欲求の強さが、いっそう拝島を追い込んだ。

「うっ、ぁ……やっ、あ、ぁっ……」

身悶えた拝島は我を失う。

柏木は注意深く、けれど情熱的に腰を揺すった。ひと突きごとに収斂する拝島の身体を押し開き、快感の糸口を掴んで広げてしまう。

「あ、あぅ……ぅ、あぁっ……」

よがり声は低くかすれ、ときどき甘高く跳ねた。なおも配慮を失うまいとする柏木の動きも、長くは理性を繋げない。

拝島の両腕に背中から肩を抱かれ、その身体が逃げないように肩の上に肘をつく。拝島の頭部を抱いて押さえる。

額や目元、くちびるにキスを与えられ、拝島は何度ものけぞり伸びあがった。よがる自分の声にも興奮を呼び込まれ、快楽の渦に溺れていく。

「あぁっ！　あぁっ……っ！　いく、いく……っ、かしわぎ……っ！」

一緒に来て欲しくて、やみくもに腕を動かし、ふたりのあいだに腕をねじ込む。柏木の引き締まった頬を両手で捕え、自分だけが映る瞳を覗いた。

快楽の淵に立ち、彫りの深い顔立ちも欲望に歪んでいる。こらえた苦しさが眉根に深いシワを刻み、くちびるから熱い息づかいが溢れ出す。

拝島の足先に力が入り、ぎゅっと丸くなる。柏木の動きに翻弄される肉襞は脈を打ち、やがてさざ波立つような痙攣を始めた。

「ひぁ……ぅ……」

声にならない淫靡な響きが拝島のくちびるからこぼれ、柏木のくちびるに飲み込まれる。舌が絡み、唾液が溢れる。吸って吸われて、苦しくて逃げようとする拝島を柏木が押さえ込んだ。

なにひとつ許しを請わない動きが、ふたりを一段高い場所へといざなった。

淫らな腰の動きに突きまわされ、拝島はすべてを投げ出す。

やがてやってくるオーガズムを受け入れ、泣きぐずりながら肉厚な肩へしがみついた。

「あ、あっ……っ！」

なにも考えられず、快楽に身を委ねる。淫らに叫んだ声に呼応して、奥深く差し込まれた柏木が弾けた。先端から熱をほとばしらせ、のたうつように拝島の柔襞を撫でまわす。

ふたりはほぼ同時に身体を硬直させ、脱力した。けれど、柏木だけは、両肘で自分の身体を支えたままだ。

少しでも拝島の負担を減らそうとしているのだが、拝島はなにも気づかず、柏木の首筋にしがみつこうと腕を巻きつける。

膝を使って濡れた肌をなぞり、顔を覗き込む笑顔は無邪気だ。それが驚きの表情になり、すぐに慌てた困惑顔になる。

ふたりを繋ぐ柏木の楔は、性懲りもなく元の硬さを取り戻し始めていた。

そして、照れたように微笑む。その表情に骨抜きにされてしまう拝島は、ふたたび身を投げ出した。

何度でも愛し合いたい。そう感じられる雰囲気に溺れていく。

指を絡ませたふたりは額を擦り合わせる。口にしない約束が、密かに生まれて互いの心へと沁み込んだ。

＊＊＊

春の夕暮れが近づき、日中の喧噪が去って潮騒が響く頃、海辺にぽつんと建てられたビーチハウスに灯がともる。海へとこぼれ落ちる明かりは、まるで灯台のようだ。

開店して数ヶ月のバーだが、佇まいは落ち着いている。もう何十年も、古くから続いている隠れ家の雰囲気だった。

白く小さな家だ。右側が一面の格子ガラスになっていて、左側はポーチが突き出ている。石段を上がれば、格子ガラスの白いドア。その先に短い廊下がある。

もうすでに音楽は溢れていた。いくつもの楽器の音が重なり、郷愁を誘うメロディが心地のいい空間を作りあげている。

左側にバーカウンターが現われ、右側は焦げ茶のフローリングが敷き詰められたフロアが続く。窓枠も腰壁も焦げ茶色で、閉じられた暖炉の上には半楕円の鏡が掛かっていた。小さな写真立てがふたつ、それからアネモネを数輪差した花瓶が趣味よく並ぶ。

フロアの中央はダンスを楽しむために広く開けてあり、壁に沿ってテーブルが並ぶ。海側にはサンルーム、相対する道路側は一面の格子ガラス。大きく開け放って出入りもできる。

客席のほとんどは埋まっていたが、客層はさまざまだ。着飾ったセレブに、カジュアルなディスコガール。ふらっと飲みに来ただけの年老いた男もいる。カップルは肩を寄せ合い、同性同士はのんびりと会話を楽しんでいた。

バーテンダーの若い青年は、タクシーが到着するとカウンターを出て、客に知らせる。パーティの興奮を冷ました客を送り出して戻ると、クラブ帰りの女の子を口説き落とした若い男にタクシーを呼んでくれと頼まれる。ついでにホテルも予約してやり、待ちかねた仕草で格子ガラスへ視線を向けた。

ヘッドライトを下へ向けた銀色のリムジンが、ビーチハウスの明かりを受けて、ぬめるように輝くのが見える。ドアへ急いで、出迎えた。

バーのオーナーである柏木礼司がビシッと決めたタキシード姿で現れ、雇われ店長の拝島海斗がリムジンを降りる。彼はジャケットを脱いでタイもはずしていたが、カマーバンドが腰高な体型を強調し、目が覚めるほどにスタイルがいい。

バーテンダーに気づくと、陽気な笑みを浮かべてひらひらと片手を振った。

そして、もうひとり。海辺の社交界を取り仕切るマダム・イツコが、シックなローブ・ド・ソワレ姿で柏木にエスコートされる。

「今夜は、どう」

柏木とマダムの後ろを歩いていた拝島が、すれ違いざまにバーテンダーの肩を叩く。

「いつも通りです」

「さっすが……！　頼りになるね」

拝島の声は朗らかで、人の心にすっと流れ込む。照れ笑いを浮かべたバーテンダーはカウンターへ戻った。

彼ら三人が現れると、店の雰囲気に色がつく。

柔らかく甘く、上品で文化的なそれは、淡いブルーとピンクが入りまじり、情熱的なカーマインレッドがアクセントに散るようだ。

アクセントの鮮やかな赤は、間違いなく拝島だった。

マダムと柏木へドリンクを運び、まずフロアをラウンドして客に声をかける。そのあとでカウンターにウイスキーライムバックを頼んで、常連になっている老人のところへ落ち着く。

時間はゆったりと流れ、拝島が気分に合わせてレコードを取り替える。ときどき踊り、だれかに付き合わせ、若い男女を組み合わせてステップを教えたりもした。

やがて常連客も一見客も入りまじり、みんながみんな、店長の陽気さに引き込まれてしまう。

フロアの隅で眺める柏木は、踊りにも会話にも参加せず、マイペースにジントニックを飲む。引き締まった頬に柔らかな微笑みが浮かび、満ち足りた人生が彼を包む。その酒はどれほど上等なのだろうかと、まわりはひそかに噂した。

一度は飲んでみたいとバーテンダーに問う客もいたが、いたってスタンダードなジンを使っているに過ぎない。

空になったグラスを手に柏木が立ち上がり、カウンターへ近づいた。

「ウイスキーを」

「銘柄は」

いつも違った銘柄を指定されるので、今夜も確認する。決まっているのはピート香のするアイラウイスキーということだけだ。

「拝島はなにを飲んでる？」

「こちらですね。先週、新しく仕入れました」

「じゃあ、俺もそれをもらおう。トワイスアップで」

頼まれた通りに、ウイスキーを同量のミネラルウォーターを加えてかき混ぜる。グラスを手にした柏木は、風に当たるとひと言残して店を出た。


ビーチハウスの脇は小さな浜だ。まわりは護岸工事で高くなっており、コンクリートで固められた道沿いに鉄製の柵が巡らされている。

ほどよく酔った柏木は、湿り気を帯びた海風に髪を揺らし、口に含んだウイスキーの香りを楽しむ。スモーキーで薬っぽいが、慣れてしまうと癖になるのがアイラウイスキーの特徴だ。

人の気配がして、隣に拝島が並ぶ。軽く肩がぶつかり、グラスを渡すとひとくち飲んで戻した。

「そういや、柏木さんよ。ひとつ、聞いておきたいことがあるんだけど」

わざとらしく敬称をつけられ、柏木は眉を跳ねながら振り向く。柵にもたれた拝島は胸の前で腕を組んだ。パパラチアサファイアのピアスが片耳を飾る。

「……去年の夏、志村さんの事務所に行っただろ」

「懐かしい話だね」

半年以上の月日が流れ、拝島が背負っていた問題ごとはすっかり片付いている。アニキ分だった志村はいまも藤沢で不動産業に従事しているが、マダム・イツコと柏木礼司の不興を買った噂は行き渡っている。本人が嫌になれば新天地を目指すかもしれないが、その気力もないありさまで細々と商っていた。

「気になるのか」

柏木は微笑んでたずねる。

縁を切ることに異論はなかったはずだが、性根の優しい拝島のことだ。昔馴染みが恋しくなってきたのではないかと柏木は危惧（きぐ）した。

「あの人のことはどうでもいいんだけど。そうじゃなくてさ、人づてに聞いたんだけど、あの人の事務所、ボヤ騒ぎを起こしてんだよな。あの夏……。おまえ、なにをしてきたの」

あきれたような目を向けられ、柏木はしれっと視線をそらした。背を向けようとすると、しがみつくように肩を掴まれる。

「だからさ、柏木……」

「人づて、って気になるな」

視線を戻し、カマーバンドを巻いた拝島の腰へ手をまわす。ジャケットは着ておらず、シャツの袖を肘の中ほどまでまくりあげている。

「そんなことを耳打ちしてくるような人間と付き合ってるとは……。どこのだれ？　教えて？」

問い詰めながら顔を近づけると、拝島はあからさまにバツの悪そうな顔をしてのけぞった。すっきりとした顔立ちは、あごのラインが繊細で美しい。陽気な性格でごまかされがちだが、退廃的な色気は以前に増して際立っている。

夜ごと繰り返す、ふたりだけの行為が理由だと、柏木は自負していた。

どんな客層のパーティでも、拝島は多くの女性の視線を集めた。自分から女を口説きに行く必要がない希有な存在だ。高級ジゴロと揶揄するのは男たちばかりで、女たちは決まって肩を持つ。しかし、どんなに楽しいひとときを過ごしても、拝島が女をピックアップすることはない。

必ず柏木と連れ立って帰るからだ。

「あー、しまったなぁ……」

感情のない声でぼやく拝島は笑っている。

「俺の男は、嫉妬深いからな」

拝島は手すりの上で指を歩かせた。

とんとんとん、とリズムを刻んだ指先が、柏木のタキシードに飛び移る。そして襟を伝って首先へたどり着いた。その手首には思い出の腕時計だ。

柏木が落として、拝島が拾い、かつての悪い思い出をすべて新しく塗り替えて、いまは拝島の持ち物として時を刻んでいる。

「おまえだけだよ、柏木」

悪びれずに瞳を覗いてくる拝島はイキイキと男らしい。

「みんな、それぞれの場所でそれぞれに生きてる。マダムも優衣も、志村さんだってな。俺だって、そうなんだろう。だれといても、相手の人生は歩めない。だからさ、俺の人生は、おまえの人生と近いところにあればいいな、と思うよ」

まっすぐな視線は、爽やかな春風に夏の気配を滲ませる。

見つめられた柏木の体温があがり、香水にブレンドされたジャスミンが甘く漂う。そして、ふたりを包む柑橘のフレッシュな香りを、互いがそれぞれに感じ取る。ふたりが出会って、そしてここに行き着くまで、幾度となく分け合ったライムの香りだ。

くちびるが近づいて、触れ合う一瞬に拝島が笑った。柏木もつられて微笑んだ。

波の音は絶えずに響いていたが、ふたりの耳には届かない。

「それで、どうしたんだよ」

話を元へ戻した拝島に耳たぶを引っ張られ、柏木はわざとくちびるを尖らせた。拝島の癖を真似ながら瞬時に思案する。

素直にすべてを話して、あきれさせるのもいい。

それとも、焦らして拗ねさせて、くちびるを尖らせた横顔の機嫌を取ろうか。

あれこれと想像しながら、柏木はもう、夜の中に溺れていく拝島を求めている。

自分だけに見せる淫らな愛の形が恋しくて、男の頬にくちびるを滑らせた。ごまかすなとささやく拝島のくちびるに追われ、ふたりは舌先から触れ合う。

濡れた肉片が水音を立てながら絡み、痺れる心地よさにどちらのため息が転げ落ちたのか、わからない。

「「帰ろうか」」

ふたりは同時に口にして、ゆっくりと身体を離す。互いを見つめる視線でなまめかしい愛撫を続けて、目覚め始める興奮をなぞっていく。

「マダムに挨拶をしてくる」

柏木がその場を離れ、拝島もあとを追う。

「うちのバーテンに手を出さないようにさ、今夜もよく言っといてくれよ」

「頼んで聞いてくれる人ならね」

柏木が笑い、拝島も笑った。ドアを開けると、拝島の好きな曲が流れてくる。

「こんなにいい曲だったかな」

柏木からグラスを受け取り、拝島は遠い目をした。

かつての自分を思い出せないと言いたげな表情には、約束に裏付けされた未来への希望が滲んでいる。横顔を見つめる柏木は、並んでいられる幸福に微笑んだ。気持ちが激しく昂揚していく。今夜も拝島が欲しくてたまらない。

抱き寄せ、口づけて、足を絡ませ、夜通しで柏木だけの場所に熱を与えたかった。

柏木の欲情に気づいた拝島はたしなめるように目を細めたが、退廃的な色気は逆効果だ。それにも気づいて、片手を首の後ろへまわしながら軽やかな足取りでカウンターへ向かう。

柏木は微笑みながら目をそらし、マダムに近づき別れの挨拶を告げた。

「礼司さん。あなたたち、お似合いよ」

背中へ投げかけられる言葉に振り向き、柏木は言葉にならない想いでうなずいた。

マダムへ会釈した拝島に合流して、店をあとにする。

ふたりはのんびりと話しながら、徒歩でコンドミニアムへ戻った。柏木はタキシードジャケットに袖を通し、拝島は脱いだジャケットを指で肩に引っかける。

並んでいる指先が触れて、やがて絡み、肩へ腰へと腕を伸ばす。

ふたりだけの夜をそれぞれに想像して、じれったい前戯のような時間を歩いた。

潮騒が聞こえ、海風は優しく吹く。

道すがらの夜空にはおぼろな月がかかり、甘い光を海へ溶かしていた。

【終わり】

あの夏

夏でも心地よく涼しいベッドルームだ。肌寒さを覚えることは珍しい。

浅い眠りから、けだるく覚めた柏木は、指先を伸ばしてダブルベッドの半分に触れた。

体温は残っていないが、枕がまだ頭部の形にへこんでいる。そこに拝島が横たわっているあいだは、背中を向け合っていても体温が感じられた。

目を閉じて仰向けに転がり、ゆっくりと息を吐き出す。

あの男となにをしたのか。判然としなかった。いや、わかってはいる。わかってはいるのだが、理解が追いつかない。

どっちが口説いて、どっちが誘ったのだろう。

おぼろげな記憶を辿りながら目を開く。天井が味気なく広がり、ダブルガーゼのパジャマを着た柏木はベッドを降りた。コンドミニアムは静まり返り、人の気配はまるでしない。たったひとりで暮らしていた頃と同じだ。

裸足でフローリングを踏み、キッチンへ入る。冷蔵庫から冷たい水を取り出し、グラスへ注いだ。喉を潤し、ダイニング越しに外を見つめる。

柏木は、この孤独な静けさが好きだった。だから、婚約者を失ったときでさえ、寂しさに打ちのめされることもなく、すんなりと日常を取り戻した。ひとときの戯れが性に合っていたし、女と離れたあとの寂寞とした心持ちも味わいのひとつに思えた。

まだ水が残っているグラスをシンクのそばへ置き、テラスへ出ようと歩き出して、カウンターに目を引かれる。

薄暗い部屋の中で、拝島が忘れたのだろう煙草の箱は、そこだけ所帯じみて味気ない。手に取って中を確かめると、申し訳程度に最後の一本が残されていた。

柏木は箱をカウンターへ戻し、テラスへ出る。海を眺めると、まだ夜が明けて間もないのだとわかった。空は薄青く澄んで、潮風も涼しく、気温もまだ低い。

目下のビーチに視線を巡らせると、想定外に拝島がいた。

海を眺め、ブラブラと歩き回り、やがて手首の腕時計を見つめる。そして、テラスを振り向いた。ビーチからは見えないとわかっていても、柏木はわずかに身を引く。

心がチクリと痛み、昨晩の痴態を思い出す。手のひらで肌をなぞれば、拝島は苦しげに息を弾ませて身を揉んだ。わずかに混じる快感の響きを、柏木は一晩中探し続けていた気がする。

気持ちは激しく昂ぶり、彼だけを求めて身体を重ねた。そこにあったのは、独占欲だ。

拝島がパーティを抜け出したと知ったとき、もうコンドミニアムに戻らないのだろうと覚悟した。次のねぐらが決まれば二度と会えない。

そういう約束だとうそぶきながら、柏木の飲酒は深くなった。そして、拝島の不在に対して、『会わなくて済む』のではなく『会えない』と考えたことに気がついた。

理由は考えたくもない。知らなくていいのなら知らないままでいようと、心に蓋もした。

なのにコンドミニアムに戻ってきた拝島を誘い、セックスをした。自分だけに見せる拝島の痴態が欲しかったからだ。そして、許されたかった。

それが答えだ。それ以上の答えはない。

ビーチから見上げてくる拝島を、柏木はひっそりと見下ろす。そこにいるのは、ひとつの孤独な生命体だ。居場所もなく、行くあてもなく、誰にも愛されず、誰も愛さない。それでも、拝島は確固たる存在感で、他人から望まれる。彼が刻むステップのように、ちょっとしたことが他人の心を熱くして、不幸と幸福を混乱させてしまう。

「金を取らずに行くんだな」

つぶやいた柏木はテラスの柵にもたれる。

遠目に見ても清々しい表情が想像できる拝島は、悶え乱れた昨晩のことなど忘れた顔で歩き出す。その潔い雰囲気で、やっぱり彼は戻らないのだと確信した。

これが別れだ。男同士なら当然のそっけなさだろう。

納得した柏木は柵から身を離す。部屋の中へ戻り、カウンターに置いてあった煙草を手にした。火をつけてくちびるに挟み、もう一度、テラスへ出る。

柵に肘を預けた柏木は、なにか、感傷的なことを考えたかった。頭の中にはまだ拝島の姿がある。だから、彼に関する感傷だ。

雨の出会いから思い出し、手のかかったことや、パーティでのこと、波打ち際のダンス、アイラのウィスキー、そして戯れのキスと疑似性交まで、次々になぞっていく。そのどれもが、たいした記憶じゃない。それなのに、柏木は倦怠感に囚われた。もの憂く目を細めて、陽差しにきらめきはじめた海を見る。

この感情につける名前を知っている。

けれど、つけてしまえば最後、転げ落ちてしまうことも予感していた。

「俺の煙草じゃねぇかよ」

部屋の奥から声が聞こえて、やがて拝島が隣に並ぶ。手首を掴まれ、煙草を挟んだ手が拝島のくちびるへ近づいた。柏木の胸は震え、なにも言葉を継げなくなる。

この感情に付ける名前は、知っているのだ。なぜ、この男を欲しいと思ったのかも、知っている。金で買えるのなら、いくらだって積んでもかまわない。

しかし、拝島の心は売り物じゃない。ジゴロが金に換えるのは相手の心だけだ。柏木もまた、拝島を可愛がった女たちと同じように、彼に金を使い、一晩二晩の奉仕を得る。

「最後の一本だったのに」

拝島がぼやき、柏木は真顔で答えた。

「あとで買いに行こう」

言葉に波音が混じり、心の奥は不思議と凪いでいく。

たった一本だけ残した煙草を、拝島は取りに戻ってきた。そのまま消えてしまうことだってできたはずだ。答えを求めそうになり、柏木はわずかに身体を傾ける。

「ごめん。吸いたくなったんだよ」

なにげなく首筋へ息を近づけても、拝島は身をよじることさえしなかった。すべては白い煙にまぎれていき、ふたりの答えは宙に浮く。

人生は理不尽だ。想像もしなかったことが、ある日やってきて、すべてが打ち崩されてしまう。こんなことが自分の人生に起こると、柏木は想像もしていなかった。

「なーにを考えてんの。ハンサムさん」

冗談めかして隣に並んだ拝島は、大きなあくびをひとつこぼす。

「思いもつかないことの起こるのが、人生だなって……考えてた」

「また、そんなマジメなこと……」

拝島は、ビッグサイズのTシャツにハーフパンツを履いた寝起きの姿だ。テラスの柵にもたれ、朝の海を眺める柏木の腰へ手を回した。

「俺の人生は、流されっぱなしだ」

柏木のパジャマをたくし上げて、腰裏あたりのズボンへと指先を差し入れる。

「そうかな」

かすかに笑いながら、柏木はあの夏のことを思い出す。

明け方に出て行かず、コンドミニアムへ戻ってきた拝島は、さりげなく柏木の腰裏へ手を回していた。それだけの仕草で、自分の人生を選び取ったのだ。

柏木は選ばれたから、いま、ここで並び立っている。

「拝島……、尻を揉むな」

笑って身をよじると、抱きつくように腕が回る。柏木も抱き返して拝島を引き寄せた。

布地越しに臀部を掴むと、身体の前面はぴったりと合わさり、くちびるが自然と近づく。

キスを爽やかに交わし、拝島が陽気に微笑む。朝の海辺で弾ける陽差しよりも、柏木にとっては眩しい笑顔だ。

「おまえのケツも、揉んでると気持ちいい」

「……興奮する？」

「朝から盛ってんのかよ」

そうは言いながら、柏木よりも先に、拝島の下半身が反応している。

「それは、俺か」

拝島が照れたように笑い、その鼻先にキスした柏木も微笑んだ。

「俺もだよ」

額を寄せて、もう一度、くちびるにそっとキスをした。

人生は想像もしない理不尽の連続だ。だからこそ、生きている価値がある。

あとがき

こんにちは、高月紅葉です。

今回のテーマは、海辺の社交界。シックな男同士のラブアフェアを目指しました。いかがでしたでしょうか。

ひそかに『ヤってるブロマンス』と呼んでいたのですが、性行為が伴わない巨大感情がブロマンスなのであって、やることをやっていたらブロマンスではありません。なので、ブロマンスの先に見え隠れする「あったらいいな！」の世界です。

裏テーマはダンスだと、これは書いているときに感じました。こんなにもダンスシーンを入れるつもりはなかったのですが、拝島は本当に踊るのが好きで……。そんな彼を書くことが楽しかったです。

お気に入りは波打ち際で戯れるダンス。男同士のタンゴをイメージしています。

今回のふたりはドボンと恋に落ちるのではなく、じわじわと距離が詰まっていって、ダンスのリズムが合うように人生が寄り添っていく感じでしょうか。本当に、末永くお幸せに。

最後となりましたが、この本の出版に関わった方々と、読んでくださったあなたに、心からのお礼を申し上げます。また次もお目にかかれますように。

高月紅葉